夜明けまで眠らない

大沢在昌

双葉文庫

夜明けまで眠らない

1

「お待たせしました。ご乗車ありがとうございます。どちらまで参りますか」

客がシートにすべりこむのを待って、久我《くが》は告げた。規則では、「ご乗車ありがとうございます」と「どちらまで参りますか」のあいだに、「城栄《じょうえい》交通の久我と申します」といわなければならないことになっている。が、それは省いていた。客はタクシー会社にも運転手の名前にも興味がない。知りたければ、助手席のダッシュボードの上に掲げられたプレートを見ればこと足りる。

「とりあえず、まっすぐ」

男がいった。午後十時、第一京浜の下り線だ。上り線ならともかく、下り線はまず空車が走っていない。京浜急行「青物横丁」駅に近いビジネスホテル前を客は指定し、久我はピックアップしたのだ。

そこに立っていたのは、黒っぽいコートを着て、両手をポケットに入れた男だった。

「ご予約のお客様ですか」

訊ねるために、細めにドアを開けた。

「カケフだ」

男がいったのでさらに大きくドアを開いた。

名前の確認は重要だった。暮れの繁忙期など、予約した客のフリをして乗ってくる者がいる。こちらから予約名を告げてしまうと、

「そうそう」

と、ごまかされる。実際に予約した客は乗る筈の車がおらず、会社に苦情がいく。会社から無線で連絡があって、ちがう客を乗せてしまったとわかっても、メーターは押しているし、今さら降りてくれともいえない。

だいたいが、人の名を騙《かた》って乗ってくるくらいだから酔っている上にタチが悪いと相場がきまっている。嘘をついたでしょうなどといおうものなら、「まちがえたのはそっちだろう、なのに因縁つけるのか、タクシーセンターに通報して仕事をできなくしてやる」などとひらきなおってきて、あわよくば料金を値切る、あるいは踏み倒そうという奴までいる。

それが嫌なら、夜、盛り場で客を拾わないことだが、酔客を相手にしなかったら、タクシーの仕事は成立しない。久我の知る限り、それで仕事が成立しているのは、相番《あいばん》の

中西幸代《なかにしさちよ》くらいだ。

相番というのは、今久我が運転している車を分けあって運行しているドライバーだ。

中西幸代はＤＶで服役中の夫と二年前に別れ、城栄交通に入ってきた。小学生の子供二人を抱えているので、夜の乗務は難しい。そこで十二時間シフトをとり、昼専門の早番勤務をしている。午前七時に出勤する中西幸代は、会社が契約している企業役員の、朝の送迎をこなし、病院やデイケアセンターなどから指名で入る仕事を一日五本近くうける。

午後六時には帰庫して、久我に車をひき渡す。

久我は逆に夜しか乗務しないので、中西幸代にとってもぴったりな相番というわけだ。

久我が夜しか仕事をしないのは、簡単な理由だ。

夜が明け、空が白み始めるまで、決して眠れないからだ。独り者の久我には、夜家にいなければならない理由はない。

ドアを閉じ、久我は後方を確認すると、アクセルを踏んだ。

血が匂った。ルームミラーで客の顔を見直す。

背はそれほど高くないが、がっしりとしている。ラグビー選手のような体つきだ。暗くて、年齢の見当はつきにくいが、三十代後半、いっていて自分と同じ四十歳くらいだろう。

コートを着ているのに血が匂うというのは尋常ではない。服の上に血が染みでるような怪我を負っているか、返り血を浴びるほど誰かを痛めつけたかのどちらかだ。

「大森駅にいってくれ」

観察されたのに気づいたかのように、男は告げた。

「承知しました」

答えて久我は右車線に寄った。乗ってすぐ、「とりあえず、まっすぐ」といったのは、一刻も早くその場を離れたかったからだろう。喧嘩《けんか》でもして、逃げだそうとしているのかもしれない。もしそうなら、一、二キロも走れば「降りる」といいだす可能性があった。が、大森駅なら第一京浜から西に右折する必要がある。

そう考え、無線配車であったことを改めて思いだした。この時間、無線配車でビジネスホテル前に迎えを求める客は、たいてい空港をめざす。十中八、九「羽田空港」といわれるだろうと、久我は予想していたのだ。

無線配車を希望する客が行先を決めていないのは妙だ。一刻も早くそこを離れたいような人間はタクシーの予約などしない。反対側の上り車線にはいくらでも空車が走っている。道路を渡って手をあげればすむ。

鈴ヶ森の交差点を右折した。

「大森駅の駅前でよろしいでしょうか」

それによっては最初の道である桜新道《さくらしんみち》を左折するかどうか決めなければならない。

客が喋《しゃべ》った。

「ガール」

「はい？」

「駅でいい」

その瞬間、久我はこの客を前にも乗せたことを思いだした。

六本木のロシア大使館近くから中目黒までだった。六本木を抜け、駒沢通りに入ったところで、この客が不意に話しかけた。

フランス語だった。

そのときも、「はい？」と訊き返した。「ガール」は、フランス語で駅という意味だ。

なぜフランス語で話しかけてきたかの想像はついたが、久我に応じてやる気持はなかった。あくまでも人ちがいで通す。「久我晋《すすむ》」という名はありふれてはいないが、この世に同姓同名が決していないというほど、珍しくもない。

それに何より、「久我晋」とフランス語を結びつけられるのは、危険な人種と決まっている。たとえそれがひと目でわかる〝知り合い〟であっても、久我には仲よくするつもりはなかった。まして昔話などする気は決してない。

大森駅の東口で客は降りた。迎車料金と深夜割増しをあわせても三千円に届かない。

「釣りはいい」

客が一万円札をだしていった。

「それは困ります」

いくらなんでも多すぎる。ふりかえり、久我は正面から男の顔を見た。駅前は明るく、目鼻立ちがはっきりわかった。知らない顔だ。

「いや、うけとってくれ」

反駁《はんばく》を許さないような気迫が、男の声にはこもっていた。体からただよう血の匂いも、その気迫をあと押しした。

男が傷ついているようすはない。とすると、誰かを傷つけたのだ。

「ありがとうございます」

久我はいった。男は頷いた。男も正面から久我の顔を見て、納得したような表情だ。

それ以上何もいわず、車を降りていった。

「ありがとうございます」

もう一度いい、久我はドアを閉めた。

六本木であの客を乗せたのは半月ほど前だった。

「エスクー・ラヴィ・オ・ジャッポン・エー・アグレアブル？（日本の暮らしは楽しいか）」

と訊ねたのだ。

楽しいと答えてやればよかったか。それとも苦しくてつらい、といったら、何といったろう。

駒沢通りと山手通りの交差点近くで降ろしたときは、ふつうに料金を払い、釣りはいいとはいわなかった。

メーターを空車に戻して、久我は無線のマイクに手をのばした。今の客が、運転手指定で配車を頼んだのかどうか、主任の岡崎《おかざき》に訊ねてみようかと思ったのだ。

窓ガラスを叩く音にふりかえった。サラリーマンらしき二人連れが立っている。

ドアを開けると、

「羽田のエアポートホテル、いって下さい」

と乗りこんできた。

「承知しました」

久我はマイクを戻した。岡崎に事実を確かめたところで何になる。あの男がかつての久我のことを知っていたとしても、それだけの話だ。また指名配車があり、一万円で釣りはいいといわれたら、ありがたくもらう。そしてフランス語が理解できるとは決して認めない。

なぜならあの客と会ったことはないからだ。

本当にそういいきれるのか。

運転をしながら久我は自問自答した。

いいきれる。

それが証拠に、死んでいった仲間の顔を始終思いだし、それが夜の眠りをさまたげている。

いや、死んだ人間の顔は忘れなくとも、生きて別れた人間は思いだせないことがあるかもしれない。

あの客がそのひとりではないと、本当に断言できるのか。

自信はなかった。

だがそうだとしても、かかわりあいになるつもりはない。昔は昔、今は今だ。

そのとき、

「運転手さん、忘れものだよ」

客のひとりがいった。

「え？」

「これ。携帯」

ルームミラーの中で客が携帯電話をかかげていた。

「あ。ありがとうございます」

「やっちゃうんだよな。タクシーの中って」

もうひとりの客がいった。

「乗ってるあいだにメールとか見てさ、しまったつもりでポケットから落としちゃうんだよね」

「そうですね」

話をあわせた。あの客は携帯など見ていなかった。

「でもさ、すぐ気がついて電話してくるよ」

信号で止まると、体をねじり、携帯をうけとった。

「けど見たことない型だな。どこのだろう」

さしだした客がいった。目をやろうとして、信号が青になった。助手席におき、久我は運転に集中した。

「中国じゃないか」

「そうだな。中国製、多いものな」

「安いんだろ」

「安い、安い」

「使えるの？」

「上海にいた奴の話じゃ、けっこう使えるらしいぜ。ただ外側がすぐぼろぼろになるっていってた」

客どうしのやりとりを聞きながら、久我は助手席を見た。

スマートホンのような画面の下に、ダイヤル型のスイッチがついている。確かに珍しい形だ。周囲の人間がもっているのを見たこともなかった。

あの客が落としたのだろうか。だとすれば意外だ。およそ忘れものなどしそうにないタイプだったからだ。

忘れものをする客というのは、たいてい乗ってきた瞬間にわかる。

行先をきちんといえないほどあせっていたり、落ちつきがなく、ひっきりなしに携帯をいじったり、話しかけてくる。

そういう客が降りた直後は、久我は後部席を点検することにしていた。携帯電話やバッグ、ときにはそこから金をだした筈の財布を忘れていたりする。

急いで窓をおろして呼び止め、忘れものを知らせたことも一度だけではない。

またそういう客に限って、「あっ」といっただけで奪うように忘れものを受けとると、礼もいわずに立ち去るものだ。

礼をいってほしいわけではないが、礼をいうのも忘れるようでは、またどこかで忘れものをするにちがいないと思ってしまう。

あの客の前に乗せた客を、久我は思い返した。三田から品川駅の港南口まで乗せた、五十前後の女だった。仕事帰りらしくスーツを着て、大きなバッグをもっていた。

いや、あの女ではない。乗っている間ずっと携帯で喋っていて、しかもそれはスマートホンではなかった。やたらに飾りのついたガラ携を耳にあてる姿が記憶に残っている。

羽田空港に近いビジネスホテルで二人を降ろした。話の内容から、明日の朝早くの飛行機に備えてホテルで前泊するのだとわかった。

女の前の客か。

女の前に乗せたのは口開けで、高輪から麻布十番までの客だった。サラリーマンらしい、スーツ姿の若い男だ。

いや、あの客でもない。あの客は携帯を首から吊るして、ワイシャツの胸ポケットに入れていた。

ホテルのエントランスの端に車を止め、久我は忘れものの携帯をとりあげた。

黒い液晶画面に、明るい緑色のカバーがはまり、ダイヤル型のスイッチが下四分の一を占めている。形だけではスマートホンなのかそうでないのかがわかりにくい。

試しにダイヤル型のボタンを押してみた。

「Please enter your password（パスワードを入れて下さい）」というメッセージが画面に表示された。

ロックがかかっているようだ。久我はその電話を上着のポケットに入れた。バイブ機能になっていた場合、身につけていないと、落とした客がかけてきても気づかない可能性がある。

　ホテルのエントランスをでた。都心に戻るまで客はおらず、落としものの携帯も鳴らなかった。途中、会社に無線を入れ、岡崎に忘れもののことを告げる。

　客が会社に電話をしてくる場合もあるからだ。

　忘れものの携帯が振動したのは、久我が虎ノ門を走っているときだった。赤坂で客を降ろし、とりあえず銀座方面をめざしていた。

　車を寄せ、ハザードを点《とも》すと携帯をポケットからとりだした。画面に明りが点っているが、かけてきた者の番号や名前の表示はない。

「No Caller ID（非通知）」となっている。

　応答のボタンは何となくわかった。久我はそれを押し、耳にあてた。

「もしもし。城栄交通の運転手です」

　一瞬、間があった。

「タクシーの運転手さんか」

　男の声がいった。

「はい」

　答えながら、乗せた客ではないと久我は気づいた。

声が高い。忘れものをした可能性のある無線配車の客は、もっと低い声をしていた。

「さっき、あんたの車にその携帯を忘れた者だ」

だが、かけてきた男はいった。

「はい」

「悪いが今いるところに届けてもらえないか。メーターを押してもってきてくれてかまわない。料金は払う」

「どちらでしょう」

「六本木だ。あんたは今どこにいる?」

「わりと近くにおります。六本木のどちらまでお届けすればよろしいでしょうか」

「ミッドタウンの近くだ。何分くらいでこられる?」

「三十分いただければ、まちがいありません」

「じゃあ、ミッドタウンの向かい側にある北条《ほうじょう》ビルにきてくれ。そこの三階の『ギャラン』て店にいる」

「北条ビルでございますね。承知いたしました」

「あ、あんたの名前と会社名を教えてくれ」

「城栄交通の久我と申します」

「城栄交通の久我さんだな」

念を押し、男は通話を切った。

久我は息を吐き、忘れものの携帯を見おろした。トラブルの匂いがする。

今日乗せたどの客であろうと、会えばひと目でわかる。それはつまり、別人であってもすぐにわかるということだ。

別人だったら、なぜ落とした本人が電話をしてこなかった、という疑問がまず生じる。携帯を落としたと、本人から聞いた人物でなければ、あの電話はかけられない。

疑問の答は、本人が電話をしてこられない状況にあるからだ。だからその人物を装って、携帯を入手しようと考えた。

単純に考えよう。

あの客が何らかの事情で直接久我から携帯を回収できなくなり、知り合いに頼んだという可能性もある。

かわりに電話をかけてきた人物が理由を説明するのを省き、本人を装っただけかもしれない。

いや、ない。

ハザードを消し、車を発進させながら久我は思った。

理由は電話のやりとりの最後だ。

「あんたの名前と会社名を教えてくれ」と男はいった。

あの客はまちがいなく、久我の名前と会社を知っている。そうでなければ、無線配車を頼めない。フランス語で話しかけてきたのも久我の名を知っていたからだ。電話をしてきたのが、あの男に頼まれた人物なら、名前と社名を訊ねる必要はなかった。

城栄交通の久我の車に携帯を忘れたと、あの客はわかっている。

次の疑問は、電話がかかってくるまでに一時間以上が経過している点だ。泥酔した客でない限り、携帯の忘れものは三十分以内に連絡がくる。忘れた人間はそれだけ回収を急ぐ。

大森駅であの客を降ろしてから、一時間四十分近くがたっている。その間、本人から連絡はなく、ようやくかけてきたのは別人だ。

あの客が漂わせていた血の匂いが問題だ。

誰かに血を流させ、平然としていられる人間なら、その人物を装って携帯を奪おうという者がいても不思議はない。

なぜ携帯を欲しがるのかという問題は二の次だ。

あの客が誰かに血を流させても平然としていられる人間であることに疑問の余地はない。「久我晋」という名とフランス語を結びつけられるなら、まちがいなくそうだ。

メーターは押さず、六本木まで走った。溜池の交差点付近はいつも通り流れが悪かったが、それでも二十分はかからない。慎重を期して、三十分と告げた。

六本木交差点をミッドタウン方向に右折し、最初の信号を越したあたりで久我はハザードを点した。

カーナビゲーションを見ると、北条ビルは三十メートルほど先の左側にある建物だった。

三階の「ギャラン」という店にいる、と電話をしてきた男はいった。

さあ、次の問題だ。

催促の電話があるまでここで待つか、それとも「ギャラン」までもっていくか。

電話をしてきた男が、本人に頼まれたわけではないのに携帯を入手しようとしているなら、「ギャラン」に足を踏み入れるのは、男の思うツボだ。

「ギャラン」には、男と仲間が待ちかまえていて、久我をとり囲み有無をいわさず携帯をとりあげようとするかもしれない。

もしそこにあの客がいればまだいいが、その可能性は低い。なぜなら、あの客がまともな状態でいるなら、本人が電話をしてきたにちがいないからだ。

いても電話をかけられないような状況にある、と考えるのがふつうだ。痛めつけられているか、死んでいる。

そしてその姿を久我に見られてもかまわない、と電話をしてきた男が考えていたら、トラブルとしては最悪だ。

いや、そこまで問題を悪化はさせないだろう。久我の口まで塞《ふさ》がなければならなくなる。

だが一方で、なぜ「ギャラン」という店名を教えたのかが気になった。

ふつうに考えれば、店の番号なり別の携帯の番号を告げ、着いたら連絡をくれ、というう。道ばたまでとりにくれば、すぐにカタがつくからだ。

「ありがとう。ご苦労さん」

といって携帯をうけとってしまえば、それで終わり。たがいにあとをひかずにすむ。

電話をしてきた男は、それではすまない可能性を考えたのだ。

別人だと見抜かれ、久我が携帯を渡さない場合に備えた。

どうするか。

本人だろうが別人だろうが、さっさと携帯を渡し、帰ってくるのが一番簡単だ。

そうしてはいけない理由があるのか。

ひとつだけある。あの客が無事でいて、携帯を回収しようとしたら、久我が別人に渡したとわかったとき、トラブルになる。

久我は息を吐いた。ジャケットから忘れものの携帯をだし、タクシーのダッシュボードにしまった。

シートベルトを外し、エンジンをかけたままタクシーを降りると、予備のキイでドアをロックする。

あたりには空車のタクシーが何台も止まっている。銀座のある区画では平日の午後十時から午前一時まで、タクシー乗り場以外で客を乗せることが禁じられているが、六本木にはその規制がない。だから思い思いの場所で運転手は客を待つ。

北条ビルの前に立った。一階から七階まで飲食店が入っている。袖看板の多さから、小さい店ばかりだと知れた。「ギャラン」の看板もある。

一階の喫茶店のわきの通路をつきあたったところにエレベータホールがあった。二基のエレベータが設置されている。扉の上にある表示を見ると、一台は三階で止まり、一台は一階にいた。

ボタンを押し、開いた扉に久我は乗りこんだ。「3」のボタンを押す。

三階には三軒が入っていて、「ギャラン」は一番奥の店だった。黒く塗られた扉に金色の文字で店名が入っている。

久我はその扉を押した。妙に明るい店だ。右手前がカウンターで、奥にテーブル席が四つある。そのテーブル席に男が三人、かけていた。女の姿はひとつもない。

営業していない店だと、そのとき気づいた。

男たちは全員スーツ姿だがネクタイはしめていない。驚いたように久我を見ている。

「城栄交通です」

「ああ」

男のひとりが立ちあがった。手にした煙草《たばこ》をひと吸いし、テーブル上の灰皿に押しつけた。缶ビールが数本並んでいる。

「早かったな。ご苦労さん」

三人の中では一番年配で、四十代の半ばといったところだ。筋者《すじもの》か、それに近い人種だとひと目でわかった。

「あのう、お客様はどちらでしょう」

久我は訊ねた。あとの二人はまだ三十になったかどうかというチンピラで、無言で久我をにらんでいる。

「お客様は俺だよ」

立ちあがった男がいった。少し高い声は電話と同じだ。

「申しわけございません。お客様はお乗せしていないと思うのですが」

久我は男の足もとを見ながら告げた。

「はあ？　何いってんだ。俺が忘れたから電話したんだろうが」

「お言葉を返すようですが、本日はお客様をお乗せしておりません。電話をお忘れになったのは、別のお客様だと記憶しております」

男が足を踏みだした。同時にチンピラ二人も立ちあがった。

「それは運転手さんの勘ちがいだ。久我さん、ていったっけ?」

男は久我の前に立ち、顔をのぞきこんだ。

髪を短く刈り、首が太い。赤らんでいるのは酔っているのか怒っているのか。

久我は無言で頷いた。男は手をさしだした。

「忘れたのは俺だ。あの電話がなくて困ってる。だから返してくれよ」

久我は息を吐いた。

「承知いたしました。私が勘ちがいしていたのかもしれません。電話はお返ししますが、その前にひとつだけ確認をお願いいたします。お客様はどちらで私どもの車をお拾いになりましたか」

久我は男の目を見つめた。瞬時に男の顔がこわばった。チンピラのひとりが、

「おいっ」

とすごんだ。男は片手をあげ、それを制した。

「疑ってんのか、久我さんよ」

声を低めて、いった。

「とんでもございません。ただ携帯電話は、失《な》くされた方にとってはそれは重要なものですから、まちがった方にお渡ししてはいけないと思いまして」

「まちがった方だあ?!」

チンピラが大声をあげ、歩みよってきた。

「まちがったってのは何だ、まちがったってのは。おお?」

首を曲げ、下から久我の目をにらみつけた。

「ではせめてお名前を。配車手配のときに何とおっしゃってご予約いただきましたでしょうか」

男の表情が一瞬ゆるんだ。

「桜井《さくらい》だ」

それがあの客の本当の名なのだ。会社には「カケフ」と名乗ったが。

「申しわけございません。車のお手配は、別のお名前で承っております」

「何?」

再び男は顔をこわばらせた。

「だから何だってんだこら! ごちゃごちゃいってっと、ぶっ殺すぞ、おい」

もうひとりのチンピラが空き缶を床に叩きつけた。

「そうおっしゃられましても、大切なお忘れものを別の方にお渡しするわけには参りません」

「おう、お前よ」

最初のチンピラが胸を反らした。手をだしてこないのは、話し合いでまだ何とかなると思っているからか。

「あの電話は兄貴のなんだよ。俺らがそれを証明するよ。その兄貴が、きちんと名乗って、返してくれっていってんのを、なんで返さねえんだ。嫌がらせか、おい」

「そうおっしゃられましても……」

「兄貴は人がいいから何もしねえが、俺らはそうはいかねえ。他人のものをもっていって返さねえなんて、人の道に反するだろうが」

「確かにおっしゃる通りです。他人のものを勝手にもっていくのは、人の道に反します」

久我はチンピラの目を見て告げた。チンピラは瞬《まばた》きした。

「参ったな」

男がいった。久我の目を見ている。

「久我さんよ。電話を忘れたのは俺じゃないと、どうしてもいいはるのか」

「兄貴が嘘つきだってのか、おい」

「嘘をついているとはひと言も申しておりません。お名前がちがっていると申しただけです」

「それが嘘をついてるってことになるんだろうが！　おう」

テーブルのところのチンピラが空き缶を蹴った。缶は久我のかたわらをかすめ、店のドアに当たった。

「やめとけ」

男は首をふった。

「久我さんはぜんぜんびびってないぞ。お前らの脅しなんぞ、ちゃんちゃらおかしいって顔だ」

久我の目を見つめたままいった。

「とんでもございません。恐しくて膝が震えております。ただ、お名前がちがっている方に忘れものをお渡ししてしまいますと、私どもの責任問題になります」

「今もう、責任問題になってんだ、この野郎!」

男が怒声を浴びせた。

「俺の携帯を返せっつってんのがわかんねえのか、おい」

「申しわけございません。私どもの車にお乗りになったお客様に、もう一度ご連絡をいただけますよう、お願い申しあげます」

久我は一礼して、踵《きびす》を返した。

「いいんだな!」

男が叫んだ。

「城栄交通の久我って、こっちはわかってるんだぞ」

「何かあったら、警察のほうに参ります」

「何もしてねえよ。指一本、あんたに触れてない」

「そうでした。大声で怒鳴られただけで」

「我慢できねえ！　兄貴、この野郎ぶっ殺します。そうすりゃ警察もへったくれもねえ！」

久我はくるりとチンピラに向き直った。

「申しわけございません。携帯はここにおもちしておりません。私を殺すと、手に入らなくなりますがそれでよろしいですか」

チンピラは目をみひらいた。

「何なんだ、お前」

「お殺しになりますか？」

チンピラに一歩近づいた。

チンピラは後退《あとずさ》った。

「何者なんだ、おい」

男がいった。

「申しあげております。城栄交通の運転手で、久我と申します」

男に向き直り、告げた。男が瞬きした。顔にあった赤みが消えていた。

「失礼いたします」

久我は店の扉に歩みよった。

「覚悟しておけよ」

声が背中に浴びせられた。

答えず扉を引き、店の外にでた。誰も追ってこない。

エレベータに乗りこみ、一階に降りた。苦い息がでた。

なぜ携帯を渡してしまわなかったのだ。そうすればあとをひくこともないのに。

男たちのせいだ。あまりに稚拙なやりかたに、途中で腹が立ってきた。脅せばいうことを聞かせられると本気で思っていたようだ。もっとかしこい方法があった筈だ。

止めておいた車に戻った。フロントグラスごしに北条ビルの方角を見つめた。

男たちが降りてくる気配はなかったが、これで終わるわけがないともわかっていた。

会社も名前も相手には知られている。

「馬鹿な男だ」

つぶやいていた。タクシーの仕事をするようになって、ひとり言をいう癖がついた。

自分自身のことだった。

2

午前六時に帰庫した。事務所で売上を納金し、運行管理者で主任の岡崎を捜した。

岡崎は整備場にいた。タイヤを交換しているベテラン運転手を手伝っている。

「お疲れさん」

岡崎は久我に気づくといった。今年六十になる。目の下に隈があり、でっぷりと太っていた。心臓に持病を抱えており、そのせいでタクシーを降りた。

「きのうの配車ですけど」

久我はいった。しゃがんでタイヤ交換に戻りかけた岡崎がふりかえった。

「指名ですか？」

岡崎は立ちあがった。

「知り合いだったか」

久我の質問に答えず、訊ねた。久我は首をふった。岡崎は久我の目を見つめた。

「煙草吸ってくるわ」

タイヤ交換をしている運転手に告げ、顎で整備場の出入口を示した。運転手があきれたように仰ぐ。

「煙草やめろっていわれてるんじゃないのかよ」

「減らしてるよ。前はひと箱吸ってた。今は十本だ」

「そんなんじゃくたばっちまうぞ」

「かまわねえよ。別に誰も困らねえ」

岡崎は十年前に妻を病気で亡くしてからはやもめだった。子供もいない。

整備場の外にある喫煙所に立つと、ジャケットからだした煙草に火をつけた。とたんに激しく咳こむ。

「本当にやめたほうがいいんじゃないですか」

「お前までよけいなこというな」

咳こみながら岡崎は久我をにらんだ。久我は苦笑し、告げた。

「携帯を忘れていったんですよ」

「あの客か?」

「ええ。二時間近くたってからその携帯が鳴って、でたら、六本木まで届けてくれといわれました。営業していない飲み屋を指定されて、いったら筋者みたいのが三人いて、当の客はいなかった」

岡崎は無表情になった。

「で、渡した?」

久我は首をふった。

「ちがう方には渡せませんといったら、すごまれました」

「やったのか」

久我は微笑んだ。そのいいかたに岡崎の前身が匂った。公言したことはないが、岡崎にはまっとうでなかった時代があると久我は知っていた。

「まさか。平身低頭して逃げてきました」

岡崎は嘘をつけ、というように目を細めた。会社で唯一、久我の前の仕事を知っているのが岡崎だ。

入社して三日めの勤務明け、飲みに誘われた。まだそのときは中西幸代と組んではいなかった。

断わろうとしたが、そうしづらい気迫が岡崎にはあった。

「タクシー会社てのは、世間の縮図だ。ありとあらゆる奴が流れてくる。インテリもいりゃ、どうしようもねえ馬鹿もいる。昔、何もなかったなんて奴のほうが少ない」

会社の人間はあまりこないという、少し離れた駅前にある居酒屋の隅で向かいあうと、岡崎はいった。

「別に、そんなに仲よくしようという気もありません」

久我は答えた。

「いいよ、それで。田舎の会社だとそうはいかないが、うちあたりは、半分は流れ者みたいな連中だ。仕事ができないわけでもないのに、ひとつところに腰を落ちつけられねえんだ。俺も昔はそうだった」

「じゃ、どうして俺を誘ったんです?」

「仲よくしなくていいから、ひとりくらいちゃんと話のできる相手がいたほうがいいだろうと思ってさ」

「それが主任てことですか?」

岡崎は小さく頷いた。

「お前がある日突然、いなくなったとする。そういう奴はけっこういるんだ。借金があるわけでもない、不義理をどこかにしていたわけでもない。なのにある日、ぷいっといなくなっちまう。何とかつかまえて理由を訊くと、『別に何もない。ただ嫌になった』て、いうんだ。ひとつところにじっとしていると、別に誰かから何をされてるんでも、いわれているんでもないのに、周囲にどんどん壁が積みあがって身動きとれなくなるような気分になるらしい」

「俺がそういう人間だと思いますか」

岡崎は顎を引き、首をふった。

「いや、お前はちがう。もっと面倒くさいものを抱えている。俺がいいたいのは、何も抱えてないくせに、そうやって周りが固まっていくのを嫌がるような奴がいるくらいだから、お前が急にどうかなっても驚かないってことだ。ただそういう奴は何となくわかる。だから急にいなくなる前に、話をしておこうと思ったんだ。お節介をする気はない」

「俺の話なんて、どうしようもないですよ」

薄いレモンサワーを口にして、久我はいった。酒を飲まなくなって久しい。休暇のたびに浴びるほど飲んでいた。酒だけではない。ドラッグにも女にも溺《おぼ》れていた。病んでいるとわかっていた。だがもともと病んでいたから、そこにいたのだ。

日本を離れてそれに気づいた。

「どうしようもない、か。つまらないとはいわなかったな」

久我は岡崎を見つめた。ため息がでた。

「つまらなくはないと思う。でもどうしようもなさすぎて、話す気にはならないんです」

「昔の自分が嫌か」

「全部じゃありませんが」

「俺もだ」

岡崎はつぶやいて、酒をすすった。

「あるときまで自分の生きかたや考えかたが好きだった。それどころかうぬぼれていた。格好いい男だ、とな。それがにっちもさっちもいかなくなった。格好つけていたら、自分も周りもあと戻りできないくらい傷つける羽目になった」

久我は無言だった。具体的なことを訊ねたら、こちらも話さなければならなくなる。それを避けたかった。

「お前、人を殺したことあるだろう」

久我は横を向いた。

「逃げてるとは思ってない。逃亡犯はタクシーには乗らない。だってそうだろう。免許証を見られたら、正体が一発でバレる」

「日本ではないです。それに犯罪者でもない」

横を向いたままいった。

「じゃ何だ？」

「仕事ですよ。兵隊でした。意外といるんですよ、そういう日本人て」

「なるほど」

久我は岡崎に目を戻した。

「そういう主任はどうだったんです？」

「ツトめは果たしたよ。もちろんそれで許されたと思ってはいないが」

久我は小さく頷いた。

「悪かった。嫌なことをいわせて」

「いえ」

「兵隊にまた戻るのか」

「戻りません」

きっぱりといった。

「やったことを忘れられる、若いうちしかできません。忘れたくない奴は、一生つづけます」


喫煙所の自販機で買った缶コーヒーを岡崎はさしだした。

「指名だった。久我って運転手がいるだろう。出勤してるなら、十時に青物横丁のホテル前によこしてくれ、といわれた。トラブったという話は聞いていないし、多少のことならお前は自分でかたづけられるだろうと思ってな」

久我は缶コーヒーをうけとり、頭を下げた。

「乗ってきたとき、血の匂いがしました」

「シートをよごしたか」

久我は首をふった。

「コートを着ていましたから。そいつの血か、他人の血か。両方かもしれない。でも怪我しているような動きかたではありませんでした」

「その上、携帯を忘れていった」

「降ろしたあとすぐに乗ってきた客が気づいて」

ジャケットから携帯をとりだした。うけとった岡崎は首を傾げた。

「珍しい形だな。あんまり詳しいわけじゃないが」

「中国製じゃないかって、見つけてくれた客はいっていました」

「中国人だったのか？　青物横丁の客は」

「いえ。たぶん日本人だと思います。少し喋って、前に乗せたことがあるのを思いだしました。半月前に、六本木から中目黒まで乗せたんです」

「じゃあ知り合いじゃないか、やはり」

久我は首をふった。

「でも俺のことを知っているみたいでした。急にフランス語で話しかけてきたんです」

岡崎はわずかに目をみひらいた。

「フランス語、できるのか」

「覚えるんです、訓練で。ちなみに、向こうでは本名を使いません。だからなぜあの客が俺のことがわかったのかは、不明です」

部隊では、ジャン・ススムというのが通名だった。

「ネームプレートじゃないのか」

「それはそうなんでしょうが、本名で俺とわかるほど親しい日本人は、部隊にはいませんでした」

「日本人は多いのか」

「多くはいませんが、いることはいます。ただ配属がちがえば、まず顔は合わせないので」

実際、ひとりしか知らなかった。そいつは配属も異なったし、あの客ではない。

「じゃあなぜだと思う？」

「誰かから俺のことを聞いていた。それが部隊の誰かなのか、日本にいる、俺のことを知っている誰かなのかはわかりません。フランス語で話しかけてきたのは、部隊にいて、俺のことを知っていた人間から聞いた可能性が高いと思います」

「お前が今、タクシーに乗っていることを、昔の友だちは皆知ってるのか」

「まさか」

久我は笑った。

「だから久我晋という本名でどうしてわかったのか、謎です」

「わざと忘れていったのかもしれないな」

岡崎は手にのせた携帯を見た。

「何のために？」

「お前を困らせたかったとか」

「そんな恨みは買っていませんよ」

「兵隊だったときもか」

久我は黙った。

「つまらんことをいった」

岡崎があやまった。

「今さら兵隊だったときの恨みでお前を困らせるなんて、筋ちがいだよな」

久我は首をふった。

「いいえ。恨んでる奴はいるかもしれませんが、そんなまだるこしい手は使いませんよ。頭をぶち抜きます。タクシーの運転手なら、いくらでもうしろから撃てますからね。それが卑怯《ひきょう》だとも思わないだろうし」

「そうなのか」

「少なくとも俺を恨んでる奴は、問答無用で殺すでしょう。ただ日本人にそういう奴がいるとは思えません」

細かな話をするのは避けたかった。自分を恨んでいる奴はいるだろうが、この国にはいない筈だ。

「それは預けておきます。もしかしたら、センターを通して何かいってくるかもしれません」

「領収証をうけとっていかなかったのか」

「釣りもとりませんでした。一万円だして」

岡崎は眉をひそめた。

「黙ってうけとったのか」

「まさか。困るといいましたが、うけとってくれときつくいわれました」

「それでうけとった」

「客がそういっているのに押し問答はできません。仕事ですから」

岡崎は目を閉じ、頷いた。

「どこで降ろした?」

「大森駅です。そのときちゃんと顔を見ましたが、知り合いじゃありませんでした」

「でそのあと、筋者が連絡をよこし、回収しようとした」

「ええ。城栄の久我、と念押しされました」

「じゃあ、またくるな」

「だから主任に預けるんです」

久我は目で携帯を示した。警察に駆けこむほどのトラブルではない。だが次に何かあれば、まちがいなく警察沙汰だろう。

「グループの総務には、警察からの天下りがいる。何かあったらそっちに相談する」

城栄交通は、「ブルーキャブグループ」という中小のタクシー会社の集団に属している。

退職した警察官を「ブルーキャブグループ」の本社が雇っているという話は、久我も中西幸代から聞いたことがあった。

「問題はその客だ。携帯を忘れたとわかっていて、なぜ自分で連絡してこない？」

岡崎がつぶやいた。新しい煙草を抜こうとして、ためらったように戻す。

「連絡できない事情があるのかもしれません」

「だから筋者に頼んだのか」

久我は首をふった。

「頼まれたなら頼まれたとはっきりいうでしょう。それに名前もちがっていた」

「名前？」

「俺が名前を確認させてくれといったら、筋者は自信満々で桜井と答えました。たぶんそれがあの客の本当の名だったんだと思います。けれど配車の注文は——」

「カケフといった筈だ」

結局煙草をくわえて岡崎はいった。

「ええ。名前がちがうといったら、ちょっと驚いていました」

「客が偽名を使ったってことか」

火をつけ、再び咳こんだ。

「そうです」

いって、久我は岡崎の口から煙草を抜きとった。岡崎は目を丸くした。

「だから煙草はやめましょう」

「うるさい」

いい返したが、岡崎の声に力はなかった。久我は奪った煙草を一服した。

「なんだよ、吸うのかよ」

「やめてただけです。主任を見ていたら吸いたくなった」

首をふり、灰皿に押しつけた。

「おはようございます！」

元気のいい女の声に、二人はふりかえった。中西幸代が自転車を止めている。

「おはよう」

岡崎が返し、久我は無言で頷いた。

中西幸代はジーンズにダウンのベストを着け、髪をポニーテールにまとめていた。営業所まで毎朝、四十分かけて自転車で通ってくるせいか、体つきはスマートだ。

「きのうはどうだった？」

中西幸代が久我に訊ねた。

「あまりできなかった」

岡崎が携帯を中西幸代に見せようとした。久我はその腕をおさえた。目を見て、小さく首をふる。

「何？　どうしたの」

「何でもない。客の忘れものがあったんで主任に預けた」

「また携帯？　みんな首からさげときゃいいのよ」

中西幸代は鼻を鳴らした。威勢よく事務所に入っていく。おはようございまーす、という声が聞こえた。

「中西さんにはあまり気持のいい話じゃないでしょう」

久我がいうと、岡崎は頷いた。

「そうだな。カケフだか桜井だか知らないが、客本人が連絡してくるまで預かっておくか」

「ええ、そうして下さい」

本当は警察に預けてしまったほうがいい。だが財布や貴金属でもない、携帯電話を預かるのは、警察も嫌がる。タクシー会社で管理したほうが早く落とし主に戻る、というのがそのいいぶんだ。

「もち主の連絡先が電話には入っていないの？」

やがて事務所からでてきた中西幸代が訊ねた。制服に着替えている。

「パスワードを入れないと開かないんだ」

久我は答えた。中西幸代は目をくりくりと動かした。

「そんなに大事な情報が入ってるなら、忘れていかなけりゃいいのに」

「忘れたくて忘れる奴はいないさ」

岡崎がいう。

「甘いな。忘れたくて忘れていったのかも。仕事が嫌になっちゃって、失くせばしないですむと思って」

中西幸代は人さし指を立てた。いたずらっぽい目で久我を見る。

「どう？　そんな感じじゃなかった？」

「仕事どころか、生きているのもつらそうな奴だった。一万円だして釣りはいらん、ときた」

「マジで？」

久我が頷くと、

「気持悪い。自殺しちゃったんじゃないの」

とつぶやいた。

「らしくないことをいうね」

中西幸代は、人間を性善説で考えている。血が匂ったなどといえば、本気で恐がりかねなかった。

「久我ちゃんに染まって、あたしも性悪説になってきたかな」

「なんで俺に染まったんだよ」

「同じ車の相番だから」

岡崎が笑い声をたてた。

「こりゃおかしい。ハンドルから伝染《うつ》ったか？」

「俺は性悪説をとった覚えはないぜ」

「シフトが夜ばかりだと性格が悪くなるらしいよ。酔っぱらいとか嫌な客ばかりで」

中西幸代は真顔でいった。

「じゃ感謝してもらおうか。悪い客は全部俺がひきうけているから、あんたは清らかでいられる」

ぶっと岡崎が噴きだした。

「清らか、か。こりゃ傑作だ」

「ひどい！　主任、セクハラで訴えるからね」

中西幸代は口を尖らせた。

「いやいや。本当に清らかだよ。俺もそう思ってる」

岡崎はいった。

「もういい！　知らない」

中西幸代はぷいと横を向き、久我を見て笑った。

久我は笑い返した。明るい中西幸代は、皆から好かれている。

「一日、気をつけて」

「お疲れさま。またあとで」

私服に着替え、久我は営業所をでた。自宅のあるマンションまでは歩いて二十分くらいだ。途中のコンビニエンスストアで弁当を買った。この弁当は寝る前ではなく、起きてから食べる。

自分の部屋に入るとシャワーを浴び、スウェットを着た。窓ぎわにおいたベッドに横たわる。

窓にカーテンはない。

暗闇の中で眠れなくなったのは五年前からだった。

外人部隊を十年で除隊し、より稼げる民間軍事会社に転職した久我は、数年後、アフリカのアンビアに派遣された。アンビアは政府軍と何派もの反政府勢力のあいだで内戦がくり広げられている、中央アフリカの小国だ。

現地の言葉で「夜歩く者」を意味する「ヌワン」と呼ばれているゲリラが反政府勢力の中にいた。夜目がきき、暗闇の中でも光学装置なしで動き回ることのできる部族で構成されていた。

アンビアの首都オンノボは、長びく内戦で電気やガスなどのインフラが壊滅しており、夜は漆黒の闇に閉ざされた。昼間の戦闘で疲れ果てた兵士が眠りに落ちるのを待って「ヌワン」は襲撃してきた。見張りの背後に忍び寄り、ナイフで喉をかき切ると、寝ている兵士を、音もなく殺していく。全滅させず、ひと晩にふたりか三人を殺し、その首をもち去る。

朝起きると、隣で寝ていた兵士の首がないことに気づくのは衝撃だった。「ヌワン」はどうやってか、音もたてずに首を切断するのだ。

恐怖のために眠れなくなり、昼間の集中力を失って戦死する者が続出した。久我の所属する民間軍事会社は、アンビア政府と契約を結んでいたが、ＰＯと呼ばれる社員はどの反政府勢力からも激しく憎まれていた。ＰＯはベテランの兵士ばかりだが、金めあての傭兵である。政府軍の中にもＰＯを嫌う者がいて、ＰＯだけの作戦はしばしば、行動予定を反政府勢力に知られ、待ち伏せをうけた。政府軍に情報を流す者がいたのだ。

夜営地も同様だった。「ヌワン」に部隊の拠点が伝わっていた。

アンビアでの任務は、抜群の報酬が保証されていたが、死亡率は二十パーセントを超えた。

久我はアンビアで二年を過した。夜営地では、どれほどへとへとであっても、夜の歩《ほ》哨《しょう》を志願した。自分以外の見張りを信用できなかったからだ。

朝、夜明けが訪れるのを待って、うとうとと眠った。「ヌワン」は、太陽が昇ると襲ってこない。

見張りに立っている間、二度、襲撃をうけたことがあった。最初の襲撃では、組んでいた歩哨が殺されかけたのを救った。二度めは自分が傷を負い、現場を離れた。

南アフリカにある、会社と契約した病院に運ばれ、治療と療養をした。そのときアンビアで二年生きのびたPOは自分が初めてだと教えられた。それ以外のPOは、死ぬか、一年以内に転属を希望していたのだ。会社はそれを久我に知らせていなかった。

アンビアやオンノボの地理や情勢に詳しい久我を、会社は現場から外したくなかったのだ。新任のPOを指導する人間としてうってつけだったからだ。

フランス外人部隊は、フランス正規軍の一員だが、傭兵であるPOは消耗品だ。高額の報酬もそのひきかえだ。死ねば何も残らない。

とはいえ死傷する可能性という点では、正規軍も傭兵もかわりがない。正規軍の兵士は給料が安い。長くつとめればフランス国籍を得られ、老後年金も支給されるが、久我はそんなものに興味はなかった。

ＰＯになれば、任務にもよるが、給料は十倍以上にはねあがる。中でもアンビアが、最も高額だった。もともと自衛隊の空挺《くうてい》部隊にいた久我は実戦を経験したくて、フランス外人部隊に入った。フランス外人部隊でも経歴と能力を買われ、空挺に配属された。

兵士として久我が最も鍛えられたのが、アンビアでの任務だった。アンビアでは数えきれないほどの敵兵を殺した。いつ自分が死んでも不思議はない日々だったが、逃げたいとはなぜか思わなかった。

ただ休暇のときは、酒とドラッグと女に溺れた。楽しい思い出なしで死ぬのだけはごめんだったからだ。

南アフリカでの療養を終えると、アンビアの内戦は終息していた。政府が一部の反政府勢力と休戦協定を結んだのだ。

治安監視団の業務を会社はうけおっていて、アンビアに戻るのを打診されたが、久我は断わった。

さすがにうんざりしていた。さらに療養を経ても、夜の闇の中では決して眠れない体になっていたのだ。

夜眠ろうとすれば、強力な睡眠薬を飲む他なく、そうして寝ても、必ず悪夢を見た。

周囲の人間が首を切り落とされていく。武器もなく、警告を発することもできない。

一年間、中央アジアで働いたあと、久我はＰＯをやめ、日本に戻った。

そこそこ金は貯まっていたが、海外にいたら女やドラッグで使い果たすであろうことは見えている。日本にいれば、そうはならない。容易にドラッグが手に入る国ではないし、手に入れても逮捕される危険がつきまとう。

ＰＯだった頃は、喧嘩やドラッグでの逮捕など歯牙《しが》にもかけなかった。

正規軍兵士にとり、逮捕され軍法会議にかけられるのは屈辱だが、ＰＯは軍規の拘束をうけていない。あくまで民間人だからだ。

ＰＯを長くつづけると、法を守る意識が希薄になっていく。

明日死ぬかもしれないのに、飲酒やドラッグを控えることに何の意味がある。死人を刑務所で罰するのは不可能だ。

ＰＯをやめたあとも海外、たとえば南アフリカなどにとどまっていたら、自分はその価値観からぬけだせないだろう、と久我は思っていた。

民間軍事会社で有名なのは、アメリカのブラックウォーター社だが、南アフリカにも同様の会社がいくつもあった。その理由は単純で、民間軍事会社への需要が最も高いのがアフリカ大陸だからだ。

ＰＯをやめても、南アフリカにいれば、警備員やボディガードなどの仕事なら、いくらでもありつける。銃器の所持も規制がさほど厳しくなく、生活はあまりかわらない。そんな人間はいくらでもいた。

日本に帰ればそれが一変する。銃器やドラッグの禁止はもちろん、酒に溺れるのすら、白い眼で見られる国だ。

実際、帰国して、久我はPOだった時代の自分と訣別《けつべつ》することができた。

ただどうしてもかえられなかったのが、夜が明けてから眠る習慣だった。

どれほど安全だとわかっていて、部屋の明りを煌々《こうこう》とつけた下であっても、外が暗い間は眠りにつくことができない。

帰国して一年間は、肉体労働に従事して体をへとへとにしてみたり、睡眠薬の助けを借りて、夜眠る生活に慣れようとした。

それをあきらめたとき、タクシーの運転手という仕事と出会ったのだ。タクシー乗務員には二十四時間シフトと十二時間シフトの二種類の勤務形態がある。二十四時間シフトは、出勤すると休憩を含め二十時間近く乗務するが、ひと月の勤務回数は十二番だ。一方十二時間シフトは、月に二十四番あるが、早番とナイトで車を分けあう。

夜明けまで眠らない久我にとって、十二時間シフトのナイトは、まさにうってつけの仕事だった。

ふつうは早番しかしない運転手はいない。深夜の長距離客などで稼げないからだ。だが中西幸代という相番を得たおかげで、久我の生活は安定した。初めのうち二十四時間シフトで働いていた久我に、中西幸代との相番を勧めたのが岡崎だった。どうしてか、岡崎は、久我と中西幸代の相性がいい、と見抜いた。

別に相番どうしが仲よしである必要はないが、コミュニケーションはとれるほうがいい。中西幸代は誰からも好かれる性格だが、久我は運転手仲間にとけこめずにいた。久我自身にも、特に親しくなりたいという気持がなかったからだ。過去の話をする気もないし、心にバリアを張った状態だった。

それを中西幸代はあっさり乗り越えた。

気づくと、久我は中西幸代の二人の息子の名前まで覚えていた。DV夫との暗い思い出を封印し、中西幸代はいつも笑顔でいた。

そんな中西幸代に惹《ひ》かれている運転手仲間が多いことに、やがて久我は気づいた。そういう連中にとって、中西幸代の相番である久我は、うらやましく、目障りな存在でもある。

久我自身は、中西幸代を女として意識したことはない。性欲のはけ口としてしか、女を見なかった時代が長すぎ、恋愛感情など、とうに忘れていた。

性欲の解消なら、日本にはいくらでもその手段がある。アフリカよりはるかに種類や相手が多いし、簡単だ。

中西幸代は、あくまでも相番でしかない。

そうなってから一年半が過ぎている。

枕に頭を押しつけ、久我は窓に顔を向けた。

二階にある久我の部屋の窓からは、朝の街のようすが眺められる。

自転車をこぐ高校生たち、うつむき気味に駅まで歩くサラリーマン、シャッターを上げ朝の挨拶を交す商店のおかみさんや、早くから歩き回っている年寄りたち。

そうした光景を見ていると、体が安全を確信し、緊張していた背中の筋肉がほぐれるのを感じた。じょじょにねむけが訪れる。

外に向けた目の瞬きの回数が多くなり、やがて瞼《まぶた》が重くなった。

3

いつも通り、午後三時過ぎに目覚めた。用を足し顔を洗うと、買って帰った弁当を電子レンジであたため、カップスープとともに食べた。

エスプレッソマシーンでコーヒーをいれる。海外にいたあいだに、コーヒーの味だけには敏感になった。自衛隊員時代はコーヒーなどインスタントで充分だと思っていた。が、ヨーロッパやアフリカで暮らし、その考えはかわった。今はうまいコーヒーなしで頭が覚醒する気がしない。

ダブルのエスプレッソを飲み、外を眺める。部屋にテレビはない。パソコンも長い間立ちあげていない。携帯電話はもっているが、その番号を知るのは、ほんの数人だ。

単純で静かなこの暮らしが、久我は気に入っている。タクシーの運転手をあと何年つづけるかはわからないが、城栄交通を辞めたら、もうしないだろう。

六時になると部屋をでて営業所に向かった。途中、コンビニで〝昼食〟を仕入れるときもあるが、今日はどこかで外食することにした。外食はたいてい、立ち食いそばかラーメンになる。

タクシー乗務員は運動不足になりがちな上に、短時間で高カロリーの食事、ラーメンや丼ものをとることが多く、成人病になりやすい。それを懸念し、久我は寝る前の食事を控えていたが、明らかに体重は増えている。

帰国直後に比べたら、三キロは太った筈だ。

戦場でストレスにさらされた結果、大食いに走る兵士は多かった。成人病以前に生命の危険につながる。でぶは移動がもたつく上に、標的にされやすい。初弾を外したくないと考える狙撃兵はまず、大きな的を選ぶからだ。

大食いする兵士はそれを恐れ、今度は吐く。ある種の拒食症だ。そうなると痩《や》せおとろえ、体力を失う。

肉体は頑健でも、心を病めば、戦場では生きていけない。

ＰＯに戻る気はないが、これ以上太る前に何か手を打たなければならない、と久我は考えていた。

簡単なのはランニングだ。出勤する前に一時間くらい走る。簡単で短期間に効果が望める。難点は、久我が走るのが大嫌いだということだ。

歩兵は走るのが本分だ。戦場でのんびり歩く兵士はいない。車や飛行機に乗っての移動を除けば、歩兵は常に走って移動する。歩兵ではなく「走兵」と呼びたいくらいに。十キロ近い装備を身につけ、暑かろうが寒かろうが、走らなければならない。

歩いていたら敵に見つかりやすい。見つかれば撃たれ、走っていなければより当たる確率は高くなる。当たって死ねばいいが、そうでなければ仲間の命も危険にさらす。

だから走るのだ。

兵士でなくなった今、走るのだけはごめんだった。走るのは苦手ではないし、足は速いほうだった。だが、生命の危険のない場所では金輪際、走りたくない。

歩くのだったら、まだ我慢できる。だがそれだと二時間近く歩かなければ運動にならないような気がする。

今の生活習慣の中で、二時間をウォーキングにあてると、起きてから出勤するまで、時間の余裕がほとんどなくなる。

それもばかばかしい。あとは休日に、ジムにでも通うくらいしか方法はない。

城栄交通の営業所に到着すると、中西幸代が帰社したところだった。

「お疲れさま」

洗車と掃除は城栄交通では出番前の運転手がおこなうことになっている。車を洗い、車内を清掃して午後七時までには出庫できる状態にしなければならない。

「どうだった？」

「ふつう。いつも通りよ。それが一番」

着替えをすませた中西幸代が満足げにいった。指名客の多い中西幸代は、早番でもそれなりの売り上げがある。

「そういう心境に早くなりたいね」

別のナイトシフトの運転手がいった。借金があり、〝大物〟を狙いすぎだと岡崎が心配している新人だ。

初めのうちは「やればやるほど金になる」と思っていても、無理を続ければ体を壊したり事故にあったりと、結局長つづきしない。

「中西さんみたいに指名がいっぱいあればさ、俺もラクなんだけどな」

その言葉に潜む悪意に気づかぬフリをして、

「感じよくして、名刺を配ったら」

中西幸代が笑った。女で、しかも容貌も悪くないことから〝枕営業〟をしているという噂を何度もたてられ、それにはもう、「腹も立たない」といっている。

噂のばかばかしさは、久我にもわかった。〝枕営業〟をするくらいなら、それ自体で稼いだほうがはるかに金になる。仕事のできない人間のやっかみに過ぎない。

「あたしの彼氏を今日も一日、大切にね」

久我を見つめ、中西幸代がいった。久我は小さく頷いた。

「ぴかぴかに磨いておくよ」

午後十時、無線から岡崎の声が流れでた。

「運行管理、交代しました。岡崎です。よろしくお願いします」

城栄交通では、運行管理者と運転手のシフト時間をずらしている。両方が同時に交代してしまうと、忘れものなどの申し送りでトラブルが起きやすくなるからだ。

久我は上野駅で客を降ろしたところだった。

「二〇号車、実車中でなければ、会社あてに電話願います」

岡崎がいった。二〇号車は久我の車だ。直接久我の携帯にかけてこなかったのは、運転手の携帯が鳴るのを嫌がる客が多いからだ。

久我は携帯をとりだし、営業所を呼びだした。電話はすぐに岡崎に回された。

「ご苦労さま。さっき、営業所に、例の携帯を忘れたという客から電話がかかってきた」

「本人からですか」

「今度は当人じゃなく、当人の友人でモリナガと名乗った。当人が仕事で出張しているんで、かわりに回収してくれと頼まれたというんだ」

「なるほど」

「確認のために携帯を忘れた客をどこから乗せたか教えてくれといったら、当人じゃないからわからない。ただ携帯の形はわかっている。日本では買えない珍しい機種で、こうこうこんな形だと、まさにその通りのデザインをいってきた。どう思う?」

「当人の名前は?」

「桜井と、今度もいった。予約はちがう名だといったら、適当な名で予約したから、何といったか当人も覚えていない。だけど電話の形で本人と証明できた筈だといい張ってる。あほくさいが、全部嘘だと決めつけるわけにもいかん」

「そうですね。どうします?」

「それをお前さんに相談しようと思ってな。それと、指名の配車依頼がきている。今度は女だ。はっきりドライバーの久我さんをよこしてくれ、といってきた」

久我は息を吐いた。岡崎が笑った。

「ずいぶん人気者じゃないか」

「まったく心当たりはありません」

「そうか？　配車場所は麻布郵便局前。名前はイチクラ様だ。時刻は午後十一時」

「それは了解しましたが――」

いいかけ、久我は黙った。麻布郵便局前といえば、最初にあの客を乗せた場所だ。麻布郵便局とロシア大使館は向かいあわせにある。

偶然ではない。

「携帯のことか？」

岡崎が訊ねた。

「ええ。先方は何といっているんです？」

「届けてくれたら、料金以上に謝礼を払う、とさ」

「届け先は？」

「向こうの携帯の番号を聞いた。届けられるときに連絡をくれ、何時でもかまわないからといってな」

「とりにくる気はないのですか」

「仕事が忙しくてその暇がないらしい」

「妙だと思いませんか」

「もちろん妙だ。お前を脅そうとした極道だろうな。ちがう手できたのだろう。だがこの携帯を欲しがっているのだけはまちがいないな。渡して厄介払いするという手もある」

「そうですね」

「ただな、ひとつ思ったことがある」

「何です?」

「わざと忘れていったのじゃないか」

「きのうもそういってましたよ」

「そうさ。お前を指名して乗ってきた客がおいていったんだ。わざとでも不思議じゃない」

「何のためです?」

「そこだ」

「パスワードを知らなけりゃ、使いようのない携帯です」

「知っているのかもしれん」

「俺が、ですか」

「ああ。わざとお前の誕生日とかにしたとか」

「まさか。会ったことのない男ですよ」

「だがお前の名を知っていた」

　久我は黙った。

「とりあえず、麻布郵便局にいきます。実はあの客を最初に乗せたのも、同じ場所なんです」

「何？」

「もしかしたらイチクラという女が、あの客の知り合いかもしれません」

「あるいは極道が罠をかけたか」

「営業所に電話をしてきたくらいですから、もう俺の手許にないことはわかっているでしょう。俺を呼びだしても意味はありません」

　奴らが欲しいのはあくまでも携帯だ。久我を痛めつけるだけのために、そんな手間はかけないだろう。

「そういえば青物横丁から配車依頼があったとき、客が伝えた電話番号を調べたんだ」

「どこです？」

「ビジネスホテルの番号だった」

「イチクラ様は？」

「携帯の番号を聞いている」

「わかりました。何かあったらまた連絡を入れます」

久我はいって、電話を切った。メーターの「迎車」ボタンを押す。麻布郵便局まで一時間はかからないが、「空車」のまま向かえば、途中で客に拾われる可能性があった。それが麻布郵便局までの経路とは限らない。あさっての方角にでも連れていかれたら、時間通りにつけない可能性があった。

午後十一時の指名配車というのは、行先がよほどの遠距離でない限り、うけつけづらいものだ。

指名配車で呼びだされたあげく、行先が近場だったら、乗務員は失望する。配車地点までの移動時間を〝無駄〟にしたと感じるからだ。だから指名配車を時間帯によってはうけない乗務員もいる。

だが久我は気にしてはいなかった。第一、中西幸代とちがい、これまで指名配車などなかった。また指名配車で移動時間を費したとしても、〝無駄〟とまでは思わない。

「〝大物〟を狙うより、一分でも実車時間を延ばせ」と、岡崎がよくいっている。

遠距離の客にありつこうと血眼《ちまなこ》になる乗務員より、近距離でも数をこなす乗務員のほうが結局は〝数字〟をあげるという意味だ。

久我もその考え方に賛成だった。確かに近距離の客ばかりがつづくと疲れるし、失望を感じることはある。が、客は、自分の前の客がどうであったかなど気にしない。大事なのは、自分が心地よくそのタクシーに乗れるかどうかだ。

近距離だからと乗務員が不機嫌になったりすれば、タクシーセンターにクレームをつけないまでも、城栄交通、ブルーキャブグループの車を避けるようになるかもしれない。結局は自分の首を絞めることになる。

今は乗務員のマナーに関して各社うるさくなっている。昔は、近場だと「道を知らない」と乗せなかったり、「空車」でもホステス風の女は気づかぬフリをして走りすぎることが多かったようだ。ホステス風の女を乗せないのは、都心に住んでいる場合が多く、距離がでないからだ。

そんな乗務員に限ってたいした仕事はしていなかった、と岡崎はいう。

「昔はメーター〝倒して〟パチンコ屋や麻雀荘に入りびたってる奴も多かった。勝ったら〝売り上げ〟だとつっこむんだ。負けたら？　負けたら借金だよ。今は全部GPSとタコメーターで管理されているからな。そんな無茶はできない」

実際にギャンブル好きの乗務員は少なくない。タクシー乗務員という仕事じたいに、客を乗せるまでいくらの稼ぎになるかわからないギャンブル性があるからだ。

ギャンブル好きではないが、その意外さをおもしろいと感じることは久我にもあった。普段着姿で、いかにも近場だろうと思った老婦人が三万円以上かかる遠距離だったり、その逆で期待充分で乗せたら初乗り料金だったということもある。

いずれにしても過度の期待は禁物だ。仕事なのだから一喜一憂せずにやるしかない。

麻布郵便局前に十時四十分に着いた。人の姿はなかった。ハザードを点し、久我は待った。

六本木の繁華街とほんの数百メートルしか離れていないが、飯倉片町の交差点を境いに、夜は人通りが少なくなる一角だ。郵便局やロシア大使館、外務省公館といった施設が集まっているせいだろう。

十一時を二分ほど過ぎたとき、ロシア大使館の先の細い路地から女がひとりでてくるのが見えた。路地の奥には「アメリカンクラブ」という、レストランやスポーツジムなどが入った、アメリカ人中心の会員制クラブがある。

ベージュ色の薄いコートに黒いパンプスをはいた女は外苑東通りを渡ってこちら側の歩道に移り、まっすぐ歩みよってきた。街灯の明りで顔立ちが浮かびあがった。大きな瞳がこちらに向けられている。

女は、久我の顔をフロントグラスごしに見つめながら近づいてきて、タクシーのかたわらで立ち止まった。

久我は助手席の窓をおろした。

「久我さん?」

女が訊ねた。

「ご予約のお客様ですか」

「イチクラです」

久我はドアを開いた。女が車内にすべりこむと香水が匂った。それほどきつい香りではない。

「ご乗車ありがとうございます。どちらまで参りますか」

ルームミラーを見ながら訊ねた。見覚えのない女だ。年齢は三十代のどこかだろう。これほど整った顔の女なら、会ったことがあればさすがに覚えている。

「ゆっくり話したいのだけれど、このままここに止まっているわけにもいかないわね。それじゃあ久我さんが仕事にならない」

女が答えた。わずかにかすれた、ハスキーな声だ。

「行先をいっていただけると助かります」

「じゃあドライブに連れていって。首都高の環状線を回って下さる?」

「首都高の環状線ですね。承知しました」

ハザードを消し、久我はウインカーを点した。

「Uターンして、そこの飯倉から首都高速に入ります」

女に告げた。

「そうして下さい」

飯倉インターチェンジは飯倉片町の交差点にある。久我は車をUターンさせ、飯倉から首都高速都心環状線の内回りに乗った。この時間なら、ゆっくり走っても一周するのに一時間かからない。

女が指名配車を望んだのは久我と話をするのが目的のようだ。

久我は左側の走行車線を八十キロで流した。大半の車が百キロ以上のスピードで追いこしていく。

「あの人のメッセージをうけとった?」

女が訊ねた。

「どなたの、でしょう」

久我はわざと訊き返した。

「あなたに何という名を使ったかはわからない。本名は桜井」

「桜井さん――」

「青物横丁のホテルの前から大森駅まで乗せた筈よ」

「そのお客様でしたら、覚えております」

「あなたに預けたでしょう」

久我は黙った。ルームミラーを見る。女は横を向き、窓の外を眺めていた。

「お預かりしたもの、ですか」

「そう、久我晋さんに預けた」

ミラーの中で女と目が合った。

「お忘れものではなくて、ですか」

「ちがう。あなたに預けたの」

女の目に強い光があった。

「なぜ、私なのですか」

「久我さんだからよ」

「意味がわかりません」

「わたしにもそれはわからない。でもあの人はそういっていた。『久我晋を見つけた。預けるにはぴったりの相手だ』」

「私には何のことだか」

「フランス語を喋ったでしょう」

久我は答えなかった。

「あの人が人ちがいしたというの?」

「誰との人ちがいなのかすらわかりません」

今度は女が黙った。車は浜崎橋ジャンクションを左折し、京橋ジャンクションを通過するところだった。都心環状線を進むには、次の江戸橋ジャンクションを左にいく必要がある。

「あの人の憧れだったのよ。アンビアで二年生きのびたのはあなたしかいない。日本人で、しかも自分と同じ空挺の出身だって」

久我は息を吸いこんだ。

「空挺からPO。アンビアの治安維持部隊にあの人はいた。あなたが戻ってくると信じて。いっしょに働きたかったのよ」

「そうですか」

「認めるんでしょう。あの人の憧れの久我晋だって」

「今は城栄交通の久我晋です」

ミラーの中で女の目が険しくなった。

「そうやってとぼけるの？」

「とぼけるつもりはありません。桜井さんですか、青物横丁からお乗せしたお客様が、以前の私の仕事をご存じだったのはまちがいないようです。しかし今はまったく別の仕事をしているというのもおわかりいただけると思うのですが――」

「あの人と連絡がつかない」

久我の言葉が終わる前に女はいった。

「それは携帯電話を失くされたからではありませんか」

「あなたに預けたのは、あの人の携帯じゃない。あの人は自分の携帯を別にもっていた。

それがつながらない」

「待って下さい。私の車にお忘れになったのは、桜井さんの携帯ではないのですか？」

「ちがう」

「ではいったいどなたの携帯なんです？」

「それは知らない。ただあなたに預けるのが一番だ、とあの人は考えたからおいていったのだと思う」

「何が一番なんです？」

「あなたなら対処できる」

「何に対処するんですか」

「『ヌワン』」

背筋に冷たい衝撃が走った。思わずふりかえりそうになるのをこらえる。

「『ヌワン』は、もう存在しないのではありませんか」

アンビアで休戦協定が結ばれたとき、「ヌワン」を構成する部族もそれに加わったと聞いていた。

「それはわからない。でも、あの人は『ヌワン』が日本にいる、といっていた」

「ありえません」

「わたしとあの人は、今日、ハワイに渡《た》つ筈だった」

久我はミラーを見た。

「向こうで二人だけの式を挙げる約束をしていた。すごく楽しみにしていたけど、無理だとわかってもいた」

女はミラーの中で寂しげに微笑んだ。

「なぜです？」

「久我さんならわかるでしょう。結婚して平和な生活なんて送れない」

久我は息を吸いこんだ。

「結婚している軍人はたくさんいます」

「でもＰＯは少ない。ＰＯになるのは、戦争にとりつかれた人。戦っていなければ、生きているという気がしない」

久我は黙った。車は神田橋ジャンクション、竹橋ジャンクションを過ぎ、三宅坂ジャンクションにさしかかった。皇居の堀の下をくぐるトンネルに入る。

トンネルを抜け、谷町ジャンクションを過ぎると飯倉だ。都心環状線の二周目に車は入った。

「久我さんはどうしてやめたの？」

女が訊ねた。

「体を壊したんです」

「壊さなかったら、まだつづけていた？」

「かもしれません」

久我が答えると、女はほっとしたようにいった。

「そういう人たちなの。だから、わたしは夢を見ただけ」

「桜井さんが戻ってこられれば、夢じゃなくなります」

「戻ってこない。わたしにはわかる」

久我はウインカーを点した。非常用の路側帯にタクシーを止めた。

ふりかえり、女を見つめた。暗い目で女は久我を見返した。

「戻ってこないとはどういう意味ですか」

女は両手で顔をおおった。くぐもった声でいった。

「あの人は死んだ。そうでなければ、とっくにわたしたちは渡《た》っている」

「なぜそう思うんです」

「どんなときでも、あの人の連絡が絶えたことはなかった。わたしとあの人がつきあい始めたときから約束なの。心配して眠れない夜を過したくないといったら、必ず毎日連絡を入れる、もしなかったら死んだときだって」

涙声になっていた。手をおろし、久我の目を見た。

「本当にその通り、毎日連絡をくれた。できないときは前もって教えられた。でもきのうと今日、あの人から連絡がない。アンビアにいたときもくれた連絡が、この東京で、なくなった」

久我は息を吐いた。

「イチクラ様――」

「和恵《かずえ》です。市倉《いちくら》和恵」

和恵と呼んでほしいのだと気づいた。久我は前を向いた。

桜井は結婚が嫌になり、逃げだしただけかもしれない。だが死んでいないと久我が考える理由に、それを告げるのは、さすがにためらわれた。

「わたしから逃げだしたのなら、そうであってほしい」

久我の考えを読みとったように、市倉和恵はいった。

「でもそうじゃない。あの人は生きていない」

「元空挺で、アンビアの治安維持部隊にいた人間は、簡単には死にません」

久我はいった。

「だから『ヌワン』なの。『ヌワン』の噂をあの人は聞いて、恐れてた。休戦協定が結ばれる前だったら、自分はアンビアの任務をうけなかったろう、って」

「『ヌワン』が桜井さんを殺したというのですか」

「他に考えられない」

「であるなら、警察にいくべきです」

「日本の警察が『ヌワン』を何とかできると思う?」

久我は黙った。「ヌワン」が日本にいるという話そのものが信じられない。

「桜井さんが殺されたとしたら、その理由は何なのです?」

「わからない。もしかしたら、あの携帯が理由なのかもしれない」

「あの携帯が、『ヌワン』と何か関係があるというのですか」

久我は和恵を見つめた。

「でなければ、あなたに預けなかった。『ヌワン』に対処できる人はあなたしかいない、とあの人はいってた」

久我は首をふった。なぜ「ヌワン」がこの日本にいて、それにかかわっている携帯電話を自分が預からなければならないのか。

それが真実だとしても、かかわりたいとは露《つゆ》ほども思わない。

「私にとっては迷惑な話です」

和恵は久我を見つめ返した。

「あの人が命がけであなたに預けた」

「私はそれを望んでいません。できるなら、桜井さんにお返ししたい」

「いったでしょう。あの人はもう生きてない」

「では警察に届けます。殺人の証拠品です」

和恵は息を吐いた。

「そんなことをしても無駄よ」

「なぜ無駄なんです。桜井さんはあの携帯をどうやって入手したのですか？」

「日本でついていた任務があったの。その途中で手に入れた」

「どんな任務なんです？」

訊きたくなかったが、しかたなく久我は訊ねた。

「誰かの警護だといっていた」

「誰で、何から守っているのか、聞きましたか？」

和恵は首をふった。

「それは話してくれない。任務のことは話さない決まりでしょう」

久我は息を吐いた。確かにＰＯは、任務の話を第三者にはしない。

極道から守っていたのだろうか。

だがやくざ者から身を守るためにＰＯを雇うというのは、妙だ。

「桜井さんはまだＰＯの仕事をしていましたか？」

「ええ。アンビアの治安維持部隊に、まだ籍があるといっていました」

「なのに日本で誰かを警護していたのですか」

「アンビア政府の要請でした」

久我は目を前に向けた。これ以上かかわるべきではない。いくら桜井と自分の間に共通点があるとしても、ここは日本で、戦場と異なり、殺人は犯罪だ。

「連絡先を教えていただけますか」

久我はいった。ルームミラーの中で和恵の目がみひらかれた。

「携帯の番号をいいます」

和恵が口にした番号を、久我は自分の携帯に入力した。

「この番号が私です」

和恵の携帯を鳴らす。

「桜井さんがどうしてあなたに連絡をしてこないのか、調べてみます」

「できるのですか」

「やってみないとわかりませんが。もし、それで何もわからなければ、携帯は和恵さん、あなたにお返しします。私がもっていてもしかたがないし、もっているべきでもない」

警察に届ければ、かかわりが生じてしまう。それはごめんだ。桜井が本当に殺されていたら、警察は久我が事件に関与していると疑うにちがいなかった。

過去の仕事も含め、警察につつき回されるのは何としても避けたい。タクシーの仕事をつづけられなくなるかもしれない。

「わたしに返す……」

和恵は呆然としたようにいった。

「ええ。そのときは、あなたから警察に届けて下さい。私はかかわりたくない」

冷ややかに久我は告げ、右のウインカーを点すと、走行車線に合流した。

和恵はショックをうけたように黙りこんだ。

「どこまでお連れすればよろしいでしょうか」

口調をかえ、久我は訊ねた。

4

乗せたのと同じ麻布郵便局の近くで、市倉和恵は久我の車を降りた。直後に新宿までいってくれという客を拾い、それから朝まで途切れることなく実車がつづいた。最近では珍しく、売り上げがたった。

営業所に戻り、中西幸代に車を渡す。

「きのうはできたよ」

「あら。休み前によかったわね」

いわれて思いだした。その日の夜は非番だった。四日ある定期の休日とは別に、月に二回、休みがある。

「忘れてた」

「じゃあ、でれば」

いった中西幸代に首をふった。

「木更津《きさらづ》にいく」

「どこまで進んだの？」

「まだまったく駄目。天井と床が終わったくらいで、壁とかはこれから」

久我は答えた。ＰＯ時代の貯えの一部で、千葉の木更津に古民家を買っていた。城栄交通に入る少し前のことだ。本当はすぐにでも住むつもりだったが、安かっただけのことはあって、建物がひどく傷んでいた。

城栄交通に入ってから、休みのたびにこつこつと修理してきた。大工仕事の経験はほとんどなかったが、つづけているうちにコツのようなものがわかってきた。

誰にも話すつもりがなかった木更津の家のことを、気がつくと中西幸代には話していた。それが中西幸代の、特別な〝力〟なのだ。

今は岡崎も知っている。

「早く連れてって。ツバサとヒカルも楽しみにしてる」

中西幸代は二人の息子の名を口にした。

「ただの山の中だ。いったっておもしろくない」

「でもホタルがいるんでしょ。カブトムシも」

「カブトムシやクワガタはいる。ホタルは、近くじゃないが、いる川があるとは聞いた」

「じゃ、今年の夏ね」

「網戸がそれまでに入ったら」

「約束」

岡崎が顔をだした。

「おい、今日、このあとつきあってくれ」

「まだ明けじゃないでしょう?」

「早あがりする」

有無をいわせない口調だった。久我は中西幸代と顔を見合わせた。


「こいつを返す」

居酒屋のテーブルの上に携帯をおき、岡崎はいった。

「形上《かたちじょう》は、俺が預かっていることにしておく。規則があるからな。だがお前がもっていたほうがいい」

久我は小さく頷き、携帯をポケットにしまった。朝から開けている居酒屋はそう多くない。今日は営業所に近い店だったが、知っている顔はなかった。

「電話の件はどうなりました?」

桜井の〝友人〟という人物から、携帯を届けてくれたら謝礼をはずむという電話があったと、昨夜岡崎から聞いていた。

「あのままだ。届けられるとしても、勤務明けまで動けないといってある」

岡崎は答えた。

「向こうは岡崎さんの名前を?」

「訊いてきたから、運行管理の岡崎だと答えた」

「連絡先は?」

「聞いてある」

岡崎はメモをとりだした。「モリナガ」という名と、携帯電話の番号が記されている。

「連絡をする前に、昨夜の指名客の話を聞こうと思ってな」

岡崎は煙草の箱をとりだした。久我が咎《とが》めるような目を向けると、ため息を吐き、ポケットに戻した。

「この歳になって、煙草のことをあれこれいわれるのはつらいぞ」

「主任が健康なら何もいいません。主任がいなくなったら、城栄交通は辞めます」

「幸代がいるだろう」

「彼女との相番ができるのも、主任のおかげです」

「あれはいい子だ」

久我は頷いた。

「お前との相番を喜んでて、シフトをかえないでくれと頼まれてる」

「俺がちょっかいをださないから楽なんです。人気者だから」

岡崎はあきれたようにいった。

「鈍い奴だ。まあいい。で、イチクラはどうだった？」

「やはりあの客の本名は桜井というようです。青物横丁のホテル前から大森駅まで乗せたことを知っていました」

「で、携帯を返せと？」

久我は首をふった。

「俺に預けたのだ、といいました」

「カケフ、いや桜井が、か？」

「そうです。なぜだと訊ねたら、前職が同じだったからだそうです」

「兵隊ということか」

「ええ。フランスにいく前、自衛隊にいたという経歴も俺と同じだったようです」

岡崎は黙った。横を向き、カウンターに陣どる他の客をながめた。他の会社のタクシー運転手や警備員、土木作業員など、夜の仕事を終え、一杯やっている連中だ。

「それについちゃ、あまりくわしく聞いたことはなかったな」

久我は黙った。テーブルにおかれた銚子をとり、岡崎の盃《さかずき》に酒を注ぐ。

「その桜井はどうしてでてこない？」

「死んだと、女客は思っています」

「イチクラがか？」

「市倉和恵というそうです。二人は婚約していて、きのうハワイに渡《た》つ予定だった。それが何の音沙汰もない。だから死んだ、というんです」

「馬鹿な。連絡がないから死んだだと」

岡崎は笑った。が、久我が笑わないのに気づき、笑みを消した。

「おい、お前もそう思ってるのか。結婚が嫌で逃げだしたのかもしれん。マリッジブルーって奴だ」

「それは俺も考えました。でも本人も、自分から逃げだしたのなら、そうであってほしい、といいました」

「そんなに深刻な話なのか。携帯を忘れたことが」

「携帯は桜井のものじゃないようです」

岡崎は眉をひそめた。

「何だと？」

「誰の携帯なのかはわかりませんが、桜井は俺に預けるつもりでおいていったと、市倉和恵はいいました」

「ちょっと待て。じゃあ、桜井が誰かからとった携帯を、お前の車にわざと忘れたってことか」

「ニュアンスとしてはそうなります」

「じゃあお前を呼びだしたり、営業所に電話をしてきた奴から盗んだ携帯かもしれんと？」

「いや、ちがうと思います」

「なぜだ。外国製だからか」

「それもありますが、市倉和恵が俺にいったことがあって……」

久我はいい淀み、岡崎を見た。

「煙草を一本下さい」

「何だよ。人には吸うなというくせにたかるのか」

いいながらも、岡崎は煙草の箱とライターをさしだした。

火をつけ、煙を吸いこんだ。一瞬むせそうになる。

「アフリカにアンビアという国があります」

「聞いたことないな」

「中央アフリカにある小さな国です。ずっと内戦がつづいていて、まともに政府が機能しだしてからまだ数年しかたっていません。首都はオンノボといいます。そこに俺は二年いました。そのときの経験で、夜、眠れなくなった」

岡崎は久我の盃に酒を注いだ。

「飲め。飲んだほうがいいって顔だ」

久我は苦笑した。

「ふだんは思いださないようにしているんです。けっこうキツかったんで」

燗酒を口に含んだ。話してしまおうと決めた。

「当時、内戦下のオンノボに出没している、『ヌワン』というゲリラがいました。『夜歩く者』という意味です。外人部隊を除隊した俺は、金を稼ぐために傭兵になり、アンビア政府に雇われていました。『ヌワン』は、政府軍を標的にしていて、夜営地はたびたび襲撃されました」

岡崎が新たな酒を注いだ。それを断わり、久我は煙草を吹かした。

「『ヌワン』は音をたてないんです。そっと忍び寄り、ばかでかいナイフで首をかき切る。見張りがいても駄目で、うとうとしているところを狙われる」

岡崎は顔をしかめた。

「襲われたことがあるのか」

「何度も。朝起きると、隣で寝ていた戦友の首がないんです。『ヌワン』は、わざとそこにいる全員を殺さず、何人かの首だけをもっていく。自分が助かったのはたまたまで、今夜は首を刈られるかもしれない、と思う」

「見張りはいないのか」

「油断した見張りが最初に殺《や》られるんです。だから、他人に見張りを任せられなくなった」

「そうか。人任せにしたら、いつ殺られるかわからないからな」

「ええ。だからどんなに昼間の戦闘でへとへとになっていても、見張りを志願していました。そうしなければ、生きのびられないと思った」

岡崎は息を吐いた。

「兵隊だから死ぬのは恐くないのかと思っていた」

「国家の軍隊ならそうでしょう。傭兵はちがう。愛国心ではなく、報酬が目的です。死んだら金は使えない」

「じゃあなぜ、兵隊になった？」

「理由はいろいろあります。一番は、実戦経験を積みたかった」

「人を殺したかったのか」

岡崎は顔をしかめた。

「単純にいえばそうです。自衛隊でも外人部隊でも、訓練といえば戦闘で、戦闘とはつまり敵を殺すことですから」

「実際はどうだった」

「外人部隊に入り、空挺に採用されました。自衛隊でも空挺に所属していたので、そこを買われたのだと思います。フランスの旧植民地があったアフリカに派遣され、実戦を経験しました」

「傭兵になったのは人を殺し足りなかったからか」

岡崎の口調は厳しかった。

「まさか。外人部隊はフランスの正規軍です。給料は高くない。傭兵になれば十倍近く稼げる。特にアンビアのような危険地域では」

岡崎は首をふった。

「よく辞められたな」

「死ぬか、体を壊すか、どちらかです。辞めるのは」

「恐くないのか」

「恐いですよ。特にアンビアは恐かった。でも、ずっとそういう戦地にいると、平和な場所にいる自分が、幽霊みたいに思えてくるんです」

「幽霊？」

「実体がない。戦闘がないと、生きているという実感もないんです。戦って、ああ生きのびたと思うときが、生きてると感じられる瞬間で。だから休暇のときは、酒やドラッグ、女びたりです。好き勝手やっておかないと、万一死ぬとき後悔しそうな気がしていました」

「楽しいのか、それで」

「楽しいとかじゃなくて、他に考えられないんです。酔って女とやる以外の楽しみが。今思えば、たいして楽しくなかったような気がする。子供じみていますが、日常を単純化しないと、傭兵の仕事はつづけられない。桜井のように女と結婚を考えるなんて、とても俺にはできませんでした」

岡崎は盃を口に運んだ。

「勢いだけで生きのびた、と思うことが俺にもある。足もとにでかい穴があいてるのに、気にせずひょいひょいまたいでな。一歩まちがえたら、落っこちて死んでいたかもしれん。だが若いときは、自分だけは死なないと信じてるんだ。思いだすと、背中がぞわっとする」

「自分だけは死なないとは、俺は思いませんでした。ただ死にたくない、それも『ヌワン』にだけは殺されたくない、とは思った」

「無事に日本に帰ってこられてよかったな」

「桜井は『ヌワン』に殺された、と市倉和恵はいいました」

「何？　どういうことだ」

岡崎は首を傾げた。

「俺にもわかりません。ただ『ヌワン』が日本にいるようなことを桜井はいっていたそうです」

「意味がわからん。その『ヌワン』が日本まで桜井を追っかけてきたというのか」

「桜井はアンビアにいましたが、『ヌワン』と戦ったことはない筈です。桜井がいたのは、政府軍と反政府勢力のあいだで休戦協定が結ばれたあとなので。『ヌワン』も政府軍を襲うことはなかった」

答えながら、久我はふと恐怖を感じた。「ヌワン」と戦ったのは自分だ。「ヌワン」が日本まで追ってきて襲うなら、自分しかいない。

ありえない。すぐにその考えを打ち消した。「ヌワン」の兵士を何人か殺したのは事実だ。だがその恨みを晴らすために日本にくることなど決してない。

第一、自分の名も国籍も、「ヌワン」は知りようがない。互いに暗闇の中で撃ちあっただけだ。

「じゃあなぜ『ヌワン』が桜井を殺すんだ」

岡崎は訊ねた。

「わかりません。もしかするとこの携帯に何か理由があるのかもしれない」

「それが本当なら、さっさと警察に届けたほうがいい」

「俺もそう思います」

久我は頷いた。

「ただ、今のところは桜井がそんな目にあったなんて証拠はありません。結婚が嫌で逃げだしたのであって、市倉和恵はそう思いたくないだけかもしれない」

岡崎は息を吐いた。

「そうだといいが。だが極道がなんで『ヌワン』にからむ?」

「それは俺にもわかりません。桜井は休暇で日本にいたわけじゃなく、警護の仕事できていたそうです。それもたぶんアンビア政府の人間を守っていた」

「極道から守っていたのか。アンビア政府の人間が極道ともめて、それで桜井は殺されたのじゃないのか」

「その可能性は俺も考えましたが、たぶんない」

「なぜだ」

「やくざ者から身を守るために傭兵を使うなんて話は聞いたことがない。傭兵にできるのは人殺しです。戦場で人を殺すのは金になるが、もし日本で、相手が極道でも、殺せば、それは殺人です。そんな仕事をうけるわけがない」

「極道が『ヌワン』を雇ったとか。極道が中国人のヒットマンを使ってるとか、最近はいうじゃないか。それかもしれん」

「ヌワン」は、誇り高い部族だ。殺し屋として雇われるとは思えない。が、それは口にせず、久我は岡崎を見た。

「少し調べてみる、と市倉和恵にはいいました」

岡崎はのぞきこむように久我の目を見た。

「調べるって、どうやってだ」

「昔の知り合いに訊いてみます」

岡崎は驚いたように目を広げた。

「いるのか、そんな奴が」

「ひとりだけ」

「今も兵隊なのか」

久我は首をふった。

「医者です。といっても精神科医ですが」

岡崎は苦笑した。

「だったらお前がまず診《み》てもらうべきだろう。夜、眠れるように」

「無理せず、体の求めにしたがえとそいつがいったんです。いつか自然に治る」

「なんだかいい加減に聞こえる。医者なんだから注射とか薬で何とかできそうなものなのに」

久我も笑った。

「そういう治療は極力しない主義なんです。戦地では狙撃兵だった。そのあと医大に入り、外科医になるつもりだったのが、精神科医に進路をかえた。うんざりするほど自分は血を見たし、流させたから、と」

岡崎は首をふった。

「わかったような、わからんような理屈だ」

「そうですね」

久我は頷き、黙った。やがて岡崎がいった。

「あまり厄介なことにならんといいが。死んだのなんだのってのは穏やかじゃない。まして桜井のもちものじゃなかったのなら、もめごとのタネにしかならん」

岡崎のいう通りだ。さっさと誰かに渡すべきだとは、久我も思っている。

問題は誰に渡すかだ。桜井を騙った、あの極道には渡せない。もし携帯のもち主が奴らなら、最初からそういった筈だ。盗まれたものだから返せ、と。

やはり市倉和恵か。

だが受けとらないだろう。和恵は、久我が携帯をもつべきだといった。なぜなら桜井がそれを望んだからだ、と。

では誰に渡すのか。

本来のもち主ということになるだろう。

それは誰なのか。アンビア人かもしれない。

桜井が警護を依頼されていたアンビア政府の関係者か。

わからなかった。もしそうであれば、在日アンビア大使館に匿名で送りつけるという解決法もある。

が、桜井の安否がわかるまでは手もとにおこう、と久我は思った。命がけで託されたかもしれない品を、安易に放棄するわけにはいかない。

「もめごとはごめんです」

久我はいった。

「本当にそうか？　さっきいったじゃないか。自分が幽霊みたいに思えるって。今のお前はそうなのじゃないのか」

岡崎は盃を唇にあて、訊ねた。

「もうちがいますよ。切った張ったはごめんです。静かなのが一番です」

答えた久我を、盃を干した岡崎は疑わしげに見つめていた。

5

マンションに戻った久我は、そのまま近くの駐車場に預けてある自分の軽ワゴンに乗りこんだ。首都高速からアクアラインを走り、圏央道の木更津東インターで降りると小《お》櫃《びつ》川沿いの農道を南下する。直線距離にして二十キロと海とは離れていないが、うっそうとした森の中のひらけた一角に、目的地である古民家がある。

昭和二十年代の初めに建てられたもので、住人は近くで農業を営んでいた。ゴルフ場も多い土地だが、それ用に買収を始めた開発業者がバブル崩壊で破綻し、周辺の過疎化に拍車がかかった。

平成に入ってすぐ、ひとりで暮らしていた老婆が亡くなり、家は富津に住む親族のもちものになった。買い手がつくのを期待せずに売りだしていたところを見つけたのが久我だった。

二十坪ほどの平家に四百坪の土地がついてきた。半径一キロ以内に、他の民家はない。水は井戸だが、電気は通っている。ガスはプロパンだ。

初めて訪れたときは、すぐにでも住めそうに見えた。が、人の住まない家が、どれほど傷むものかを、何日か過して久我は知った。

畳とその下の根太《ねだ》がほぼすべて腐り、白アリが巣食っていた。窓ガラスは割れていないが、木枠には歪みが生じ、すきま風と虫が入り放題だ。

畳をすべて捨て、根太と床板を張りかえる作業から始めた。幸い、二キロほどの場所に小さな製材所があり、安く資材を入手できた。

休みにこつこつ通い、白アリの駆除と床板の張り替えに一年近くを費した。

幸いだったのは、水回りがそれほど傷んでいなかったことだ。風呂が木桶ではなく、タイル張りだったことも幸いした。ガス釜は使えなくなっていたが、薪《まき》で沸かせるように改造し、台所では最低限の水仕事ができた。

歪んでいた窓枠は一部をくり抜いて、新たにつけかえた。

いくつかの部屋の天井には穴があいていて、鳥や蛇が入りこんでいた。それを塞ぐのに半年かかった。

庭にはとり外した廃材が積んである。夜になると、掘った穴でそれを燃やし、かたわらにおいた寝袋にくるまった。眠ることはできないが、火を眺め、虫の音に耳を傾けている時間が好きだった。

夏、曙光《しょこう》がさしかけると、まるではかったようにヒグラシがいっせいに鳴き始めるのを聞いた。太陽が昇りきった頃には、ヒグラシは他のセミと交代し、夕方まで鳴かない。

さざなみのようなヒグラシの鳴き声を聞きながら入る眠りは、この上ない贅沢《ぜいたく》といえた。

起きると、おきざりにされていた鉄釜で飯を炊き、缶詰や農協の売店で買った惣菜で食べた。

長ければ三日間をそこで過す。昼の明るい時間の半分を睡眠にあてるため、家の修復ははかどらない。

が、久我があせることはなかった。城栄交通を辞めるまでに、修復が終わればよいのだ。

あと何年後かはわからないが、さすがに十年はかからないだろう。

去年の秋からは屋内で寝られるようになった。真夏はさすがに日陰で眠りたい。ヤブ蚊の襲撃も激しい。

民家に到着した久我は、張りかえた板の間にしいたクッションの上でひと眠りした。目が覚めると、あたりは薄暗くなっていた。

今日は、壁に断熱材を貼る作業なので、暗くなってもかまわない。作業用の照明をつけ、買ってきた弁当を食べたあと、とりかかった。

森の中の家は、夏はエアコンなど必要ないほど涼しいが、冬は厳しく冷えこむ。壁に断熱材を貼り、その上に板をかぶせるのが久我の計画だった。必要になりそうな建材は、長い休みのときにホームセンターで買いだめしてある。

金槌《かなづち》や電動ノコの騒音を気にする必要はまったくない。

疲れるまで作業に没頭し、午前四時過ぎに、沸かした風呂に入った。氷を入れたクーラーボックスで冷やしておいた地酒をコップに注ぐ。

農協の売店で買った佃煮《つくだに》をつまみながら、酒を飲み、クッションの上に寝転がったのは午前六時だ。

目覚めたのは昼過ぎだった。用を足し、顔を洗って軽ワゴンに乗りこんだ。少し走って県道まででると、アダムを呼びだした。

「アロー」

「ジャンだ」

かつての偽名を告げた。アダムはフンと笑い、フランス語でいった。

「タクシーは頼んでいないぞ」

フランス語が公用語のケベック州出身のカナダ人だ。外人部隊から傭兵になりPOを経て、精神科医を東京で開業した。外資系企業のカウンセラーで稼いでいる。

東京で開業したのは、東洋人の女に目がないからだ。アンビアで生きのび、今でも会う、唯一の仲間だ。

「話したいことがある」

「俺のカウンセリング料は高いぞ。払えるか」

「ロブスターを奢《おご》る」

「どうせ冷凍の安物だろうが」

「リブもつけてやる」

「わかった。五時にいつもの店だ。六時から俺はデートがある」

「俺も仕事だ」

東京に戻ると駐車場に車をおき、久我は着替えて半蔵門に向かった。

アダムの診療所は一番町にある。二人がよく食事をするシーフードレストランがイギリス大使館の近くにあった。

四時にオープンするレストランのバーカウンターには、すでに白人が数人すわり、ビールを飲んでいた。その中にアダムもいた。

ひょろりとした長身で、眼鏡をかけているが、かつては優秀な狙撃手だった。紺のスーツにオレンジのタイを結び、いつも肌身離さない黒鞄を手にしている。医師は鞄をもつべきだというのがアダムの持論だが、精神科医が聴診器をもつのかと久我が訊ねると、中身は秘密だと笑って、教えなかった。

久我より六つ年上で、今年四十六になる。

「予約したテーブルにいこう」

久我に気づくとカウンターの止まり木を降りて、アダムは顎をしゃくった。

レストランの端、周囲に誰もいないテーブルで二人は向かいあった。アダムがウォッカマティニを、久我はペリエを注文する。料理はアダムが選んだ。

乾杯し、久我は桜井がおいていった携帯をテーブルにおいた。

「何だ？」

「三日前に乗せた客が俺の車においていった。最初は忘れものだと思ったが、その客の婚約者だという女によれば、俺に預けたのだという。そいつは自衛官のあとPOになり、今もアンビア政府に雇われているらしい」

「知り合いか」

アダムは携帯を手にして訊ねた。久我は首をふった。

「向こうは俺の名を知っていた。以前、偶然俺の車に乗り、ネームプレートを見て俺のことがわかったようだ。そのときフランス語で話しかけられた。自衛隊でも外人部隊でも空挺にいて、俺と同じ経歴だったんだ」

「目標となる『センパイ』か」

先輩だけ日本語でいい、アダムは皮肉げな笑みを浮かべた。何かとまぜっかえすのは〝職業病〟だと本人はいっている。カウンセリングでは、ただひたすら相手の言葉に耳を傾ける他ない。仕事を離れると、人の話を素直に聞けなくなる。

「婚約者がいったことだ。どこまで本当かわからん」

「携帯をおいたのはジャンと話したかったからじゃないのか」

「かかってきたのは一度だけで、しかもヤクザからだった。自分のものだから届けろといわれ、いったら別人がいた」

「ヤクザ」

アダムは口笛を吹いた。

「よく奪われなかったな」

「脅迫されたが暴力沙汰にはならなかった」

アダムは携帯の画面をいじった。

「アフリカや中東で売られている中国製の機種だな。パスワードは知ってるのか？」

久我は首をふった。

「婚約者の話では、その携帯は別の人間のもちものだったようだ」

アダムは眉をひそめた。

「他人の携帯をお前に渡したのか。理由は？」

「『ヌワン』」

アダムは無表情になった。

オンノボで初めて「ヌワン」の夜襲をうけたとき、歩哨《ほしょう》に立っていたのがアダムだった。

ふと目覚めた久我が目を開くと、アダムの背後の闇にナイフをふりかざした兵士がいた。久我は反射的に発砲した。

「あのときはねぼけたお前が俺を撃ったのだと思った」

アダムはいった。久我の放った銃弾は「ヌワン」の首すじに命中し、ナイフはアダムの首をそれて右肩にふりおろされた。アダムはその怪我がもとで引退した。

「その男は『ヌワン』が日本にいる、といったらしい」

「『ヌワン』と戦ったことがあるのか？　そいつは」

久我は首をふった。

「その男、サクライというのだが、サクライがアンビア政府に雇われたのは休戦協定が結ばれたあとだ」

アダムは考えこんだ。焼かれたロブスターが運ばれてきたが、フォークで少しつついただけで、マティニのお代わりを頼む。

「『ヌワン』について何か噂を聞いたことはあるか」

久我は訊ねた。

「国連にいる知り合いの話によると、『ヌワン』のメンバーだった人間には、アンビア政府内部で出世した奴もいるらしい」

ありうることだと久我は思った。もともとアンビア政府は腐りきっていた。汚職や横領が横行し、政府軍は戦闘力が低い。だからこそPOを雇い入れて、反政府勢力を弾圧したのだ。

休戦協定が発効して、戦闘を生き抜いてきた「ヌワン」の元兵士が政府内に職を得れば、根性からして元からいる役人とは異なる。

そういう人間が、日本に送られてきた可能性はあった。

「在日大使館か」

久我はつぶやいた。アダムは頷いた。

「アンビアの民間人なんて、日本にはほとんどきていないだろう。アンビアは資源国だが、開発は中国企業がほぼ独占している」

「サクライはアンビア政府に雇われて警護の仕事をしていた。つまり日本でアンビア人を守っていたんだ」

「ますます大使館関係者以外考えられない。だが誰から守っていたんだ? 『ヌワン』かヤクザか」

アダムは久我を見つめた。

「それはわからない。ただヤクザから身を守るためにPOは雇わないだろう。日本で戦闘をおこなえば犯罪者だ」

「確かにな」

アダムは二杯目のマティニを飲み干した。

「その携帯のロックを外せる人間を誰か知らないか。どんな情報が入っているのかを知りたい」

久我は訊ねた。

「サクライと連絡はとれないのか」

アダムの問いに首をふった。

「婚約者の話では、もう生きてはいないらしい」

アダムは目を細めた。

「毎日必ず連絡をくれていたのが、俺の車を降りたあと、音信不通だ。マリッジブルーという可能性もあるが」

「マリッジブルーの人間は、まず理由を探す。結婚しないための理由だ。それが底をつけば姿を消すが、その前に必ず夫か妻になる人間に連絡を入れる。『捜さないでくれ』と」

「それはなかったようだ」

「知りあいの中国人で、ハッキングの専門家がいる。そいつに頼んだら、携帯のロックくらい簡単に外してくれるだろう」

「やってみてくれ」

アダムは携帯をつかみ、ジャケットのポケットに入れた。

マティニのお代わりを頼み、

「『ヌワン』」

と、つぶやいた。久我の目をのぞきこむ。

「あいかわらず、昼しか寝ていないのか」

久我は頷いた。

「慣れたがな」

「俺が病院送りになったあと、何回奴らと交戦した？」

「二度だ」

「それで何人殺《や》った？」

久我は黙った。

「わかっているのだろう、数は」

アダムがうながす。

「四人だ」

「俺のうしろにいたあいつも入れてか？」

久我は頷いた。

「四人も『ヌワン』を殺したのはお前だけだろうな」

アダムはつぶやいた。

「やめる前に気づいたことがある」

久我はいった。アダムは久我を見つめた。

「俺がオンノボを離れる直前、政府軍と反政府勢力の戦闘は激化していた。双方に多数の死者がでたのが、休戦協定がその後結ばれる理由になったといわれている」

「それは聞いている」

「そんな状況でも、俺たちの部隊はやたら『ヌワン』に狙われていたような気がする。あの頃は『ヌワン』も昼夜関係なく戦闘を展開していた筈だ」

「つまり夜襲する余裕なんてなかったといいたいのか」

「奴らだって昼戦えば、夜は休みたいだろう」

「襲撃は二度あった、といったな」

「交戦は二度だが、近くまできて襲撃せずにひきあげたことはもっとあったと思う」

久我はいった。

気配を感じたのだ。崩れた家や木立ちの向こうの闇に、こちらをうかがう者の存在を感じ、銃の安全装置を外したことが何度もある。

光学装置の緑色の視界の中をすばやく動く影を捕捉し、引き金に指をかけた。

相手はこちらの察知に気づいたのか、それ以上近づいてこなかった。

「部隊がずっと追跡されていたと思うのか」

「奴らはチャンスをうかがっていた。俺が気を抜けば、毎晩でも襲ってきたろう」

アダムはボーイを呼び、ロブスターの皿を下げさせた。どうせこのあとのデートでも食事をするのだろう。ほとんど手をつけていない。

「つまり執着していたのだな」

「執着？　確かにそうかもしれない。つけ狙われていた、と感じた」

「同じ『ヌワン』に？」

久我が頷くと、アダムは首を傾げた。

「『ヌワン』は五千人以上いた筈だ」

「ああ。その大半がオンノボに展開していた」

「お前の部隊に執着した理由は？」

「わからん。仲間を殺された恨みかもしれない」

「ありえない」

ロブスターのあとに運ばれてきたスペアリブを手でつかみ、アダムは首をふった。

「仲間を殺されると、戦意が高揚するのは兵士にとって自然な感情だ。死者を悼《いた》む気持と、自分もそうなったかもしれないという恐怖が、憎悪に転化し、戦闘へのためらいが消える。特に新兵ほどその傾向はある。が、新兵の憎しみは、個人としての敵兵には向かわず、敵全般に対する感情だ。仲間を殺した敵、というくくりで、敵兵すべてを殺してやる、と決意する。ジャンの話では、『ヌワン』の一部隊が、特定の敵であるお前たちをつけ狙っていたことになる。そうした復讐の感情は、激戦地ではあまり意味がない。誰であれ敵さえ殺せば、復讐はなしとげられたと感じられるものだ」

「わかっている。しかも夜襲をしかける『ヌワン』に新兵などいない。音もたてず忍び寄って首を切りとっていくなんて、ベテランの兵士の仕事だ」

久我はいった。スペアリブにかぶりつき、アダムは指についた脂をなめた。

「お前は妄想にとりつかれたんだ。その妄想は強固で、お前から夜の睡眠を奪った」

「じゃあ俺が闇の中に感じた気配も気のせいだったのか」

「その可能性は高い。すべてが『ヌワン』とは思えない。野犬や風で揺れた何かだったかもしれない。『ヌワン』に関してお前は、臆病である自分を許していたからな」

「どういう意味だ」

「兵士にとって、臆病と人から思われるのは最も避けたい事態だ。慎重であるのと臆病はちがう。慎重さは無駄死にを回避できるが、臆病は友軍を危険にさらす。臆病な兵士は戦闘から遠ざかることしか考えないからだ。ジャンが臆病な兵士ではなかったことは、俺がよく知っている。そのお前が、『ヌワン』の襲撃だけは避けようとした」

「そうさ。そのためには俺自身が見張りに立つ以外の方法がなかった。俺は眠らない。だから奴らはなかなか襲ってこられない。他の奴が見張りに立てば、どこかで気を抜くだろう。そうなれば必ず奴らは襲ってくる」

「そこだ。ジャンの中には、被害への確信がある。その被害とは『ヌワン』から発して、同僚に及んでいる。つまり自分以外は誰も信じられない」

久我は息を吐いた。

「その通りだ」

「お前は『ヌワン』に恐怖することを自分に許した。そうしなければ生きのびられないと信じたからだ」

「それが正しかったかどうかなんてわからない。はっきりしていることは、今、俺は生きている」

アダムは冷静に頷いた。

「つまりお前は自分が正しかったと思いたい」

「思ってるさ」

久我は認めた。

「その気持がある限り、お前は夜、眠れないだろう」

アダムは断言した。

「そうなのか」

「そうだ。眠れないのではなく、内なるお前、もうひとりのジャンが眠るのを拒否しているからだ」

久我はため息を吐いた。

「ヤブ医者のたわごとに聞こえる」

アダムはにやりと笑った。携帯をおさめたポケットを叩いた。

「今回のこれが、『ヌワン』の関係したトラブルに発展したら、俺の診断がまちがっていないと気づくさ」

久我はアダムを見つめた。

「だったら永久に気づきたくない。『ヌワン』には、もう二度と会いたくない。オンノボじゃなくトウキョウであっても、だ」

6

レストランから営業所に向かった。ちょうど帰庫した中西幸代が顔を見るなり、いった。

「主任の話、聞いた?」

「話って？」

「昨夜は無断欠勤」

「まさか」

「きのうの朝、いっしょに帰ったのでしょう」

「帰った。駅前の『おたふく』に寄って」

居酒屋の名を告げた。

「早引けしたし、具合でも悪かったの？」

「いいや。しっかりしていた。早引けしたのは別に体調が理由じゃなくて、俺と話をしたかったからだよ」

「話？」

「客の忘れものさ」

「ああ、携帯ね」

中西幸代は気にとめるようすなく頷いた。久我もそれ以上は何もいわなかった。

「まさか家で倒れちゃったということはないだろうな」

久我がいうと、中西幸代はあたりをうかがい、小声になった。

「あたしもそう思って、帰庫する前に、主任ちに寄ってきた。中で倒れてたらまずいと思ったから」

「どうだった？」

中西幸代は首をふった。

「家にはいなかった。でも携帯はつながらない。呼びだすけど、留守電になっちゃう」

「なぜいないとわかる？」

「ドアの前で携帯鳴らしたの。いたら、中から聞こえるでしょう。鍵がかかってるし、きのうの朝刊もポストに刺さったままだった」

つまり久我と別れたあと、帰宅していないということだ。

「帰る途中で倒れたのかな。でもそうなら、何らかの知らせがあるだろう」

別れたときの岡崎のようすを思いだしながら久我はいった。地下鉄への階段を降りていく岡崎の足どりはしっかりしていた。燗酒を飲んでいたが、二合くらいのものだ。そのていどで酩酊《めいてい》するような人間ではない。

岡崎の自宅は、二駅ほどのところにある。地下鉄内や自宅までの路上で倒れたのなら、昼間だし、会社に連絡がこない筈はなかった。

「どうしちゃったんだろう」

久我が理由を知っている筈だといわんばかりの表情で、中西幸代は見つめた。

「わからないな。運行主任は誰が？」

「副所長」

久我は頷いた。やはり元運転手で、岡崎の前に運行主任をつとめていた男だ。

「案外、どこかで飲み直そうと思ってそこで潰れちまったのかもしれない。バツが悪くて、でてこられないとか」

中西幸代を安心させようと、久我はいった。

「そんな人じゃないでしょう。久我さん、何か思いあたらない？」

「別にかわったようすはなかった」

過去が何か関係しているのかもしれない。足を洗う前の仲間が現われ、助けを求めてきたとか。

だがそうだとしても無断欠勤は、岡崎らしくない。

「とりあえず何かわかったら知らせるから、家に帰りな」

久我はいった。

「約束ね」

中西幸代が帰ると、久我は車を洗い、車内を清掃した。

準備が整い、出庫する。

営業所をでた直後、携帯が鳴った。市倉和恵からだ。

車を路肩に止め、応答した。

「久我です」

「市倉です。ニュース、見ました？」

感情を押し殺しているような、妙に上ずった声だ。

「いえ。ずっとでかけていたので」

「たぶん、あの人です。荒川の河川敷で見つかったといっていました」

「何が見つかったんです？」

「首のない男の人の死体です」

久我は黙った。しばらく考え、いった。

「何か身許のわかるものをもっていたんですか、その死体は」

「何もなかったとニュースはいっていました。首がないのも、身許をわからなくするためだろう、と。でもちがいます。あの人から聞いていました。『ヌワン』は首狩りをするって。そうなんでしょう」

「確かに『ヌワン』がそういうことをするときはありました。しかし、もう何年も前です」

「あの人がいった通りです。『ヌワン』は日本にいて、あの人を殺した」

市倉和恵はいった。

「もしそう思うのなら、警察にいったほうがいい。身許の確認もできる」

「いっしょにいってもらえますか」

「それはできません。私がすべきことではない。警察は、なぜ私がでてきたのか不思議に思うでしょう。二回しか会っていない人間なのに」

久我は断わった。市倉和恵は失望したように黙っていたが、低い声でいった。

「そうですよね」

「誰か、頼れる人はいますか。家族とか仲のいい友人とか」

「妹がいます」

「とりあえず妹さんに相談してみてはどうです？　死体が桜井さんだったかどうかの確認は、それからでもいい」

市倉和恵の精神状態に不安を感じ、久我はいった。

「確認して、もしあの人だったら、連絡します」

久我は息を吐いた。本当は巻きこまれたくない。が、それを市倉和恵に告げるのは残酷な気がした。

「わかりました」

電話を切った。岡崎の失踪といい、不穏なできごとが自分の周辺で起きている。

失踪が失踪でなく、首なし死体が桜井でなければいいが、と願った。が、心のどこかに、どちらもあの携帯が関係しているという確信があった。

午前二時、深夜の客が一段落したとき、携帯が鳴った。その番号を見て、久我は運転中だったが耳にあてた。岡崎の携帯だ。

「もしもし!」

「城栄交通の久我さんだな」

聞き覚えのある、高い声がいった。六本木の店に携帯を届けろといった男と同じだ。

ハザードを点し、車を左に寄せた。西麻布の交差点の近くだった。渋谷から乗せた客を降ろしたばかりだ。

「そうです」

「頼まれて、あんたの友だちの携帯からかけてる。岡崎さんていったっけ。あんたにきてほしいそうだ」

「岡崎さんは友だちではなく上司です」

「そうか。まあ、どうでもいいことだ。こられるかい?」

「岡崎さんと話させて下さい」

「そいつはちっと難しいな。怪我をしちまったんでね。勘ちがいするなよ。道ですっころんで動けなくなってるところを、俺らが助けたんだ」

「それなら病院へ連れていくのが筋でしょう」

楽しんでいるような男の口調に怒りがこみあげる。だがそれを抑え、久我はいった。

「ああ、俺もそうしようっていったんだ。なのに強情でな。大丈夫だっていいはるんだ。かわりにあんたを呼んでくれ、と」

「岡崎さんはそういう人ではありません。警察に届けます」

「別にかまわねえよ。ただそうすると、岡崎さんが困る」

「どう困るんです?」

「帰れなくなる」

「つまり岡崎さんをあんたは監禁しているわけだ」

口調をかえ、久我はいった。

「だからそいつは誤解だって。帰れないのは、あんたが迎えにこないからさ」

「携帯が望みなのだろう」

久我はいった。

「わかってるじゃないか。どこにある?」

「タクシーセンターだ」

とっさに嘘をついた。

「忘れものはすべてそこで保管される」

「だったら回収して届けにこい」

「朝にならなけりゃ無理だ」

「何時に開く？」

「わからないが九時くらいだろう」

「じゃあ十時には届けられるな」

「どこに届けるんだ？」

「九時半に連絡する。待ってろ。妙な真似はするな」

いって、男は電話を切った。

警察に任せるときがきたと思った。明らかに岡崎はさらわれたのだ。目的はあの携帯だ。だが携帯をもっておらず、どこにあるのかも喋らなかったのだろう。それで業を煮やしたあの男が岡崎の携帯から久我に電話をしてきた。

警察に知らせれば、岡崎の携帯の位置情報で救いだすことができる筈だ。

警察が迅速に動き、奴らが岡崎の携帯の電源を入れっぱなしにしていたらの話だが。

決心しかけた心が揺らいだ。

岡崎は前科者で、元極道だ。警察はそういう人間には冷たい。久我が桜井の話をしたとしても、まともにとりあってくれるという保証はない。

まず過去の経歴が関係しているのではと疑う。しかも桜井の携帯は今、久我の手もとにない。

警察が動くには、おそらく時間がかかる。

本社にいる元警察官を通して話をしていったとしても、難しいだろう。元傭兵という自分にも疑いの目が向けられるのはまちがいない。銃器マニアの危険人物だと判断されるのは目に見えている。「ヌワン」の話など、とうてい信じてもらえない。

岡崎をさらったのはやくざだと説明しても、実際に会ったのは久我だけで、それもどこの組の何という人物かはわからないのだ。

久我は息を吐いた。

岡崎の命がすぐに危険にさらされるということはないだろう。連中の目的は桜井がおいていった携帯だ。

ただ岡崎の性格を考えると、黙ってさらわれ、されるがままになっているとはとうてい思えない。たぶん暴れて痛い目にあわされているのではないか。

元はといえば、自分がすべての原因だ。久我が望んだことではないとはいえ、桜井は久我に渡そうと、携帯を車に残していった。

あのとき「ギャラン」で携帯を渡してしまえばこんな事態に発展することもなかった。

久我はメーターを「回送」にした。ハザードを消し、車を発進させる。六本木に向かうためだった。

「ギャラン」に今も連中がいるとは思えない。さすがに六本木の飲み屋に、拉致した岡崎を連れこんだりはしないだろう。が、何か手がかりがあるかもしれない。

北条ビルの近くに車を止め、エレベータで三階に向かった。三階の、手前の一軒は営業していたが、「ギャラン」の扉には鍵がかかっている。

久我はしばらくその扉の前に立ち、ようすをうかがった。中に人のいる気配はない。

そのとき、すぐ手前の店の扉が開いた。カラオケの音が流れだし、携帯を耳にあてたホステスらしい女が姿を現わす。どうやらカラオケの音がうるさくて、外にでてきたようだ。

久我のほうに目をやりながら、ふた言み言話して、通話を終えた。店に戻ろうとした女に、久我は声をかけた。

「あのう、私、こちらにお迎えにうかがった城栄交通の運転手なのですが……」

「タクシー?」

女は少し酔ったような赤い顔をしている。久我の制服を見つめ、

「頼んでないわよ」

と首をふった。

「『ギャラン』はこちらじゃないのですか」

「『ギャラン』はそこだけど、少し前から閉めてる」

「ええっ」

久我は驚いてみせた。

「『ギャラン』ていったの？」

「はい。六本木北条ビル三階の『ギャラン』様とうかがいました」

「じゃあここね」

「あの、こちらのお店はいつ頃から閉まっているのでしょう」

「先月。マスターが競馬のノミ屋に借金がたまって逃げちゃったの」

「マスターのお名前は何といわれました？」

「辻《つじ》さんだけど？」

「あ、辻様とおっしゃいました。お迎えにあがるお客様のお名前も」

とっさに久我がいうと、女はうそ、と眉をしかめた。

「ちょっと待って」

店に戻っていった。「エイム」というオレンジ色の看板がでている。久我は待った。

やがて白いシャツに蝶タイをしめた中年の男がでてきた。

「運転手さん？」

「はい」

「そこは先月で潰れちゃったんだよね。だからタクシーを頼むことはないと思うんだけど」

「辻様とおっしゃるのは……」

「確かにこの『ギャラン』のマスターの名前だけど、その人、もう亡くなってるんだ」

「え？」

蝶タイの男はあたりを気にするように声をひそめた。

「ノミ屋に作った借金の追いこみがひどくて、首を吊っちゃったんだよ」

「そんな。本当ですか」

久我は目をみひらいてみせた。

「本当だよ。店で首吊っちゃったから、たいへんだったんだ。刑事とかいっぱいきてさ」

「殺されちゃったとか」

「それも疑ってたみたいだよ。ノミ屋をやっていたのは地元の港北《こうほく》興業だからさ。でも調べてやっぱり自殺ってことになったみたいだ」

「はあ、そうなんですか」

とっさにタクシーを呼んだ客の名を「辻」といったために怪談ばなしになってしまったのだと久我は気づいた。

だがおかげで手がかりをつかむことができた。

「だから運転手さんが呼ばれたのは何かのまちがいだと思うよ」

薄気味悪そうに男はいった。

「わかりました。どうもありがとうございました」

久我はいって、頭を下げた。エレベータで一階に戻る。

車に乗りこむと、営業所を無線で呼びだした。

「二〇号車です」

「二〇号車、どうぞ」

岡崎のかわりに運行管理をつとめる日野《ひの》の声が無線機から流れでた。

「港区港北興業の事務所って六本木ですか」

城栄交通に限らず、タクシー会社の多くは、都内の主だった暴力団事務所の住所を、警察からの通達で把握している。事件が起こったとき、事務所近辺から、そうした客を乗せなかったか必ず報告を求められるからだ。

「ちょっと待って。それは麻布十番だね。麻布十番二の×の×」

日野がいった住所を暗記した。

「了解です。じゃ気のせいか。それっぽい人を西麻布まで乗せたんで、どうだっけと思ったんで」

「了解。安全運行願います」

さして気にとめるようすもなく、日野はいって通話を終えた。

久我は「回送」から「空車」にメーターを戻した。この乗務が明けたら何日か休みをとる、と決めた。

桜井の安否もわからない。昼間いろいろと動き回ったら、夜の乗務に支障がでる。何よりも、岡崎を救いださなければならない。それはまちがいなく、久我のすべきことだ。

7

中西幸代には、木更津の家が厄介なことになっていて、雨が降る前に修復にあたらなければならないのだ、と休みの理由を告げた。

「本当？」

にわかには信じられない、という表情を中西幸代は浮かべた。

「本当だ。知らないうちに屋根に大穴が開いていた。雨が降ったら、これまでの苦労が水の泡になる」

「岡崎さんからは、まだ連絡がないらしいけど……」

「どうしちゃったのだろうな。心配だけど、連絡がどこからもなければ、何もしようがない」

「久我さんにも何もいってこないなんて変よね」

中西幸代の目にはうっすらと涙がにじんでいる。

「あんまり気に病まないほうがいい」

「本当は何か知ってるのじゃない？」

久我は首をふった。やくざにさらわれたなどといおうものなら、大騒ぎになる。

「岡崎さんは行方不明で、久我さんまで休むなんて……」

「申しわけない」

「このまま辞めちゃうのじゃないでしょうね」

中西幸代は久我の目をのぞきこんだ。

「まさか」

「約束してよ、辞めないって」

久我は頷いた。が、岡崎の身に何かあったら、城栄交通にはいられない、と思っていた。

「いい大人が何だと思われるかもしれないけど、心配なの」

「わかってる。俺みたいに都合のいい相番は、めったにいない」

中西幸代は目をみひらいた。

「そんなこと思って、いってるんじゃない！」

「とにかく、辞めないから心配しないで」

久我はいって、半ば逃げるように営業所をあとにした。中西幸代がどうして自分にそこまでこだわるのかが不思議だった。

夜だけの相番をつとめてくれる運転手など、いくらでもいる筈だ。アガリの大きい夜のシフトをやりたがる、独身の運転手は多い。

自宅に戻ると、準備をして軽ワゴンに乗りこんだ。時刻は七時半を過ぎている。まずは港北興業の事務所に向かうと決めた。

「ギャラン」を受け渡し場所に使ったのは、あの連中が港北興業のやくざだからだ。おそらくマスターを追いこみにかけたとき、店の鍵も入手していたのだろう。

桜井の安否については、いずれ市倉和恵から連絡があるにちがいない。港北興業と「ヌワン」のあいだにどんなかかわりがあるかわからないが、岡崎を捜す過程で、何か情報が得られると、久我は考えていた。

港北興業の事務所は、麻布十番商店街にほど近い一角にあった。周囲をマンションに囲まれた四階だての小さなビルだ。一階は車四台が並ぶ駐車場になっていて、そこが暴力団事務所だとわかるものは何もない。外壁にとりつけられた二台の防犯カメラくらいだ。

車をコインパーキングに止め、久我は事務所ビルのようすをうかがった。事務所に岡崎を連れこむような真似はしないだろう。警察が介入すれば、即座に事務所に捜索が入る。おそらく近くの安全な場所に監禁している筈だ。

高い声の男は、九時半に連絡をしてくるといった。

九時少し前、事務所のビルからナイロンのスポーツウエアを着た男がでてきた。

「ギャラン」にいて、久我めがけて空き缶を蹴ったチンピラだ。

久我は車を降りた。チンピラのあとをつける。

チンピラは麻布十番の商店街をつききり、元麻布の坂道にでた。寺だらけの一角にぽつりとある小さなマンションに入っていく。四階だてで、できてから五十年近くはたっていそうな古い建物だ。外壁にネットがかかっている。

気づかれないように、寺の塀に体を寄せマンションのようすをうかがった。カーテンのない窓ばかりで、人が住んでいないように見える。が、三階の右側の窓だけは段ボールで目隠しがされていた。

五分ほどすると、マンションから別のチンピラが現われ、商店街の方角に歩いていった。

久我はあたりをうかがい、マンションの入口をくぐった。着ているジャンパーのポケットから目だし帽と手袋をだして身につける。三階まで階段を登ると、色の落ちたスティールの扉をノックした。

岡崎がここに監禁されているとしても、見張りが銃で武装しているとまでは思わなかった。せいぜいナイフだろう。

扉にのぞき穴はついていたが、ひどく汚れている。

ロックの外れる音がして、

「どうした、忘れものかよ」

といいながら、チンピラが扉を開いた。久我はその両眼を二本指で突いた。ぎゃっと声をたてうずくまる。失明するとは限らないが、当分は目が開かず戦力にならない。内部に二人以上敵がいたことを想定し、殺さないで無力化する最適の手段だった。

正面の和室に縛《しば》られ猿グツワをかまされた岡崎が転がされていた。そのかたわらの椅子で足を組んでいた男が、

「おお?!」

と大声をあげた。

うしろ手で扉をロックし、チンピラをまたいで室内に入った。金属バットが壁にたてかけられていて、立ちあがった男が手をのばす。

それを一瞬早く蹴って、久我は男の顎に掌底《しょうてい》を見舞った。

男が仰向けに倒れ、久我はバットを拾った。呆然と目をみひらいている男の膝にバットをふりおろした。皿が割れる手応えがあって、男は大口を開け絶叫した。

「兄貴！」

玄関のチンピラが叫んだ。まだ目は見えておらず、闇雲に拳をふり回している。久我はバットをその鳩尾《みぞおち》に突きこんだ。

他の部屋を確認したが、見張りは二人だけだった。久我は結束用のビニールバンドをポケットからだし、二人の両手親指を背中側で固定した。口にもビニールバンドをかけて首のうしろで固定する。声をださせないためだ。

岡崎はただ目を大きくみひらき、こちらを見ている。

二人の見張りの顔に持参したレジ袋をかぶせた。目だし帽を脱ぐ。

息を呑んだ岡崎に、唇の前で人さし指を立ててみせた。意味がわかったのか、岡崎は小さく頷いた。

岡崎のいましめと猿グツワを外した。耳もとでいった。

「怪我はありませんか」

「ああ、大丈夫だ。奴ら、家の近くで待ち伏せてやがって……」

震え声で岡崎は答えた。

「皆、心配しています。帰って下さい。金はありますか」

「ある。携帯のことばかり訊きやがって」

「話をつけます」

「どうするつもりだ。極道だぞ、こいつら」

岡崎は久我の腕をつかんだ。

「わかっています」

久我は小声でいった。

「お前……」

いいかけてごくりと喉を鳴らし、岡崎は二人のやくざを見た。膝を砕かれた男は猿グツワの下で呻《うめ》き声をあげ、チンピラは意識がない。

「お前もいっしょに逃げたほうがいい」

久我は首をふった。

「こいつらはまたきます。二度と手をださないと約束させないと」

「どうするんだ」

「任せて下さい」

岡崎を立たせ、久我は玄関に押しやった。

「急いで。じき、こいつらの仲間がきます」

「警察にいこう」

久我は首をふった。

「俺がつかまります。さあ、いって」

岡崎は不満げに頬をふくらませた。黒ずんだアザがある。さらわれたときに殴られた跡だろう。

「本当に任せて下さい」

「わかった。あとで連絡をくれ」

「岡崎さんの携帯は？」

「こいつらの兄貴分にとられた」

「とり返しておきます」

久我は扉のロックを外し、岡崎を部屋から押しだした。

「まっすぐ家に帰って、忘れて下さい。あ、それと十番のほうにいっちゃ駄目です。鉢合わせするかもしれない」

階段を降りる岡崎にいった。

窓の目隠しの端をはがし、岡崎が遠ざかっていくのを見届けた。最初はとぼとぼと歩いていたが、途中から小走りになって、視界から消えた。

久我の懐ろで携帯が振動した。岡崎の携帯からだった。とりだし、耳にあてた。

「はい」

「回収したか」

高い声のやくざが訊いた。

「した」

「じゃあ届けてもらおう」

「その前に岡崎さんの声を聞かせろ」

「ああ？　そんなこといえる立場かよ」

「警察に携帯を届けて、それで終わらせてもいいんだ。港北興業のやくざに脅されましたってね」

「手前」

やくざは絶句した。

「岡崎さんが無事だとわかったら届けてやる」

いって、久我は通話を切った。

五分後、白のレクサスがマンションの下で止まった。あのやくざともうひとりが降りてくる。二人はスーツ姿だ。

久我は目だし帽をかぶり、バットをかまえた。

階段を登る足音がして、扉がノックされた。

「開いてます！」

久我は叫んだ。扉が開かれた。

「馬鹿！　鍵かけとけっ」

扉を開いたやくざがいった。目だし帽の久我を見て、息を呑む。

その顔面にバットの先端を叩きこんだ。鼻や歯の折れる感触があり、男は無言で崩れ落ちた。

うしろに立っていたチンピラのネクタイをつかみ、屋内にひきずりこんだ。股間に膝蹴りを浴びせ、うずくまったところを首すじに肘をふりおろす。

動かなくなったチンピラの親指を結束した。

顔面を血まみれにしたやくざがドアノブにすがり立ちあがろうとしている。

その襟首をひき戻した。床にころがし、鳩尾をバットで突く。やくざは体を丸め、えずいた。

ジャケットを探った。財布と携帯が三台でてくる。一台は岡崎のものだ。

やくざの耳もとでいった。

「全部預かっておく。二度と岡崎や久我の前に現われるな」

「何なんだ、お前」

血の泡が裂けた唇の下でふくらんだ。折れた歯が下唇に刺さっている。

「頭を割られて死ぬのはつらいぞ」

やくざの胸に足をかけ、バットをつきつけた。やくざは目を丸くした。

「わかった、わかったから堪忍してくれ」

久我は無言でいた。

「頼む、殺さないでくれ」

やがてやくざは涙声になった。

「頼む！」

「恐いのか」

「あたりまえだろう」

目尻に涙が浮かんでいた。

「忘れるな、その気持を」

いって、足をどかした。やくざは体を丸め、鼻をすすった。

しばらくそれを見つめると、久我は部屋をでていった。

8

軽ワゴンに乗り込み、岡崎の家に向かった。岡崎は無事帰宅していた。

携帯を返した。

「あいつらは？　話はついたのか」

「つきました」

短く答えた久我を、信じられないように岡崎は見つめた。

「まさか お前……」

久我は首をふった。

「誰も死んじゃいません。一、二週間は痛い思いをするでしょうが」

「仕返しされるぞ」

「たぶん大丈夫だと思います。奴らもプロです。道具をそろえない限り、歯が立たないとわかった筈ですから」

「徹底的に脅したのか」

久我は頷いた。岡崎ははあっと息を吐いた。

六畳ほどのリビングの中央にこたつがおかれていて、天板の上には吸いガラが山になった灰皿がある。飲みかけの缶チューハイがかたわらに立っていた。

「びっくりした。ものもいわずにいきなり二人を叩きのめしたんで。お前があんなに強いとは思わなかった。いくら兵隊だったからって」

うつむき、岡崎はいった。

「人を痛めつけるのと殺すのには大きな差がある。やくざは脅したり痛めつけることはあっても、人殺しはめったにしない。人殺しが仕事の人間とはちがいます」

岡崎ははっと顔を上げた。

「そうか。お前は、そうだったんだな」

「殺さないようにするほうが難しい。戦闘は、相手を無力化することが目的ですから」

岡崎の目に怯えのような色が浮かぶのを見た。

「いっておきますが、日本でこんな真似をしたのは初めてです。警察に任せることも考えたんですが、お互い過去があります。詮索《せんさく》され、時間がかかると思った。あいつらに主任を殺す気はなかった。でも主任が強情を張ったんで、意地になったんでしょう。警察が動くのを待っていたら、もっとこじれたかもしれません」

「強情か。あいつら、俺を爺いだとなめやがった。いったい何なんだ」

「港北興業の竹内《たけうち》というのが、あの男の名です」

財布の中に名刺と運転免許証があった。竹内和弥《かずや》、年齢は四十四だ。

「港北興業か……。確か共立会の二次団体だったよな」

岡崎はつぶやいた。共立会は、北関東に本部のある広域暴力団だった。

「そうなんですか」

「そうなんですかって、お前どうやって、あそこをつきとめたんだ」

「運がよかったんです。たまたま十番を歩いていたら、あのチンピラがいた。六本木に呼びだされたときに顔を見ていたんで、あとをつけていったら、あのマンションについた」

「嘘をつけ。だけどいったい、なんで携帯一台に、あんなにムキになるんだ」

岡崎の言葉に、思わず久我は笑った。

「何だよ」

「ムキになっているのは、俺や主任もです。さっさと渡しちまえば、こづかいくらいになったかもしれない」

「だがもともとあいつらの携帯じゃないのだろう」

「ええ。それを、主任をさらってまで手に入れようというのは、ふつうじゃない」

「何かいってなかったのか、その竹内って奴は」

「ゆっくり話す余裕はありませんでした。何かあれば、俺に直接いってくると思います」

そのために携帯を奪ったのだった。竹内は久我と話したければ、自分の携帯に電話をすればいい。もし仕返しを考えたとしても、まずは久我に何かいってくるだろう。

復讐の対象から岡崎を外すためであり、今後情報を得る手段にもなる。

竹内が二度と久我とかかわるまいとするなら、それまでだ。

「で、あの携帯はどうした?」

「知り合いに預けてあります。何が入っているかを調べようと思って」

桜井らしき男の死体が見つかったことをいう気はなかった。

「とんでもないことにかかわっちまったな」

「俺のせいです。申しわけありません」

久我は頭を下げた。

「馬鹿をいうな。お前のせいじゃない。もとはといやあ、カケフだか桜井が、携帯を忘れていったのが悪い。それよりお前、今日は仕事にでるのか」

「いえ、二、三日休みます。中西さんには、木更津の家にいることにしてありますから」

もしかすると辞めるかもしれない、と思っていた。これ以上岡崎や中西幸代に迷惑を及ぼすのだけは避けたい。

「休むって――」

「ようすを見たいんです。今度のことは、俺の前の仕事にもかかわっています。極道がでてきたのも、偶然じゃない」

「偶然じゃなければ何なんだ」

「それがわからないから調べようと思っています。どうして極道がかかわってくるのか。本来ならまるで関係がない世界です」

本音だった。

「あまり深入りして、手がうしろに回るようなことにはなるなよ」

「そんな真似はしません。俺のしていた仕事を日本でやったら犯罪です。それはわかっています」

「だが——」

いいかけた岡崎を制した。

「今日のこれは一回限りです。二度と荒っぽい真似をする気はありません」

「本当だな」

疑うように岡崎はいい、久我は無言で頷いた。場合によっては城栄交通を辞める覚悟をしたことを、岡崎は感じとったのかもしれない。

「殺されるんじゃないぞ」

「用心します」

久我は答え、岡崎の部屋をあとにした。軽ワゴンで木更津をめざす。

古民家についたのは午後四時過ぎだった。しきっぱなしのクッションに身を横たえ、目を閉じた。

が、眠りは訪れず、やがてあたりが闇に沈んだ。

眠れないのは神経が尖っているからだった。血を流させたのは久しぶりのことだ。何が起きているのかを相手が悟る前に、徹底的に痛めつけた。素早い攻撃は抵抗の暇を与えず、恐怖で相手の動きを封じる。

これが戦地であれば、四人全員を殺していた。生かしておく理由はない。ためらいや憐憫《れんびん》は、戦闘にあってはならない。今は優位だからと情けをかけても、立場が逆になったとき、相手は情けを返してこない。

戦争に騎士道精神があったのは、第二次世界大戦までだ、と久我は教官に教わった。特にベトナム戦争以降は、いかに効率よく敵を無力化するかが、軍事行動の要諦となった。

無人機を使ったミサイル攻撃など、その最たるものだ。敵地の奥深く入りこみ、人的な被害をこうむることなく標的を抹殺する。

それに「戦争」という言葉を使うのは違和感がある。現代戦で求められるのは、正確で冷酷な結果だけだ。

今の日本では戦争など悪夢でしかない。だがほんの七十年前、米軍は日本の都市に無差別に爆弾の雨を降らせた。非戦闘員を殺しまくった結果、正確さを求める戦闘手段にいきついたのだ。

非戦闘員の犠牲を抑え、標的のみの殺害を求める戦法の対極に、非戦闘員の殺戮《さつりく》こそが戦争だと主張する集団が存在する。

この両者の戦いを「戦争」と果たして呼ぶことができるだろうか。

戦争とは戦場で兵士と兵士が刃《やいば》を交えるものではなかったか。

あらゆる場所が戦場となりうる状況は、猜疑《さいぎ》心と憎悪を増幅し、安全を確信できる後方の存在を消しさる。

前線で弾丸に殺されなかった兵士が、帰還した祖国で乗ったバスにしかけられた爆弾で命を失う。

皮肉なことに、どちらの勢力にとっても、戦争の真実は同じだ。敵はどこにでも入りこみ、誰でも容赦なく殺す。

明りを点し、久我は家の修復作業にとり組んだ。

奪った竹内の携帯電話は、二台とも静かだった。夜には治療が終わり、メッセージをよこすかもしれないと思っていたが、メールも電話もない。

木を切り、カンナをかけ、釘で固定する。その作業が、尖った神経をなだめ、火のついた闘争本能をおだやかにしていくのを感じた。

夜明けが訪れ、久我は酒を飲むこともなくクッションに倒れこんだ。

振動音で目覚めたのは十一時過ぎだった。まだ眠り足りない。鳴っているのは久我自身の電話だった。

手にとり画面を見た。知らない番号だ。

「はい」

耳にあてた。

「久我晋さんの携帯電話でよろしいですか」

男の声がいった。落ちついた喋り方だ。

「そうです」

「久我さんご本人ですか」

「あなたは?」

「お忙しいところを恐れいります。警視庁の和田《わだ》と申します。刑事部捜査第一課に勤務しております」

久我は体を起こした。港北興業が被害届けをだしたのか。

とすれば、逮捕は免れられない。

「何の用です」

「こちらの番号を、市倉和恵さんからうかがって、おかけしました。市倉さんはご存じですね」

息を吐いた。そっちか。

「お会いしたことはあります」

「先日、荒川の河川敷で発見された男性のご遺体を、知り合いではないかと市倉さんが確認にこられました。その折りに、久我さんのお名前と電話番号をうかがったのですが、一度お会いして話をさせていただきたいと考えております。会社のほうに連絡をしましたら、休みをとっておられるというので、直接電話をさしあげました」

言葉はていねいだが、有無をいわせない口調はいかにも警官だ。

「死体は市倉さんの知り合いだったのですか？」

「腰に入っていたタトゥで確認されました。桜井拳《けん》さんとおっしゃる、市倉さんの婚約者でした。久我さんも会われたことがあるそうですね」

「お客様として乗車されただけです。個人的なつきあいはありません」

「市倉さんの話では、桜井さんと久我さんは似た経歴をおもちだそうですな。捜査の参考までに、ぜひお話をうかがわせて下さい」

和田と名乗った刑事はいった。

「いつです？」

「いつでも。なるべく早くお会いできると助かります」

「わかりました。今日の夕方でも大丈夫ですか」

「こちらは大丈夫です。私の番号はおわかりですね。連絡をいただけたら、どこにでも参ります」

「四時くらいにご連絡します」

「お忙しいところを恐縮です。よろしくお願いします」

和田は告げて、通話を終えた。久我は立ちあがり、用を足すと顔を洗った。湯をわかし、インスタントコーヒーをいれる。コーヒーを飲んで、市倉和恵の携帯を呼びだした。

「はい」

「久我です」

「ああ……」

和恵は重い息を吐いた。黙っている。

「桜井さんだったそうですね」

「はい。フランスにいたときにいれたタトゥで確認しました」

「ご愁傷さまです」

「車の中で申しあげた通り、覚悟はしていました」

「和田という刑事から電話がありました」

「ごめんなさい。久我さんのことを話したんです。あの人がどんな仕事をしていたのかを知りたければ、訊いて下さいって。ご迷惑でしたか」

「会いたいといわれました。疑われているとまでは思いませんが」

「そうですか。やはりご迷惑でしたね。申しわけありません」

和恵の声は低くなった。

「妹さんとごいっしょですか」

「ええ。今も、妹のマンションにいます。あのう、刑事さんとお会いになったら連絡をいただけますか。わたし動転して、犯人のこととかをまるで訊けなかったので」

「犯人のことは警察に任せましょう」

「『ヌワン』でも？」

「まだ『ヌワン』が犯人と決まったわけではありません。刑事に『ヌワン』のことを話しましたか」

「いいえ。うまく説明できると思えなかったんです。あの人からしか『ヌワン』の話を聞いたことがなかったので」

「携帯のことは？」

「いっていません」

よかったと思った。携帯の話をしていたら〝証拠〟として渡さざるをえなくなる。それだけならいいが、港北興業とのかかわりにまで捜査が及べば、久我が逮捕される危険があった。

「久我さんから話しますか？」

和恵が訊ねた。

「そうですね。場合によっては」

状況がかわってしまった。岡崎の奪還前なら、喜んで話し、警察に押しつけたろう。

「何か、あったんですか」

和恵も久我の変化に気づいた。

「いえ。刑事と話したら、またご連絡します」

「必ずご連絡下さい。待ってます」

コーヒーをもう一杯いれた。アダムを呼びだす。

「例の携帯について何かわかったか？」

「まだだ。今日の午後、その中国人に会うことになってる」

「そうか」

「何かあったのか」

「サクライの死体が見つかった。首を切られていた」

アダムはすぐには答えなかった。

「刑事が俺に会いたがっている。婚約者が俺のことを話したんだ」

「厄介だな」

「ああ。とても厄介だ。日本にいるアンビア人について調べられるか」

「調べられなくはないが、警察のほうが早いし、正確だ」

「『ヌワン』のことを説明するのか。勘弁してくれ」

「それだよ」

「それ？」

「ジャンの中には『ヌワン』に対するトラウマがある。それが今もお前の人生に影響を与え、思いだすのも嫌になっている」

「その通りだ」

「最近、自分らしくない行動をとっていないか?」

不意に訊かれ、久我はどきりとした。

「自分らしくない行動?」

「ふだんならしないようなこと、過度の飲酒やドラッグ、他人とのトラブルを起こしていないか」

「なぜだ」

「『ヌワン』だ。お前の生活習慣を、『ヌワン』はたぶん破壊する。実際に『ヌワン』とかかわる、かかわらないではなく、『ヌワン』の記憶がよみがえったことで、お前に変化が起きる可能性がある」

「ヤブ医者の頭をカチ割りたくなるとか?」

「すでに誰かの頭をジャンがカチ割っていても、驚かないね」

それには答えず、

「アンビアと携帯について何かわかったら連絡をくれ」

久我はいって、電話を切った。

アダムの指摘には、内心舌をまいた。思った以上に、「ヌワン」の話に影響されているのは確かだ。

が、そうならそうで、よけいに和田に「ヌワン」の話などしたくなかった。理性を疑われ、桜井殺しの容疑者にされかねない。「ヌワン」の実在を見せかけるために首を切ったと疑われる可能性すらある。

竹内から奪った携帯二台と財布を古民家の床下に隠し、久我は木更津を離れた。

9

連絡を入れると、自宅までくると和田はいった。住所を知らせ、久我は待った。

五時過ぎに和田はやってきた。細面《ほそおもて》で灰色の髪をしている。四十代初めくらいだろう。洒落《しゃれ》た赤いフレームの眼鏡をかけていて、刑事には見えない。森《もり》という若い刑事といっしょだった。二人ともスーツにネクタイを結んでいる。

「図々しくお邪魔して」

和田は詫びて、リビングにあがると缶コーヒーをさしだした。下の自販機で三本買ってきたのだという。

「どうぞ」

うながされ、久我は口をつけた。

「最近は、『人を殺してみたかった』なんていう動機の殺人がけっこうあるんですが、この事案はちょっとちがう感じなんです」

挨拶のあと、和田はいった。柔和な笑みすら浮かべている。

「そうなんですか」

「被害者です。屈強な成人男性。人を殺してみたいなんていう、おかしな奴が手にかけるのはたいてい、子供やお年寄りです。そりゃそうですよ。人を殺してみたいなんてのに、強い奴なんていない。どっちかといえば、いじめるよりいじめられるような手合いです。自分より弱い者を標的にします。ところが桜井拳さんは自衛隊出身で、フランスの外人部隊にもいた。あれは誰でも入れるんですか」

「十八歳以上四十歳未満で、あるていど英語かフランス語を話すことができ、体力があれば」

「軍歴は?」

「あったほうが有利ですが、初めから優遇されるわけではありません」

和田は頷いた。

「桜井さんは三十七歳でした。薬か酒でも飲ませない限り、そんな男の首を切断するなんて簡単ではない。しかし解剖の結果では、そうした薬物は検出されませんでした」

「死因は？　他に怪我はしていなかったのですか」

「頭部が見つかっていないので、頭部に致命傷をうけた可能性はありますが、相当量の出血をしていたことはわかっています」

「つまり首を切られたことが致命傷になったのかもしれない？」

和田は頷いた。

「そうです」

「どこで見つかったんです？」

「荒川の河川敷ですが、殺害現場は別のようです」

「血のあとがない？」

「ええ」

和田は久我を見つめた。

「久我さんは、桜井さんと同じような経歴をおもちだと聞きました。自衛隊、外人部隊、そのあとは――」

「南アフリカの民間軍事会社にいました」

「日本人にもそういう人は多いのですか」

「ＰＯになるために外人部隊でキャリアを積む人間はいます。給料が格段にいいので」

「なるほど。昔でいう、傭兵という仕事ですな」

「同じです。傭兵組織をＰＭＣと呼び、兵隊をＰＯといいかえただけで」

「しかし傭兵という言葉に比べると荒くれ者という印象はありませんね。久我さんもそんな雰囲気はない。こういっては失礼だが、スマートで、とても歴戦の勇士には見えない」

久我は笑みを浮かべた。

「筋肉は落ちます。何キロもある装備を身につけないでいるだけで」

「なるほど」

「抗弾ベストやヘルメット、通信機器に加えて、銃や予備弾薬を身につけます。十キロ近くなる。それで動き回るだけで、筋肉が鍛えられる」

和田は大きく頷いた。

「そうでしたか」

上着から手帳をとりだした。

「改めてお訊ねしますが、桜井さんとの面識は、そのＰＯの時代からですか」

「いえ。年齢は近いのですが、時期や配属先が微妙に異なっていたようで、私のほうは桜井さんを知りませんでした。ですが桜井さんは私の名を知っていたらしく、私の運転するタクシーに偶然乗って気がついたようです」

「偶然？」

驚いたように和田は目を広げた。

「運転手のネームプレートを見たのだと思います。フランス語で話しかけられました。外人部隊にいた者なら、簡単なフランス語を話せるので」

「なるほど。確認しようとしたわけですな。それで――」

久我は首をふった。

「わからないフリをしました。昔の仕事のことは、あまり思いだしたくないので」

「なぜ、思いだしたくないのです?」

これまで黙っていた森が口を開いた。久我は森を見た。鋭い目で見返してくる。疑っているようだ。

「一番の理由は重傷を負ったことです。苦しみましたし、もう少しで死ぬところだった。POを辞めたのも、それがあまりにつらかったからです」

「なるほど」

和田があいづちを打った。

「桜井さんとはそれきりですか」

市倉和恵がどこまで話しているかわからず、久我は首をふった。

「その後もう一度、お会いしました。私を指名して乗ってこられたんです。どうしても確かめたかったようで」

「乗り降りした場所は同じでしたか」

「最初が六本木から中目黒までで、次が青物横丁から大森駅まででした」

和田は手帳に目を落とし頷いた。二度乗せたことを知っていたようだ。

「二度目のときはしかたなく認めました。ですが、あまり昔話はしたくないと、それとなく伝えました」

久我は嘘をついた。

「そのときの桜井さんの反応は?」

「意外そうでした。彼はまだ現役だったようです」

久我は和田を見つめた。

「ですよね?」

「そのようです。南アフリカにある、桜井さんが所属しておられたSAAFという会社に問いあわせたところ、そういう回答がありました」

SAAFの名は知っていた。久我が所属していたPMCの人間が独立して作った会社だ。

「任務の内容については教えてもらえませんでしたが」

「PMCはだいたいそうです。どこでどんな業務を請け負っているか、クライアントとの守秘義務がある」

「相手が警察でも教えられないのですか。殺人事件の捜査なのですよ」

森が憤ったようにいった。久我は苦笑しそうになるのをこらえた。

「POにとり、殺人は珍しいことではありません。戦闘が仕事ですから」

「なるほど。我々の常識は通用しないというわけですか」

和田の言葉に頷いてみせた。

「桜井さんは何かトラブルをかかえておられるような話をされませんでしたか」

「いえ。もしかしたらそれを私に相談したかったのかもしれませんが、私が昔話を拒否してしまったので、いえなかったのではないでしょうか」

「怯《おび》えていたのですか」

森が訊ねた。久我は首をふった。

「怯えてはいません。何かずっと考えていることはあるようでしたが」

「何を考えているかはいわなかった？」

「ええ」

「もしかして久我さんに助けを求めていたとは思いませんか」

和田が訊ねた。

「助け、ですか」

「そうです。最初に申しあげた通り、屈強な桜井さんを殺害するというのは、それを上回る体力や人数の犯人に襲われた可能性がある。ひとりでは勝てないので、久我さんに助っ人を求めたかったのかもしれない」

考えてもいなかったことだ。それが表情にでたのだろう。和田はさらに訊ねた。

「桜井さんのような人を、あんな目にあわせるような犯人に心あたりはありませんか」

「ヌワン」の話をするなら今だった。が、久我は首をふった。

「ありません」

「そうですか。ところで桜井さんが日本でされていた仕事は何だったと、久我さんは思いますか」

落胆したようすもなく、和田はいった。

「アンビア政府に関連した仕事だったのではないでしょうか」

「アンビア？」

「アフリカの小さな国ですが、内戦が長くつづいたせいで、何社かのＰＭＣが政府と契約を結んでいました」

「政府というのは、そのアンビアの政府ですか」

「そうです。反政府勢力と戦う政府軍を援助していたのです。内戦は少し前に終結しましたが、そのままアンビアの治安維持に従事するＰＯもいたと聞いています」

「治安維持というと、つまり警察官のような仕事をする？」

あきれたように森がいった。傭兵が警察官など、とんでもないと思ったようだ。

「主にパトロールです。武器が市中に溢《あふ》れているので、商店が強奪にあったり、ちょっとしたことで銃撃戦が起こる。それらを鎮圧するためにパトロールをおこなうのだと思います」

「危険はないのですか」

「反政府勢力との戦闘よりは、危険は低いといえます」

「桜井さんもそういう仕事をされていた？」

「可能性はあります」

「ではなぜ日本にいたのでしょう。休暇で里帰りしていた？」

「さあ」

「もし休暇でなく日本にいたとすれば、どんな理由が考えられますか」

和田は食いさがってきた。久我は息を吸いこんだ。

「あくまでも想像ですが、誰かのボディガードをしていたのかもしれません」

「誰か？」

「もちろん誰なのかはわからない。アンビア政府の要人が来日するので、日本人であることから通訳兼ボディガードを命じられたとか」

「なるほど。もしそれなら、大使館に訊けばわかりますね」

「アンビア側に答える気があれば」

久我はいった。

「答える気があれば、というのはどういう意味です？」

森が不愉快そうに訊ねた。

「アンビアは、歴史の浅い国です。大使館があるといっても、日本の警察に協力する必要を感じるかどうか。対外的なイメージを気にする余裕などないかもしれない」

森は和田を見やった。和田は少し考えていたが口を開いた。

「アンビアについて我々も少し勉強をする必要があるかもしれませんね」

「桜井さんがもしアンビア政府の仕事をうけおっていたのなら」

久我は頷いた。

「久我さんもアンビアで仕事をされたことがあるのですね」

森がいった。

「二年ほどいました」

「パトロールをされていたのですか」

皮肉を感じさせる口調だ。

「いいえ。私がいたときはまだ内戦の最中でした。連日、戦闘です」

「アンビア政府に雇われていたのですか」

「そうです」

「戦闘は激しかったのですか」

和田が訊ねた。

「内戦は二十年近くつづきました。私がいたのは終わりに近い二年間ですが、その二年で、政府軍、反政府勢力あわせて一万人以上の戦死者がでました」

「POは？」

「POも千人近くが死んだと聞いています」

「そんなにたくさん死んでも、仕事をうけおうPOはいたのですか」

「死亡率が高ければ、それだけギャラも高い。金欲しさにアンビアいきを希望する者は多かった」

「金って、いったいどのくらいになるんです？」

久我は自分がもらっていた給料を告げた。

「確かに安くはありませんが――」

和田はつぶやいた。久我は頷いた。

「命とひきかえにするほど高くはない。いや、たとえ億という給料をもらったところで、死ねばそれまでです。それに気づいたから、私は辞めたんです」

「桜井さんもそれくらい、給料をとっていたのでしょうか」

「内戦は終わっていましたから、危険手当という点では、そこまで高くはなかったと思います。ただアンビア政府に職員として雇用されていたのなら、任務に応じてボーナスはあったかもしれません」

「任務？」

「ですから要人警護、場合によっては通訳も兼ねる」

「アンビアの国語は何語ですか」

「旧宗主国の言葉のフランス語、一部で英語です。もともとの部族の言葉もありますが、十以上の部族がいるので、互いしか通じない」

「なるほど。すると外人部隊にいた経験のある桜井さんは、フランス語が話せたので、通訳もできたわけですね」

久我は頷いた。

「アンビア人は、日本には多くいるのですか」

森の問いに首をふった。

「あまり聞いたことはありません」

「お話を聞いていて思ったのですが、アンビア政府は裕福なのでしょうか。傭兵を雇うにも相当かかると思うのですが」

「石油、天然ガス、レアメタルなどを産出しています」

「すると日本の商社なども取引をしているのですか」

「聞いた話では、中国の資源開発企業が政府にくいこんでいるようです」

「桜井さんが政府要人のボディガードをされていたとしたら、そうした資源取引のために来日したのでしょうか」

「可能性はあると思います」

「取引先はどこでしょうか」

「そこまではわかりません」

和田は森と顔を見合わせた。

「いや、たいへん参考になりました。いろいろとありがとうございました。もしまた何かわからないことがでてきたら、ご連絡をさせて下さい」

久我は頷いた。

「いつまで仕事は休まれるのですか」

「まだ決めてません。このところ体調がすぐれないので」

「そうですか。そんなときに申しわけありませんでした。どうぞお大事になさって下さい」

和田はいって、立ちあがった。森とともにでていく。

椅子にすわり、しばらくぼんやりとしていた。桜井の死にかたは、「ヌワン」の手にかかった可能性が高い。

身許を隠すために首を切ったのであれば、指紋を残さぬよう両手も切断した筈だ。切られた首が残っていないというのも、「ヌワン」のやりくちと一致する。「ヌワン」は首を〝獲物〟としてもち帰り、飾っておく。


「ヌワン」の基地だった村を掃討したことがあった。腐敗し、半ば髑髏《どくろ》となった首が、ある家の祭壇に飾られていた。


我にかえり、市倉和恵に電話をかけた。

「刑事と話しました。和田と森という二人組です」

「わたしが話したのもその人たちです」

「結局、『ヌワン』の話はしませんでした。あまりに荒唐無稽《こうとうむけい》な気がしたもので」

「そうですか。あの……」

何かをいいかけ、和恵は口ごもった。

「何でしょう」

「お願いごとがあります。会って聞いていただくわけにはいきませんか」

死体が桜井だったとはっきりした今、あまりに冷たくするのはためらわれた。

「かまいませんが、いつ――」

「これからでもよければ、妹が車で連れていってくれるそうです」

「妹さんのお宅はどちらですか」

「三田です。慶応大学の近くです」

「でしたら、私からうかがいます。近くまでいったら、お電話をさしあげます」

「よろしいんですか」

「大丈夫です。三田まで地下鉄で一本ですから」

久我はいって、電話を切った。

久我の自宅は文京区の白山で、営業所は巣鴨だった。三田までは都営三田線で一本でいける。

久我は着替え、地下鉄に乗りこんだ。三田駅から地上にでると、市倉和恵の携帯を呼びだした。

「今、三田に着きました」

「あの、久我さんは夕食はもうすまされましたか」

「いえ、まだですが」

「でしたら、ごいっしょにいかがでしょう。妹とわたしがこれから作るので」

「いや、そんなご厄介をかけては……」

「でも人前で桜井の話とかはしづらいので」

確かにいわれてみればそうだ。

「妹が今、買物にでています。迎えにいかせますので、着ていらっしゃるものとかを教えて下さい」

しかたなく久我は教えた。駅前で待つ。

十分もしないうちに、長身で彫りの深い女が久我の前に立った。陽に焼け、アスリートのようなひきしまった体つきをしている。化粧は薄く、白いシャツにデニムをはき、ダウンのベストを着けていた。二十七、八くらいか。

「久我さんですか」

鋭い目で久我を見つめ、訊ねた。初めから好意をもたないと決めているような、厳しい視線だ。

「久我です」

「市倉よしえです」

手にスーパーの袋をさげている。

「お手数をかけて」

「いえ。姉が落ちこんでいるので」

それが理由だといわんばかりだった。和恵が会いたがらなければ、話したくもないという態度だ。

「お姉さんのお役に立てるとは思えないのですが」

久我は答えた。

「ついてきて下さい」

とだけよしえはいって歩きだした。三田までできたことを後悔しながら、久我はあとにしたがった。

慶応大学に近い高層マンションだった。カードキィをかざし、よしえはエントランスをくぐった。エレベータで十八階まで上る。分譲ならもちろん、賃貸だとしても相当の金額になるだろう。

十八階のつきあたりの部屋に案内された。

オープンキッチンを備えた、広いリビングダイニングに通される。大きな窓から品川方面の夜景が広がっていた。その手前のソファにかけていた和恵が立ちあがった。

「久我さん」

「お言葉に甘えて押しかけてしまいました」

手みやげくらい用意すればよかったと後悔したが、まさか妹の自宅に呼ばれるとは思ってもいなかった。

「いいよ、姉さんは久我さんと話してて、わたしが作る」

よしえがいった。

「いっしょに作ろうよ。作りたいの」

和恵はいって、キッチンに入った。

「久我さん、ちょっと待っていただけます？　どうぞおかけになってて」

「わかりました」

「あの、ビールかワインならありますけど」

よしえが訊ね、久我は首をふった。

「今はけっこうです。ありがとうございます」

キッチンのカウンターごしにこちらを見ているよしえが意外そうな顔をした。必ず酒を飲むと決めてかかっていたようだ。

「パスタと鳥料理を作ろうかと思うのですけど、お嫌いなものはありませんか」

和恵が訊ねた。

「好き嫌いはありません」

答え、居心地の悪さを感じながら和恵がすわっていたソファに腰をおろした。

大きな書棚が目に入った。ぎっしりと本が並んでいて、外国のものもある。

バターの溶ける香ばしい匂いがしてきた。姉妹は料理について話しあっている。

「黒コショウある？」

「これ」

「生クリームは？」

「あ、冷蔵庫の中」

「ニンニク効かせる？」

「いいんじゃない」

「よく焼きよ、焦げ目がつくまでかえしちゃ駄目」

「わかってる」

それらのやりとりを聞きながら、和恵が気持を落ちつかせようとしているのだと気づいた。

「パスタの皿はどれ？」

「これがいいのじゃない。ひとつに盛って食べたいだけとり分ける」

「え、サラダじゃないの？　それ」

「サラダはこっちのボウル」

やがてテーブルにクリームソースのかかった鳥のソテーと、トマトソースのパスタ、サラダが並んだ。

「お酒はまったく駄目なのですか」

赤ワインのボトルを手にしたよしえが久我に訊ねた。

「いえ。そうではありません」

「じゃ一杯目だけつきあって下さい」

久我は頷いて、立ちあがった。

「開けましょう。それくらいはさせて下さい」

ワインオープナーをうけとった。よしえは礼をいって、ワイングラスをテーブルに並べる。肩を並べることになり、やむなく話しかけた。

「素敵なお宅ですね」

「職場が近いので」

「妹は大学で国際政治学を教えているんです」

「それはすごい。教授ですか」

「まさか。講師です。姉さん、大げさなこといわないで」

咎めるようによしえがいった。

「父が教授だったのです。もう亡くなりましたけど」

和恵がいった。

ワインの栓を抜いた。習慣でコルクの香りを嗅いだ。

「チリワインですか。おいしそうだ」

「飛行機事故だったんです。母と二人で乗っていた飛行機が南米で落ちて」

和恵がつづけた。よしえが首を小さくふった。話しすぎだ、という表情だ。

「お気の毒に」

「いえ。姉妹二人が残り、好き勝手をしています。姉はフランスにいっちゃったし、わたしは講師だけじゃ食べられないので、いろいろ」

よしえが明るい口調でいった。

「いろいろ？」

「ええ。いろいろ」

久我の目を見ていう。具体的なことを教えるつもりはないようだ。

「さっ、食べましょう。食べている間は、久我さんの話を聞かせて下さい」

和恵がいった。久我は小さく息を吐いた。

「私の話はたいしておもしろくありません」

テーブルについた。ワインで乾杯する。和恵に訊かれるまま、ぽつぽつと自分の経歴を話した。

愛知県の生まれで、兄弟はいない。高校を卒業してすぐ陸上自衛隊に入った。

「理由は？」

よしえが訊ねた。

「自衛隊に入った理由ですか」

よしえが頷く。

「人とはちがう生き方をしたかっただけです。大学にいってふつうに就職するという人生に魅力を感じなかった。まあ、ただ生意気で世間知らずだっただけです」

料理はうまかった。特に鳥肉のソテーのソースが抜群だ。告げると、和恵が嬉しそうに笑った。

「それ、桜井に教わったんです。好きなパリのビストロの味だって」

久我は頷いた。

「で、どうだったんです？　自衛隊にいって」

よしえが訊ねた。

「もっと知らなければ中途半端だと感じました。軍隊や戦闘について」

「それで外人部隊に？」

「ええ。そのあと民間軍事会社に入った。そうしたら、知りすぎることになってしまいました」

「知りすぎる？」

久我は頷いた。

「ええ。戦闘があたりまえになっていました。そのうち負傷して、辞めました」

「武勇談はなしですか」

よしえは挑むような目をして、訊いた。

「戦闘の、ですか。してもお二人にはつまらないでしょうし、私もあまり思いだしたくない」

「意外」

ぽつっとよしえはいった。

「もっとマッチョだと思った。傷跡とか見せたがるような」

「刑事にもいわれました。体つきが貧弱だからでしょう」

「そんな人はあまりいない。桜井の友だちも何人か知ってるけど」

和恵がいった。

「そうなの？　戦争ごっこが大好きだからなるのじゃないの？　傭兵って」

「失礼よ」

「いえ」

久我は苦笑した。

「国際政治学に、傭兵の話はあまりでてこないでしょうし」

「権力と資源のあいだをとりもつのが傭兵だと理解しています」

よしえは久我を見ていった。

「半分はあたっている」

「残りの半分は？」

「過剰な殺戮を回避する」

「きれいごとじゃなくて？」

「よしえ！」

「いえ、大丈夫です。内戦状態におちいっている国家では、民族間の憎しみや宗教対立などから、過剰な殺戮が発生しがちです。プロの兵士である傭兵はそれをしません。殺人に快楽を感じるには経験が豊富すぎる。必要最小限の人的犠牲で戦闘を終結させます。だからといって人から敬われる職業だとは思いませんが」

「それはわかっていたのね」

「よしえ、いくら何でも――」

久我は片手をあげ、和恵を制した。

「こう考えましょう。兵器と軍隊は似ています。どちらも人を傷つけ殺すために存在します。それができない兵器は不良品だし、兵士は自分ばかりか周囲も危険にさらす。ではどちらも社会にとって不要なのか。世界中の人間がすべて不要だと思うなら不要です。しかし、ひとりでもそうではない人間がいたら、あとひとりは同じ考えの人間が必要になる。そうでなかったら――」

「そのひとりが世界を支配する」

よしえがいい、久我は頷いた。

「詭弁《きべん》に聞こえますか」

「そこまではいわない。でも今のあなたは兵士じゃない。なぜやめたの？」

「傷つけるのもつけられるのも充分だと思ったからです。少なくとも軍隊の世界での世間知らずは卒業した」

よしえは深々と息を吸いこんだ。

「充分だと思ったから引退できるのは、傭兵だから。自分の国の戦争ならそうはいかない。あなたが遊び半分で戦争に参加したとは思わないけれど、お金のために人殺しをしたことにちがいはない」

「否定はできません」

和恵が首をふった。

「いくらなんでもいいすぎよ」

「ごめんなさい。あとかたづけはわたしがするから、お姉さんは久我さんと話して」

よしえはいって立ちあがった。和恵が許しを求めるように久我を見た。

久我は頷いてみせた。

「大丈夫です。客観的に見れば、妹さんのおっしゃっているのは事実です。万人に認められる職業でないことは承知しています」

よしえは無言で食器を流しに運んでいる。

「こちらへ」

和恵は久我を窓ぎわのソファへと案内し、二人は向かいあった。

「ごちそうさまでした。お世辞じゃなく、とてもおいしかった」

「桜井は料理人をめざしたことがあったらしくて、おいしいものが好きでした。休暇のときは、よく二人で食べ歩きをしました」

久我は頷いた。

「刑事さんは何と？」

「桜井さんのされていた仕事に関心をもっているようです。殺害の動機を知りたいのでしょう。所属していたＳＡＡＦに問い合わせたけれど、現役だったことは認めたものの任務の内容までは教えてもらえなかったといっていました」

和恵は頷いた。

「そうでしょうね」

「桜井さんはいつから日本にきていたのです？」

久我は訊ねた。

「半月ほど前です。急に来日が決まったのと、日本での仕事が終わったら休暇をとるという連絡をうけて、わたしも急きょパリから帰国しました」

「来日の理由は仕事だったんですね」

「たぶんそうだと思います」

「アンビア政府の人間といっしょに来日したのでしょうか」

「わかりませんが、オンノボではずっと警護の仕事についていました」

「個人のボディガードをしていましたか」

　和恵は頷いた。

「何という人物かわかりますか」

「確か、ルンガという名を何度か聞いたことがあります」

　アンビア人に多い姓だった。

「桜井さんは日本ではどこに宿泊していたのです？」

「アンビアの大使館です。あとは、わたしが泊まっていたホテルに。日本にいるときは、あまり仕事がない、といっていました」

「港北興業という名を聞いたことがありますか」

「いえ、何ですか」

　暴力団の名とはわからなかったのか、和恵は訊き返した。

「心あたりがないのならけっこうです。桜井さんの出身はどこですか」

「熊本です。高校を卒業後上京し、以来帰っていないといっていました」

「するとご家族にはまだ知らされていない？」

「警察の方が連絡をとる、とはおっしゃっていました」

久我は頷いた。警察はいろいろな可能性を疑う。自分が疑われたように、この市倉和恵のことも疑ったろう。

「コーヒーか、紅茶、どちらがよいです？」

キッチンにいたよしえが訊ねた。

「コーヒーを」

「わたしもコーヒー」

コーヒーが入ったのをきっかけに、再びダイニングテーブルについた。よしえがカットしたオレンジを皿に盛っている。

「甘いものは召しあがらないような気がしたんですけど、ちがいますか」

よしえが問いかけた。久我は苦笑し答えた。

「食べるときもあります。仕事の相番が甘いもの好きで、よく分けてくれるので」

「相番？」

「同じ車に乗っているドライバーです。シングルマザーなので、昼しか仕事をしません。私は夜専門というわけです」

よしえは興味深げに聞いている。自分に敵意をもっていたわけではなかった、と久我は気づいた。傭兵という仕事を嫌っているだけなのだ。

「夜しか仕事をしないのは、つらくありませんか」

久我は首をふった。

「タクシードライバーにとって夜は、昼より稼げる時間帯です。だから夜専門はむしろうらやましがられます」

「それだけが理由ですか」

よしえは訊ねた。

「それだけとは？」

「久我さんにも何か理由があるのでは？　たとえば不眠症だとか」

久我はよしえを見つめた。

「不眠症ではありませんが、確かに私にも理由はあります。暗いうちは寝つけない。だから夜、仕事をするのは苦になりません」

「どうして寝つけないの？」

よしえは久我の目を見返した。

「それは、またの機会にしましょう」

久我はいって和恵を見た。

「桜井さんにはＰＯを引退する気がなかったのでしょうか」

和恵ははっとしたように久我を見た。

「どうしてそんなことを訊くんです？」

「何となくです。一生つづけられる仕事ではないし、結婚を考えていたのなら尚更《なおさら》です」

「実は、考えていたと思います」

和恵は頷いた。

「いつです?」

「日本での仕事が終わったら」

久我は息を吐いた。やはりか、という言葉が喉の奥にひっかかった。

「和恵ちゃん、甘いもの食べたくない?」

不意によしえがいった。

「え?」

「わたし食べたくなってきちゃった。角のケーキ屋、まだやってると思うから、何か買ってきてよ」

「今?」

驚いたように和恵は目をみひらいた。

「お願い! 生クリーム系がいいな」

よしえは手を合わせた。

「久我さんもきっと食べたいわよ、ね」

久我は姉妹を見比べ、小さく頷いた。よしえは何かを企んでいる。

「じゃあ、いってくる」

和恵はしぶしぶといったようすで腰をあげた。和恵がでていくと、よしえがいった。

「姉はロマンチストなんです。昔からかわらない。パリに住んで、恋に落ちた相手が傭兵だとわかったときも、失望するどころか、むしろ喜んでいました。だから久我さんを呼びだしたと聞いても驚きませんでした」

キッチンのひきだしから煙草と小さな灰皿をとりだした。

「姉に見つかると叱られるんで、ベランダで吸います。久我さんは？」

「今はやめました」

ベランダとの境いのサッシを開け、よしえは煙草をくわえた。

「そのためにお姉さんを買物にいかせたのですか」

ベランダに立ったよしえは首をふった。

「久我さんが、桜井さんが引退すると考えた理由を訊きたかったんです」

久我は息を吐いた。恐しく勘のいい女性だ。

「携帯電話のことは聞いていますか」

「少し。久我さんの車に桜井さんがわざとおいていった」

「ええ。しかもそれは桜井さんの携帯ではなかった。なぜだと思います？」

「他人の携帯を桜井さんがとった理由？　それとも久我さんの車においていった理由？」

「他人の携帯をとった理由です」

一拍おいて、

「お金？」

と、よしえは訊ねた。

「おそらく。ＰＯの給料は確かに安くはありませんが、辞めるとなったら、退職金をたっぷりもらえるわけではない」

「ホステスといっしょね」

久我は頷いた。

「経験が？」

「キャバクラに何年かいました。もちろん姉には内緒で。桜井さんは盗んだ携帯を退職金にかえるつもりだったのかしら」

「その可能性はあります。携帯電話にはさまざまな情報が詰まっていますから」

「でも電話一台にそんな大金を払う？」

「ただの電話には、そこまでの価値はないでしょう。でも犯罪が関係していたら、話はちがう」

「当然よね。そうでなければ桜井さんは殺されていない。何の犯罪なの？」

「それはわからないが、携帯電話に詰まっている情報を分析すれば明らかになります」

「警察に渡したんですか」

久我は首をふった。

「いえ。知り合いに預けてあります」

「どうしてです？」

「暴力団が関係している」

「だったら尚更、警察に渡すべきじゃない？」

「私の上司が、暴力団にさらわれました。目的は桜井さんの携帯でした」

よしえは目をみひらいた。

「その上司にも過去があって、警察がまともにとりあってくれない可能性がありました。それで、私は個人的に上司をとり返しました。何人かに怪我をさせた。法的には、私が加害者になる」

よしえはほっと息を吐いた。

「桜井さんを殺したのは、そのやくざなんですね」

「それはちがう」

「え？」

「桜井さんを殺したのはやくざではないと思います。少なくとも、奴らが桜井さんを殺していたら、私の上司をさらったりはしなかったでしょう。脅せば簡単に携帯が手に入ると思っていたから、さらったんです。殺人となると、レベルが異なる」

「じゃあ誰が」

「考えられるのは、アンビア人です」

「アンビア人？」

久我は頷いた。

「桜井さんに携帯を盗まれた人ですか」

よしえの鋭さに久我は驚いた。まさにそう考えていたのだ。

「ええ。仕事で知りあったアンビア人の中に重大な犯罪にかかわっている者がいて、桜井さんはその証拠となる携帯を盗んだ。大金で買い戻させようと考えたのかもしれない。しかし途中で、それが不可能だと気づき、私に預けた」

「なぜあなたなのです？」

「桜井さんは偶然私の車に乗り、ネームプレートで、昔ＰＯだった人間の名に気づいた」

「それだけ？　同じ仕事をしていたというだけの理由で、携帯を久我さんに預けたの？」

「お姉さんは何かいってませんでしたか」

「姉はロマンチストのくせに、わたしのことを世間知らずだと思っています。だからわたしが恐がると考えたら、何も話してくれない」

　久我は微笑した。

「恐がりには見えません」

　よしえは頷いた。

「わたしたちは別々に成長しました。たぶん今は、わたしのほうが大人です。わたしが心配しているのは、桜井さんのせいで姉がトラブルに巻きこまれること」

「その可能性はあります」

「やくざ？」

「なら、まだましです」

　インターホンが鳴った。

「姉です」

　ロビーのオートロックを操作して、よしえはいった。

「お姉さんを説得して、東京以外の場所にいかせて下さい。そのほうが安心できます」

「わかりました」

　よしえは頷いた。

「そうしたら、久我さんから詳しい話を聞かせていただけますか」

「詳しい話？」

「興味があります」

よしえはいった。

「知らないほうがいいこともある」

「知らないで危険にさらされるより、知っていたら避けられる危険がある、とわたしは思います」

「それは言葉の遊びだ」

「アンビアのことを調べます。わたしなら専門家を探せる」

気づいた。よしえは国際政治学者だ。

「そうでした。何かわかったら教えて下さい」

「そのときに詳しい話を聞きます」

久我は頷いた。

「約束」

よしえが手をさしだした。久我はその手を握った。

10

何ごともなく、二日間が過ぎた。岡崎から呼びだしがあり、二日めの晩、久我は営業所に顔をだした。

無線機のある運行管理室で岡崎と向かいあった。

「あれから何かかわったことはありましたか」

久我の問いに岡崎は首をふった。

「極道は何もいってこない。いってきたのは警察だけだ。桜井を乗せた日の、お前の日誌を見せてくれと」

久我は頷いた。

「あの和田とかいう刑事は切れ者だ。そうとは見せないが、お前を疑っているようだ」

「疑われても恐くはありません。俺は犯人じゃない」

「極道とのことがわかったらどうする？」

「今のところ警察は桜井と港北興業とのかかわりに気づいていません。大丈夫でしょう」

「あの携帯はどうした？」

「安全な場所に保管してあります」

岡崎は小さく頷いた。

「いつ、仕事に戻るんだ？」

「このまま何もなければ、来週くらいには」

「幸代が寂しがってる。相番は空けたままだ。今はドライバーが足りないからな」

「今は静かでも、何かあったらわかりません。俺のことを向こうは知っています。そうなれば、また迷惑をかけるかもしれない」

「そのときは警察にいこう」

「絞られますよ。携帯のことを黙っていたのがバレたら」

「誰かが死ぬよりはいい」

「桜井を殺したのはやくざじゃありません。あいつらだったら、もっと用心をしていたでしょう」

岡崎は頷いた。

「確かに人殺しまでするような連中には見えなかったな。威勢がいいだけで」

久我は苦笑した。岡崎があわてたようにいった。

「さらわれているときは、俺も恐かったが、あとから考えてみると殺す気がなかったとわかる。暴れていたらちがったかもしれないが」

「若いチンピラは、かっとくると何をするかわかりませんからね」

「ああ。俺も覚えがある。最初はキレたふりをしてるんだが、血を見たりすると本当にキレちまうんだ。気づくと相手をボコボコにしていて、一歩まちがったら、殺していてもおかしくなかった」

思いだしたようにつぶやき、首をふった。

「本当に馬鹿だった。いつ死んでもかまわないと思っていたし、人を殺すのも平ちゃらだとうそぶいてた」

久我は黙っていた。

「実際に殺したときは、弾みじゃなかった。本気で殺《や》るつもりだったんだ。傷害致死ですんだが、本当のところは殺人だ」

「どっちにしてもツトめは果たしたのでしょう」

「それは世の中に対して、だ。殺しちまった相手にじゃない」

岡崎は泣きそうな顔だった。

「申しわけありません」

久我はあやまった。

「なんであやまるんだ」

「俺のせいで、嫌なことを思いださせている」

「お前のせいじゃない。お前も俺といっしょで巻きこまれただけだ」

驚いたように岡崎はいった。

「だといいんですがね」

久我はいった。岡崎は理解できないような表情を浮かべている。

久我の携帯が振動した。アダムだった。

「失礼します」

久我はいって、管理室をでた。じき午前零時になろうという時間だ。

「何かわかったのか」

「携帯のロックが解除できた。いつでも渡せる」

アダムはいった。

「明日、とりにいく。ルンガという、アンビア人を知ってるか」

「ルンガは、アンビアに多い名前だ」

「サクライが何回か口にしていた。警護対象者だったのかもしれない」

「調べてみるが、アテにはするな」

「その携帯のもち主かもしれない。サクライはリタイアを考えていたようだ」

アダムはため息を吐いた。

「これを金にかえようとしたってことか」

「おそらく」

「だったらこの携帯のメモリにあるのは、非合法なビジネスにかかわっていた人間のリストということになる」

「まちがいないだろう。何のビジネスかはわからないが」

久我は答えた。

「ジャン、これ以上かかわるとろくなことがないぞ。『ヌワン』などより、もっとタチの悪い相手がからんでいるかもしれない」

アダムはいった。

「そうだな。だが、相手には俺のことを知っている人間がいる。そいつらは、俺が降りたからといって、俺のことを忘れてはくれないだろう」

「ヤクザのことをいっているのか」

「そうだ。サクライがルンガの非合法ビジネスをネタに金を脅しとろうと携帯を盗んだのだとしよう。ヤクザがそのビジネスに関係している可能性は高い」

「警察に任せろよ。日本の警察はヤクザに強いのだろう」

「だが『ヌワン』とは戦えない」

「サクライの首を切ったのはヤクザじゃないのか。ハラキリのときにサムライは首も切るそうじゃないか」

「それとはちがう。近ごろはヤクザも簡単には人を殺さないし、首を切るなんてやりかたはしない」

久我がいうと、アダムは息を吐いた。

「とりあえずルンガという名のアンビア人について何かわからないか調べてみる」

「ありがとう。だが気をつけろ。ルンガが携帯のもち主だったとすれば、『ヌワン』がかかわっている」

「考えすぎだ、ジャン。日本で『ヌワン』の襲撃を恐れるくらいなら、交通事故やヤクザの抗争に巻きこまれる危険のほうが高い」

久我は苦笑した。アダムのいうとおりかもしれない。が、桜井を殺したのが「ヌワン」ではないと断言できる証拠はまだない。

電話を切り、管理室に戻った。岡崎は無線配車を指示している。久我は時計を見た。終電時間を過ぎ、配車の要請が一時的に増えたようだ。

目で挨拶し、管理室をでた。営業所には、中西幸代と相番で使っている車が止められていた。明朝、中西幸代が出勤してくるまで、このままだろう。

無言で抗議されたような気がして、久我は視線をそらした。

営業所をでて歩き始めた。自宅のマンション前まできたとき、足を止めた。一台のレクサスが止まっている。久我がマンションに近づくと、中から男たちがばらばらと降りた。

中に、顔に包帯を巻いた竹内の姿があった。男たちは久我をとり囲んだ。全部で四人いる。包帯で鼻と口もとをおおった竹内の目には、怒りと恐怖の両方があった。

仕返しはないと思っていたが、甘かったようだ。

久我の正面に立つ竹内の肩に手をかけ、別の男が前にでた。かなりの長身で灰色の髪を短く刈っている。黒のスーツにネクタイをしめていた。年齢は五十くらいだろう。

「あんたが久我さんか」

男は久我を見おろし、いった。よく陽に焼けていて、夜目にも歯が白い。

「失敬、俺は木曾《きそ》って者だ。この竹内の叔父貴分になる」

叔父貴というからには、港北興業の組長の兄弟分なのだろう。久我は緊張した。仕返しをするのにわざわざ名乗るのも妙だが、こうしてでてきた以上、簡単に引きさがるつもりもない筈だ。

「久我です」

久我は頷いた。

「こいつらがあんたの上司にしたことを、まず詫びさせてくれ。あんたもわかっているだろうが、ナメていたんだ。極道がひとりにぼこぼこにされるなんて、まったく格好悪い話だが、まあ勉強になったろう」

久我は竹内を見た。竹内は目を伏せた。

「それで?」

「話をもとに戻して、交渉させてもらいたいんだ。桜井の携帯を渡してもらうわけにはいかないか」

木曾はいった。

「桜井さんはなぜこないのですか」

「ずっと連絡がつかない。あんたの車に携帯を忘れていったことは、本人から聞いた。が、そのあと桜井と電話がつながらない。ただあの携帯は、俺たちにとって大切な知り合いのもので、それを桜井が勝手にもちだした。知り合いからこいつらが回収を頼まれたというのは本当だ」

竹内を目で示し、木曾は告げた。

「その知り合いはどうしているんです？」

「そいつは日本人じゃないし、日本語を話せない。だがあんたが返してくれるなら、お礼はするといっている。百万でどうだろう」

「百万円も。よほど価値があるんですね」

木曾の目が鋭くなった。

「勘ちがいしないことだ。その人が金持なんだよ。謝礼が高いのはだからで、値を吊り上げようなんて考えるなよ」

「別にそんなことは思っていません。ただ私としては、元のもち主が誰にせよ、返すなら桜井さんに返したい」

木曾は目をそらした。宙を見つめていった。

「桜井はもう生きていない。俺たちが殺したわけじゃないぞ。とにかく生きていないんだ」

久我は首をふった。

「だったら尚更です。殺された人の携帯を勝手に売るわけにはいかない」

「だからいってるだろう。あの携帯は、桜井のもちものじゃないんだ」

木曾はいらだったようにいった。久我は黙った。交渉が決裂したら、この場で暴力に訴える気だろうか。

「それとも、あんたはハナから桜井とグルなのか」

「グル？」

「あの携帯を金にかえるつもりなら、交渉相手は俺たちしかいない。桜井を殺されて意地になっているのかもしれんが、悪いことはいわん。百万で手を打てよ」

「桜井さんを殺したのは誰です？」

木曾は首をふった。

「俺のいったことがわかってないのか。あんたがいくら強くても、今日は俺らも本気だ。極道が同じ奴に二度も三度もやられるわけにはいかないんだよ」

久我は木曾を見つめた。

「桜井さんとは知り合いでも何でもなかった。ただあの人が勝手に、俺の車に携帯をおいていったんです。忘れていったのじゃない。わざとおいていった」

「それが何だっていうんだ」

「桜井さんが生きていないというのは、私も知っています。刑事が訊きこみにきましたから」

木曾の顔がこわばった。

「警察に渡したのか、携帯を」

「いえ」

久我は首をふった。木曾は目を細めた。

「お前、何者だ。いったい何を考えてる？」

「タクシーの運転手です。警察に渡さなかったのは、あなたたちに渡さないのと同じ理由です。人から預けられたものを、その人の許可なしに別人に渡すわけにはいかない」

「死んじまった人間の許可をどうとるんだよ」

久我は息を吐いた。

「そこが問題です」

「お前、極道をナメてるのか」

竹内がくぐもった声でいった。久我はその目をのぞきこんだ。

「ナメてはいない。特にあんたが殺したいほど俺を憎んでいることはわかっている」

竹内は上着の中に手をさしこんだ。

「手前──」

「よせ！」

木曾が竹内の肩をつかんだ。竹内は肩で息をしている。その目には恐怖しかなかった。

「久我さんよ」

木曾は久我を見た。

「挑発するのはやめてくれ。こいつは完全にあんたにブルってる。弾けたら、あとさき考えないことをしでかすぞ」

久我は頷いた。

「もう一度訊くぞ。どうしたら携帯をよこす？」

「桜井さんを殺した人間について教えて下さい」

「知ってどうする？　知り合いでもない男の敵《かたき》をとるのか」

久我は木曾を見直した。手下を連れてはいるが、腕ずくで携帯をとり返そうという気はないようだ。少なくとも今は。

「桜井さんがどんな人だったのか、木曾さんは知っていますか」

「どんな？　仕事は知ってる。通訳だ」

「アンビア人の？」

木曾は無表情になった。

「なんでそんなことを知ってる？　あの携帯を見たのか」

やはりアンビア人のもちものだったのだ。

「いえ。パスワードを知らなければ、あの携帯を使うことはできません」

「じゃあなぜ、アンビアって言葉がでてくるんだ」

桜井がＰＯであったことを、木曾は知らないのか。

「桜井さんがいっていたんです。アンビア政府の仕事をしている、と」

木曾は疑うように久我を見つめ、やがていった。

「なあ、悪いことはいわない。携帯をこちらに渡して、水に流そうや。百万だ。それで恨みっこなしだ」

「考えさせて下さい。どちらにしても、あの携帯は、今手もとにないので」

久我はいった。

「あんたの家も勤め先も、電話番号もわかってる。その場逃れは通用しない」

「もちろんです」

「明日の夜まで待とう。いっておくが、うまくいかなかったとき、困るのはあんたひとりじゃないぞ。あんたの家族や会社の同僚も嫌な思いをすることになる。警察に携帯を届けても、同じだ」

久我は木曾の目を見つめ、頷いた。

「明日だ」

木曾はくり返し、かすかに顎を動かした。竹内がレクサスの後部席の扉を開いた。木曾は乗りこみ、窓をおろした。レクサスのエンジンがかかると、木曾は指で鉄砲を作り、久我に向けた。

レクサスは走りさった。久我は長い息を吐いた。

まだ終わったわけではなかった。その場に立ったまま、あたりを見回した。

じっと待つ。

やがてマンションの向かいにたつアパートの廊下に人影が現われた。久我は人影を見上げた。赤い眼鏡フレームが光った。

「ずっと見ていたんですか」

人影は答えず、アパートの外階段を降りてくると、久我の前に立った。刑事の和田だった。今日はひとりだ。

「森さんは？」

和田は首をふった。

「若いぶん、せっかちでしてね。じっとしているのが苦手なんだ」

久我は苦笑した。

「あなたが話していた、のっぽの男。あれは井田《いだ》連合の木曾というやくざです。ペルーだかどこかの日系二世でスペイン語が喋れる。ただキレると大変なことになるらしい。メキシコで五人だかを撃ち殺したって伝説がある」

和田はいった。

「詳しいですね」

「マル暴にいたことがあるんで。あまり表にでてこない木曾が、久我さんに会いにきたのには驚きました」

和田は淡々といった。

「話の内容も聞こえていましたか」

「少しだけ。百万円で何かを買いたがっていたようですな」

久我は息を吐いた。

「誤解があるんです。実際には俺がもってもいないものをもっていると、あの連中は決めつけていて、それを売れと迫っている」

「迷惑なら、いくらでも被害届けをだして下さい。今の時代、極道はどんな理由でもひっぱることができます」

「それで恨みを買うのですか」

久我は首をふった。

「タクシーは客商売です。やくざとトラブルは起こしたくない」

和田は微笑んだ。

「そういえばひとり、顔に包帯を巻いているのが久我さんに詰めよって、止められていました」

久我は和田を見つめた。

「あの男は物騒なものをもっていたようだ。職質をかければよかったかもしれないが、私はひとりだし、丸腰だ。荒っぽいことは苦手でしてね」

久我は苦笑した。人を食った刑事だ。

「何か俺を疑っているのですか」

「とりあえず、かかわっている人全員を疑うのが、刑事の仕事です。そしてひとりずつ、ちがうなと思う人を外していく。今日のこれも、いわば久我さんをちがうなと思うための張り込みだった。ところが、むしろ疑わしい結果になってしまった」

「何がどう、怪しいんです？」

「ふつうは家の前で四人もの極道が待ちかまえていたら、緊張し恐怖を感じるものだ。何をされるかわからない、と誰でも思う。ところが久我さんは落ちつきはらっているように見え、中のひとりに詰め寄られても、まるで動じなかった」

「そんなことはありません。足が震えていました」

和田は首をふった。

「とてもそんな風には見えなかった。問題は、あの連中が現われた理由です。久我さん個人のことなのか、桜井さんの殺害事件に関係しているのか」

久我は黙った。桜井の携帯をめぐる会話が和田の耳に届いていたのに、わざと訊いているのかもしれない。

「もちろん、連中が桜井さんを殺害したという可能性もあります。首を切ってもちさるというのは、あまり極道らしくないが」

「身許を隠すためにやったとか」

「それなら人目につかない場所に埋めるか、高熱処理場で燃やします。そういうやりかたには長《た》けていますからね。そういえば、市倉和恵さんにも、なぜ見つかった死体を桜井さんだと思ったのか、訊いたのですがね……」

「なぜだと答えました？」

久我の問いに和田は首をふった。

「何となく、と。あの人も何か知っているようだが、用心しているのか話してはくれない」

「何を用心しているのです？」

「桜井さんの名誉を傷つけたくないのじゃないかと私は思っています。婚約されていたそうですからね」

久我は頷いた。和田の話はあちこちに飛び、会話の狙いがつかみにくい。

「ところで傭兵というのは、辞めるときに高額の退職金がでるのですか」

「でません。危険度の高い仕事をしている間は、それなりに稼げはしますが」

「でしょうな。もしかすると桜井さんは、結婚を前に、大金を得ようとしていたのじゃないかと思っているんですが」

「日本にいて、そんなに稼げる仕事はない」

「そうなると、何か非合法な手段を考えていたのかもしれない。ただしひとりでは難しかった。そこで自分と同じ経歴をもつ久我さんを誘ったのじゃないかと疑ったりもしているのですがね」

久我は首をふった。

「そんな誘いはうけていない。桜井さんについてはわからないが、俺は犯罪をしてまで大金が欲しいとは思っていませんよ」

和田は小さく頷いた。

「まして極道がかかわっているなら尚更でしょうな」

久我は答えなかった。

「久我さんは桜井さんから何かを預かり、それを木曾が百万円で買いたがっていた、と私には聞こえたのですが」

「そんな大金になるのなら、すぐにでも売ります」

久我は作り笑いを浮かべた。

「たとえ相手がやくざでも？」

「売らないでつきまとわれるほうが恐い。そう思いませんか」

和田も笑みを浮かべた。

「あなたはまるで恐がっていない。それは連中もわかっている。危ない、と思います」

久我は笑みを消した。

「危ないとは？」

「あいつらは恐がられることに慣れています。恐怖は、やくざにとって商売道具なんです。だからそれを感じない相手に対してはムキになる。大怪我をさせたり、場合によっては殺してしまうかもしれない」

「脅かさないで下さい」

和田は首をふった。

「本当のことです。特にあの木曽には気をつけたほうがいい。なかなか本気にはなりませんが、なったら最後、容赦がない」

事実なのか、脅して協力させようとしているのか、久我にはわからなかった。和田はじっと久我の顔を見つめた。

「何もかも話す気になったら連絡を下さい」

　ポケットから名刺をとりだした。携帯の番号が入っている。

「あなたと市倉さんだけが頼りなんです」

「さっきのやくざをつかまえて締めあげないのですか」

「そんなことをしても何も吐きやしません。あいつらは警察官には口が堅い」

　久我は息を吸いこんだ。

「わかりました。何かあったら連絡をします」

　和田は頷いた。

「ここは日本です。傭兵のやり方でものごとを解決しないように」

「もちろん。そんな真似はしません」

　久我はいった。が、和田はそれには頷かなかった。

11

　一番町にあるアダムの診療所を久我は訪ねた。低層マンションの一階が、アダムの診療所だ。英語とフランス語の看板のみで、日本語の表示はない。

以前からいる、日仏ハーフの受付の女が久我を奥の診療室へ通した。

長椅子が二脚、向かいあわせにおかれ、あとはパソコンののったデスクだけだ。アダムはデスクにかけ、久我が渡した携帯をいじっていた。

「何かわかったか」

長椅子にかけ、久我は訊ねた。

「この携帯のもち主がルンガだ。日本のアンビア大使館に勤めている」

アダムは答えた。

「なるほどな」

「ルンガは英語、フランス語、スペイン語を話す。日本にいるアンビア人は田舎者が多くて、あまり遊びにもでないが、ルンガだけは別で六本木のクラブにもよく現われるらしい。踊るほうのクラブだぞ」

久我は頷いた。

「なぜサクライがその携帯を盗んだのか、理由はわかったか」

アダムは首をふった。

「それはわからない。この携帯には二百近い名前と番号、それに本人にしかわからない暗号でスケジュールらしきものが入っていた。価値があるとしたら、それくらいか」

「中に知った名前はなかったのか」

「今見ていたんだが」

デスクから立ちあがり、アダムは久我に携帯を渡した。指を立てる。

「一軒、知っている店があった。『アンジー』という名のレストランクラブだ」

「『アンジー』」

アダムは頷いた。

「六本木にあって、客はほとんど外国人だ。大使館関係者や日本駐在員が情報交換に訪れるような店だ。いくのなら、おめかししていけ」

「アダムはよくいくのか」

「昔、メキシコ人の知り合いに連れていかれた。その知り合いの名も入っていた」

「何をやっている男だ？」

アダムは首をふった。

「不明だ。リベラというのだが、あまり親しくならないほうがいいと思い、それ以来会っていない」

昨夜のやくざ、木曾にはメキシコで人を殺したという伝説があると、和田から聞いたことを思いだした。

「なぜ仲よくならないほうがいいと思った？」

「犯罪組織の人間じゃないかと感じたんだ。日本のではなく、メキシコの組織だ」

「メキシコの」

久我はつぶやいた。

「たぶん『アンジー』にいけば、ルンガやリベラがいるだろう。ただ、日本人のお前がひとりでいったら目立つ」

「どうすれば目立たない？」

「女を連れていけ。『アンジー』にくる奴らは、たいてい女を連れている。日本人の恋人やプロの女を。つまり、そういう店なんだ」

久我は頷いた。

「場所を教えてくれ」

アダムはメモに地図を書いた。

「紹介者は必要ないのか」

「ない。ただし日本語は喋らんほうがいい。日本人とわかると、差別されるかもしれん」

「わかった」

「いくなら気をつけろ。中は、日本であって日本じゃない。警官も簡単には踏みこまないような店だ。武器をもっているような客もいる」

「ありがとう」

「武器が必要か」

アダムが訊ねた。久我は首をふった。

「必要ない」

「よかった」

アダムはいって立ちあがった。

「さ、帰ってくれ。俺はこれからランチだ」

診療所の入ったマンションをでたとたん、久我の携帯が鳴った。知らない番号だ。

「はい」

「久我さんですか。市倉よしえです」

久我は足を止めた。

「何かありましたか」

「いえ。姉とあれから話し合って、とりあえず今朝から旅行にいかせました。大阪の友人を訪ねるそうです」

「よかった」

「先日はいろいろ失礼なことを申しあげてすみませんでした。姉にすごく怒られました」

「気にしていません」

ふと思いつき、久我はいった。

「実はお願いがあります」

「何でしょう」

「あの携帯のもち主らしいアンビア人が現われる店が六本木にあります。ようすを見にいきたいのですが、カップルでいくべきだと忠告されました。日本人はあまりこないレストランクラブです」

「それはつまり、カモフラージュにわたしを使いたいということですか」

気を悪くするようすもなく、よしえはいった。

「そうです」

「わかりました。いつでも大丈夫です」

「今夜でも平気ですか」

「ええ。どんな格好がいいのかしら」

久我は考え、答えた。

「どちらかといえば派手なほうがいいと思います。むしろそのほうが目立たない」

「なるほど。そういうお店なんですね。おもしろそう」

よしえの口調には屈託がなく、久我はかえって不安になった。

「あくまでもようすを見るだけです」

釘をさし、九時に六本木の交差点で待ちあわせた。

自宅に戻った久我は携帯を調べた。日本人らしき名の登録はない。桜井も外人部隊時代の偽名で登録されているのだろう。久我に心当たりのある名はなかった。アンビア政府機関の番号も入っているが、久我がアンビアにいた時代にはまだ存在しなかった組織だ。内戦終結後に設立されたようだ。

カレンダーには細かいスケジュールがびっしり打ちこまれていたが、どこの国の言語ともわからないアルファベットと数字で、暗号だとアダムが考えたのも理解できた。

久我は今日の日付を見た。

「PXVK6」

とある。きのうの日付は、

「JHK8　MDSS021　XACC362」だ。

これらの暗号が何かの犯罪の証拠だとしても、法廷でそれを証明するのは難しいだろう。

その上ルンガが外交官なら、不逮捕特権がある。

不逮捕特権とは国会議員や外交官などにしか認められていない権利だ。かりにルンガが日本で犯罪に加担していたとしても、外交官であったら日本の警察や検察は逮捕することができない。

桜井がボディガードとしてルンガにつき添っていたのだとすれば、外交官である可能性は高い。

が一方で、そこまで身分を保障されているルンガに、なぜこの日本でボディガードが必要だったのかが疑問だった。

日本は治安の悪い国ではない。日常的にテロや犯罪の脅威にさらされるような国もあるが、日本はちがう。

ボディガードに、日本人である桜井を雇ったのはまだ理解できる。日本の国情にうとい、アンビア人の兵士ではボディガードはつとまらないと考えたのだ。

思いつくのはやはりやくざだ。ルンガがやくざと何らかの関係をもっていて、トラブルになったときのために桜井を雇った、という可能性はある。日本人である桜井なら、やくざが危害を加えようとするのを予測できるからだ。

問題は、やくざとルンガの接点だ。アンビアの外交官が、なぜ日本の暴力団とかかわるのか。

かつてアフリカの別の国の外交官がその特権を利用し、日本における宿舎をカジノとして暴力団に貸していたことがあったのを久我は知っていた。

カジノの存在はやがて警察の知るところとなり、カジノを運営していたやくざは逮捕されたが、宿舎を貸していた外交官は帰国した。本国に帰ってから処分をうけたのかうけていないのかまではわからない。

外交官といえば、その国の政府を代表して他国に赴《おもむ》く人物だ。犯罪に手を染める者などいる筈がないとふつうは考えるが、新興国ではそうとは限らない。

特にアンビアのような国では、内戦で勲功があった人間に新政府での地位が与えられる。ルンガが、そうした軍人あがりである可能性は高い。

外交官として他国に赴任し、さまざまな特権を与えられたら、それを金儲けにつなげようと考えても何ら不思議はない。

祖国が安定しているなら、犯罪などに手を染めず政府内での出世を第一に考えるだろうが、クーデターや内戦がいつまた起こるかわからないような国家では、まず私腹を肥やすことを考える。

政府が倒れれば、すぐに解任される。下手をすれば、逮捕され処刑される可能性すらある。そんなときさっさと逃げだすためには何より金が必要だ。

そうした国の役人にとって、特権のある地位とはつまり、報酬に他ならない。地位を利用して金儲けをすることに罪悪感などもたない。むしろ当然の権利だとすら考える。

汚職がなくならず、腐敗が連鎖する最大の理由は、政権が安定しないことなのだ。

ルンガと暴力団との接点が、カジノであるかどうかはわからない。カジノだとしたら、ルンガの携帯にどんな意味があるのか。

「アンジー」にいき、ルンガを見つければ、何らかの手がかりが得られるのではないかと久我は考えていた。

もちろん危険はある。たとえば木曾だ。日系ペルー人でスペイン語を話せる木曾なら「アンジー」にくる可能性は充分あった。

その木曾が期限とした夜が迫っている。

だからこそ、今夜「アンジー」にいく必要がある、と久我は思ったのだ。ルンガと木曾のあいだにどんな関係があったのかを知ることはつまり、ルンガが手を染めている犯罪をつきとめるのにつながる。同時に、あの携帯に隠された秘密も明らかになる。

そうなれば、携帯を返してもかまわない。なぜなら、真実を知った久我に、木曾やルンガは簡単に手をだせなくなるからだ。

真実は、危険を呼びこみもするが、同時に身を守る材料にもなる。

桜井は、真実を金にかえようとして殺された可能性が高い。軍に告発することだけが目的なら、携帯を警察に渡し、桜井の知る犯罪について話せばすんだことだ。

桜井が久我の車に携帯を〝忘れて〟いったのは、金を得るという目的に失敗したからではないのか。

車に乗りこんできたとき匂った血が、久我がそう考える理由だった。

金を得るのをあきらめ、場合によっては自分の命もあきらめた。

そんな状況にあった桜井が、〝保険〟に使おうと考えたのが、久我だ。

アンビアと「ヌワン」が関係している事件に、桜井は久我を巻きこんだ。久我なら、何らかの形で一矢《いっし》報いてくれると期待したのかもしれない。

ひどく迷惑な話だが、結果はそうなりつつある。

巻きこまれた久我は、港北興業のやくざを痛めつけ、ルンガの犯罪の証拠をつかむために、「アンジー」へ乗りこもうとしている。

死者のシナリオに踊らされているのが自分だ。そう考えると腹立たしいが、もうひき返すことはできない。

家に帰り、めったに袖を通さないダークスーツを着け、ネクタイを結んだ。万一のために、ブラスナックルを身につける。

真ちゅう製のメリケンサックだ。戦地で使用することはほとんどなかったが、非番のとき酒場などで喧嘩に巻きこまれ、使ったことがあった。酒場で銃をふり回す兵士はいないが、ナイフを抜く奴はいる。特にアフリカには、ナイフをもち歩く兵士が多い。

そんな奴と素手で渡り合うのは危険だ。といってこちらもナイフをもてば、殺し合いに発展する。そこでブラスナックルをもつことにした。平べったくて、ポケットに入れてあっても目立たず、ナイフほどの致命傷を与えないですむ。

さらに指を痛めないという利点もあった。映画とちがい、素手での殴り合いは、指を痛めがちだ。ことに首から上を狙ったパンチは、骨どうしがぶつかるため、簡単に指が折れてしまう。

そうなった兵士は銃をもてず引き金もひけない。

実際、喧嘩の直後に召集をうけた兵士が、戦場で引き金をひけず死亡したのを知っている。ブラスナックルは指を守り、相手の顎を狙えば、効果的に脳震盪《のうしんとう》をひき起こせる武器となる。

地下鉄を乗り継ぎ、六本木にでた。九時より少し早めにつき、「アンジー」の場所を下見した。

六本木交差点から東京タワーの方角に向かい、路地を左に折れた場所にたつ雑居ビルの地下にある。曲がり角には大きなクラブがあり、外国人客も多いのか、「セキュリティ」のTシャツを着たアフリカ系の大男が二人立っていた。

「アンジー」のあるビル自体は、一階が寿司屋で、他の階にはスナックやバーが入っている。地下へは外階段で直接降りる仕組だ。

ビルのたつ路地に、青い外交官プレートをつけた車が止まっていた。日本人らしい運転手が乗っている。

交差点に戻る途中、携帯が鳴った。よしえからだ。

「六本木につきました」

道をはさんだ向かいからでも、はっきりとよしえの姿を確認できた。光沢のあるブルーのミニのドレスを着け、革のジャケットを羽織っている。すらりとのびた長い脚が、周囲の男たちの目を奪っていた。

二人は横断歩道の中央で合流した。

「これじゃ地味ですか」

いたずらっぽくよしえが訊ねた。久我は首をふった。

「後悔しています。派手にしろといって。私はとても釣り合わない」

「スーツ、すごく似合っています」

よしえはいって、久我の腕に自分の腕をからめた。目をみはった久我にいった。

「このほうが自然でしょ」

ビルの外階段を下り、「アンジー」の扉を押した。

「グッドイブニング・サー」

扉の内側には、タキシード姿の白人が立っていた。

「グッドイブニング・マダム」

白人はいってよしえに手をのばした。

「サンキュー」

よしえは頷き、ジャケットを脱いで白人に渡した。

分厚いカーテンが扉と店内をつなぐ通路を仕切っていた。その向こうから音楽が聞こえる。

白人はクローク係の女と、ふた言み言話し、

「食事をされますか、それとも飲みものだけですか」

と英語で訊ねた。

「飲みものだけでいい」

久我は答えた。白人は頷き、

「こちらへどうぞ」

とカーテンをはぐった。

黒人のカルテットが演奏するステージが正面に見えた。左手がテーブル席で、右手にカウンターがあり、中央にダンスフロアが設けられている。そのフロアで、中年の白人と日本人の女のカップルが二組踊っていた。女は二人とも濃い化粧に露出の多いドレス姿で、外国人相手の娼婦だとわかった。

右手のカウンターに案内された。近づいてきたバーテンダーに久我はジントニックを、よしえはグラスシャンパンを頼んだ。

グラスを合わせてから、久我は店内を見渡した。客は全部で、十二、三人といったところだ。日本人らしき男は、久我しかいない。

テーブル席に、男女合わせて六人の、アフリカ系のグループがいた。あとはカウンターに二人、ラテンアメリカ系の男がいる。

ラテン系の男のひとりは葉巻をくゆらせ、テキーラをショットで飲んでいた。もうひとりは明らかにボディガードとわかる、若くてすばしこそうな男だ。

葉巻の男がじっとよしえを見つめた。赤ら顔で、たれた目尻に好色そうな皺《しわ》がある。

曲が終わり、踊っていた男女が拍手と歓声をあげた。

「あの人たち、この店のホステスかしら」

よしえが小声で訊ねた。

「いや。たぶんプロだろう」

久我は小声で答えた。

「日本にもいるんですね」

よしえはショックをうけたようにいった。

「もちろんいる。我々が目にする機会が少ないだけで」

「わたしもそんな風に見えるのかしら」

久我は首をふった。

「ゴージャスすぎる。もしプロなら、目の玉がとびでるほどの金をとられそうだ」

よしえは久我をにらんだ。

「ほめられたと思って喜ぶべきなの？　怒るべきなの？」

「さあ。でもあなたのおかげで、俺は目立たずにすんでいる。皆、思ってる。なんであんな美人の連れが、ちんけな日本人なんだろう、と」

カーテンの向こうから、白いスーツにオレンジのシャツという、派手ないでたちのアフリカ系の男が現われた。襟に花をさしている。

「ヘイ！」

カウンターにいたラテン系の男が手をあげた。アフリカ系の男は頷き、店内を見渡した。

その目が自分で止まるのに気づき、久我は視線をそらした。

アフリカ系の男は歩みよってくると、立ちあがったラテン系の男と握手をかわした。

「ブエナス・ノチェス」

「ボンソワール」

アフリカ系の男は、ラテン系の男の背後にいる久我とよしえを気にした。ラテン系の男の耳もとで何ごとかをささやく。

ラテン系の男はかたわらのボディガードらしき若い男をふりかえり、スペイン語で話しかけた。

若い男は頷いた。ラテン系の男とアフリカ系の男の二人はテーブル席に移動した。そ

こへ歩みよった白人のウェイターが、

「ウェルカム・ミスタールンガ」

というのが聞こえた。何を飲むかを訊ねている。

久我はグラスを引きよせた。

「今、ルンガっていいませんでした?」

よしえが低い声でいった。久我は頷いた。

「あの人が――」

「まだわかりません。可能性はあります。あまりじろじろ見ないで」

テーブル席を見つめるよしえを久我は制した。

「ここにきた目的があの人なんですね」

「ええ。運がよかった。今日現われるとは思っていなかった」

久我はいった。

「桜井さんはあの人の携帯を盗んだのですか」

久我は頷いた。

「たぶん」

「ここのことがどうしてわかったの?」

「その携帯の中にこの店の番号が登録されていました。まっとうな外国人はあまりこない店のようです」

ルンガと呼びかけられた男とラテン系の男は額を寄せあい、話しこんでいる。ルンガの目が気にするように久我を何度も見た。

「アンビアについて少し調べました。崩壊国家ですね」

「その名前は口にしないで」

久我はいった。「アンビア」という言葉をここで口にするのはまずい。

「ではあの国、といいます。政治腐敗がひどくて、政権を握る軍部はクーデターを回避するために資源マネーをバラまいている。もっともその大半は、彼らの懐ろに入っているのだけれど」

「そんな国は世界中どこにでもありますよ」

「内戦中、首を狩るゲリラが恐れられていた」

久我はさっとよしえを見た。

「その名前もいっちゃいけない」

よしえは頷き、「ヌワン」と唇を動かした。

「あの国は今、アジアとヨーロッパをつなぐ武器や麻薬の中継基地になっている。税関や入管は、簡単に買収できるし、何をもちこんでも咎められない。むしろ密輸は国家ビジネスになっている」

「よくある話です。内戦が終結し、まがりなりにも国家としての機能をとり戻すと、密輸業者たちがいっせいに入りこんだ。あの国に一度もちこんでしまえば、どこのどんな品物だろうと、足どりを追跡されない。麻薬や武器を扱う連中には都合がいい」

バーテンを呼び、酒のおかわりを久我は頼んだ。

「わたしももう一杯いただきます。前にお会いしたとき、久我さんのお仕事を、権力と資源のあいだをとりもつ、といいました」

「覚えています。半分あたっている、と私は答えた」

「ええ。残りの半分は、過剰な殺戮を回避する、でした。内戦が終結してからのほうが、あの国における市民の死者は増えています」

「なぜわかるんです？」

「国連の調査報告がネット上にありました。内戦時は、死者の大半が政府軍やゲリラ兵士だったのに、今は犯罪に巻きこまれて死亡する市民のほうが多い。治安を維持する筈の警察は腐敗しきっていて、犯罪組織の用心棒とかわらないそうです」

「なるほど」

「桜井さんは治安維持部隊にいたのですよね」

「おそらく。あの国でPOがつける仕事といえばそれくらいしかない」

「つまり犯罪組織にかかわっていた」

「自覚があったかどうかはわからない。実態としては犯罪組織でも、雇っているのは政府です」

「それに気づいて、嫌になり、携帯を盗んだのではありませんか」

「犯罪者から金を脅しとっても良心は痛まないだろうが、国を敵に回すのは無謀です」

久我はいった。

「だから日本だったんです。あの国でそれをしたらすぐに殺されてしまうかもしれない。だけど日本なら大丈夫だと思ったのでは」

よしえは久我の顔をうかがった。

「かもしれない」

「姉との結婚のために大金を脅しとる気だったのかしら」

久我は頷いた。

ルンガとラテン系の男が立ちあがった。握手をかわしている。

「いきましょう」

久我はいった。バーテンダーを呼び、会計を命じた。ルンガが「アンジー」をでてどこにいくかをつきとめたい。

ラテン系の男がカウンターに戻ってくると、不意によしえに英語で話しかけた。

「失礼。以前どこかでお目にかかったと思うのですが」

よしえは久我をふりかえった。信じられないように、「ナンパ?」とつぶやく。

「申しわけありません。そうだとしてもわたしの記憶にはないのですが、お名前は何とおっしゃいますか」

が、すぐに流暢《りゅうちょう》な英語でよしえは返した。

「カルロス・リベラと申します」

男はよしえの手をとり、甲に唇を押しあてた。

「ヨシエといいます。お会いするのは初めてです」

「そうですか。それは失礼しました。ですがお近づきになった記念に一杯さしあげたい。そちらの紳士にも」

リベラが久我を見た。

「すみません。用があって、でかけなくてはならないのです」

久我はいった。リベラは肩をすくめた。

「それは残念だ」

「わたしなら時間があります」

よしえがいったので久我は耳を疑った。よしえが久我の耳に口を近づけた。

「わたしなら大丈夫。この人から話を聞きだします。あなたはあいつを追って」

「しかし――」

よしえは笑みを浮かべ、英語でいった。

「楽しんできて、ダーリン」

リベラが満面の笑みでいった。

「ほんのつかのまお借りするだけです。ご心配されるようなことは何もない」

久我は迷った。が、押し問答はかえって不審を招く。

「わかった。電話をします」

久我は告げ、カウンターを離れた。リベラのボディガードが店の出入口までついてくる。

「君のボスは何をしている人なんだ?」

久我は英語で訊ねた。が、ボディガードは何も聞こえなかったかのように無視をした。

「アンジー」をでた久我は路地に目をこらした。表通りとぶつかる角に、白いスーツの背中があった。クラブの入口に立つセキュリティと立ち話をしている。

久我は近づくのをやめた。ルンガは「アンジー」で、久我のことを気にしていた。尾行を勘づかれる危険がある。

やがてルンガはその場を離れた。外苑東通りにでると、六本木交差点の方角へ歩きだす。

ドネルケバブを売る店が並んだ一角で立ち止まった。上着からとりだした携帯を耳にあてる。

久我も立ち止まった。夜も更け、地下鉄の駅がある交差点方向へと向かう人波が背中を押す。一方で、朝まで遊ぼうというのか、テンションの高い若者の集団が続々と、交差点から押し寄せてくる。それを見て、今日が金曜日であるのを久我は思いだした。

ようやくルンガの電話が終わった。ケバブ屋の角を右に折れ、路地に入っていく。久我はあとを追った。ルンガは路地をつきあたりまで進むと、さらに右に曲がった。

そこは「アンジー」のある路地と狭い階段でつながった、車の入れない道だ。人通りもさすがに少ない。

尾行に気づかれないよう、久我は歩く速度を落とした。階段は人がすれちがうのがやっとの幅しかない。

白いスーツの背中がその階段を降りていく。「アンジー」に戻るつもりなのか。もしそうならば、よしえの身に危険が及ぶかもしれない。

その考えが頭をよぎり、久我は足を速めた。よしえを残して店をでるべきではなかった。

階段の頂上にさしかかったとき、階段を降りきったルンガの前に黒いアルファードが止まるのが見えた。

アルファードのスライドドアが開き、ルンガは中に吸いこまれた。

ナンバーを見届けよう、そう思い階段を降りかけた久我の前に、不意に漆黒の影が立ちはだかった。

階段に面してたつ古いビルの軒下から現われた、大男の黒人だった。一九〇センチはあるにちがいない。黒っぽい革のジャケットを着け、頭をきれいに剃りあげている。久我の目前に現われると、正面から見おろした。

何の感情も浮かんでいない、ガラス玉のような目を久我は見返した。

思わず息を呑んだ。瞬時に記憶がよみがえり、右手がそこに存在しない銃を探した。

「ヌワン」だ。

時間にして、久我と大男が見つめあっていたのは二、三秒だった。が、久我にはそれがとてつもなく長いものに感じた。

不意に久我の懐ろで携帯が音をたてた。その振動音が呪縛を解き、オンノボから東京へと、久我の気持をひき戻した。同時に、立ちはだかった大男からも殺意が消えた。

大男はくるりと背を向けた。久我をその場に残し、階段を降りていく。

久我は深い息を吐いた。一気に高まった緊張がほどけ、手が震えていた。携帯を耳にあてた。

「はい」

「久我さん。木曾です」

やくざの声すら、親しげに聞こえる。

大男の姿はなかった。闇にまぎれ、どこかに消えていた。

「ああ」

「腹を決めてもらえましたか」

久我は一瞬黙り、告げた。

「警察に渡すことにする」

木曾の声が低くなった。

「本気でいっているのか」

「本気だ。俺や会社の仲間に何かあったら、あんたのことも警察に話す。和田という、元マル暴の刑事が、俺のことをずっと調べている」

あえて和田の名を告げたのは、木曾が知っているかもしれないと思ったからだった。

勘は当たった。

「和田が」

木曾はつぶやいた。

「これで終わりだ」

「ムシのいい話だな。あんたにかわいがられた奴は、それじゃすまない」

「何かあったら、あの携帯のもち主が、アンビア大使館のルンガという男だということも警察に知らせる」

「お前、やはり桜井とグルかよ」

「もしグルだったら、金を要求した。してないだろう。百万やるといわれても断わってる」

「そんな安値じゃ納得しないのだろうが。いってみろ、いくら欲しいんだ」

「桜井はいくら要求した？」

「おい、訊く相手をまちがえているのじゃないか」

「いくらだったんだ」

「百万だ。ただしドルで。いっておくが、そんな銭はどこにもない。だから奴は死ぬ羽目になった」

「あんたらが殺したのじゃないかと、警察は疑うな」

「俺たちだったら死体はでない。お前もそうなる」

「とにかく金はいらない。携帯は警察に渡す」

告げて、久我は電話を切った。

12

よしえから電話がかかってきたのは、午前零時を回った時刻だった。久我はミッドタウンの中にあるオープンカフェにいた。何度も運転するタクシーで前を通ったので深夜までやっているのを知っていた。

「久我さん、今どちらです？」

場所を告げると、

「じゃあいきますね」

とだけいって、よしえは電話を切った。

二十分もしないうちに、よしえは現われた。歩いてきたせいか、上気した頰が赤らんでいる。

隣のテーブルにいた白人の男三人組がうらやましげに久我を見た。

「何を飲みます？」

「ビールを」

久我はウェイターに合図をした。ビールを注文する。

「緊張していたのと急いで歩いてきたんで喉が渇いて」

よしえはいって笑った。やけにその笑顔がまぶしく、久我は思わず目をそらした。

「途中で後悔しました。無理にでも連れてでればよかった、と」

「心配して下さったんですか」

「まともな相手じゃない。アンダーグラウンドにつながっている」

よしえは頷き、運ばれてきたビールのグラスを一気に半分空けた。

「アカプルコに誘われました、いっしょにいこうって」

久我は首をふった。

「リベラはあなたを本気で気にいったんですね」

「ええ。初めはわたしを娼婦だと思っていたようです。ちがうとわかると驚いたみたいで、逆に真剣に口説かれました」

「自分のことは何といったんです?」

「貿易会社で働いているＯＬだと」

「リベラは?」

よしえは微笑んだ。

「コンサルタントだと自称していました。日本と海外とのビジネスに関するコンサルタントだと。詳しく知りたいというと、メキシコからアフリカ経由で日本に商品を運ばせているんだ、と」

「なぜアフリカ経由なんです？」

「わたしも同じことを訊きました。直接日本に運ばないのはなぜかって。加工するからだ、と彼は答えました。アフリカで加工し、日本にもってくる。理由は、アフリカは人件費が安いから」

久我は首を傾げた。

「アフリカ特産のものならともかく、メキシコ産のものを加工できるような技術力がアフリカのどの国にあるんでしょう」

「彼はナイジェリアといっていました。あなたが追っていったルンガも、ナイジェリア人で、ビジネスパートナーだって」

久我は首をふった。

「奴はアンビア人だ」

「他にアフリカのどんな国と取引をしているか訊きました。セネガルやコンゴの名は挙がりましたけど、アンビアの名はでなかった」

「他にどんな話をしました？」

「彼の自宅は赤坂のタワーマンションで、オフィスと兼用だそうです。今夜こないかと誘われましたが、あなたとの約束があるので、と断わりました」

久我は息を吐いた。

「久我さんのほうはどうだったんです?」

「ルンガにあのあと電話がかかってきて、車にピックアップされ、どこかへいってしまいました」

「それだけ?」

がっかりしたような表情をよしえは浮かべた。

「いや……」

久我はためらったが、話す決心をした。

「途中で尾行を邪魔されました。アフリカ系の大男で、いきなり立ち塞がってきた」

よしえは久我を見ている。久我は目をそらした。

「会った瞬間、金縛りにあったみたいになりました。『ヌワン』だった」

「『ヌワン』?」

「あなたのいっていたゲリラです」

よしえは目をみひらいた。

「首を切る?」

久我は頷いた。

「どうしてわかったんです?」

「奴らには独特の雰囲気がある。何度か戦ったので覚えています。というか、忘れられない」

よしえは無言で見つめている。

久我は深々と息を吸いこんだ。

「傭兵を辞めたきっかけは、『ヌワン』と戦闘したときの傷がもとです。今の仕事もそれが理由だ」

よしえは首を傾げた。

「夜、眠れなくなった。『ヌワン』は、夜襲をしかけてくる。見張りを立てていても、その見張りを殺し、攻撃してくるんです。だから不安で、自分がいつも見張りに立った。そのうち、暗いと眠れなくなった。『ヌワン』は明るくなれば襲ってこない」

「そうだったんですか」

「自慢できる武勇談じゃありません」

「桜井さんを殺したのは『ヌワン』だと、久我さんは思っているんですね」

久我は頷いた。

「あいつらは切断した首をもっていくんです。獲物として」

「でもどうして桜井さんは『ヌワン』に襲われたんでしょう」

「ルンガがそれを知っている。ルンガの携帯を桜井さんが盗んだのが理由かもしれない。彼はそれを百万ドルで売ろうとしていた」

「誰から聞いたんです？」

「木曾というやくざです。私があの携帯をもっていることを木曾は知っていて、売ってくれといっている」

「なぜやくざが？」

よしえは驚いたようにいった。

「わかりません。ルンガとリベラのビジネスに関係しているのかもしれない」

よしえがはっと目を広げた。

「ルンガは外交官でしたね」

「おそらく」

「外交官の手荷物は税関の検査をうけません。密輪をしているのかもしれない」

「密輪か」

久我はつぶやいた。リベラが何らかの禁輪品をルンガに運ばせ、日本にもちこみ、それを木曾らやくざが捌《さば》いている。

ありえることだった。

「桜井さんはその実態を知って、ルンガを脅迫しようとした。携帯に、何か密輪の情報が入っていたのかもしれません」

「暗号だ」

「暗号？」

「携帯のスケジュール部分に、暗号らしき数字とアルファベットが入っていました」

「どんな暗号です？」

「たとえばきのうは、確か『ＰＸＶＫ６』でした」

よしえは口の中で「ＰＸＶＫ６」とくり返した。

「頭文字かしら」

「もっと長い暗号もありました。細かくは覚えていませんが」

「でも暗号じゃ、密輸の証拠にはなりませんね」

いわれて気づいた。

「確かにそうです。警察に届けても、何だかわからないでしょう」

「じゃあどうして桜井さんは殺されたのかしら」

よしえの疑問はもっともだった。携帯をとり返せないから殺した、という理由もあるが、犯罪にかかわっている連中からすれば、それはあまりに危険だ。木曾がいったように、死体も見つからない殺し方なら、警察の目は惹かないが、首を切ってもち去るというのは、むしろ調べてくれといわんばかりの方法だ。

「桜井さんを殺したのはやくざではなく『ヌワン』です」

久我がいうと、よしえは頷いた。

「ルンガの携帯を盗んだことを許せないと考えて、『ヌワン』は桜井さんを殺したのでしょうか」

「いや、携帯をとり返すのが一番の目的なら、いきなり殺しはしないでしょう。どこにあるか、吐かせようと痛めつける」

よしえの顔が青ざめた。

「拷問ですか」

「ええ。それでも吐かなかったので殺したか、拷問のいきすぎで殺してしまったか。『ヌワン』がその拷問をうけおった可能性はある」

「そうかもしれないけれど、携帯をとり返したい理由がまだわかりません。暗号だったら、犯罪の証拠にはならないのに」

よしえの言葉に久我は頷いた。

「その携帯は、今どこにあるんですか」

久我はあたりを見回した。今は誰も二人に注目していない。

スーツの内ポケットからとりだし、テーブルにおいた。よしえが目をみひらいた。

「もち歩いていたんですか」

「家におくのも危険だった」

「でも、久我さんがもっていると知られたら、何をされるかわからないのに……」

「この携帯に入っている何かが桜井さんの命を奪った。密輸取引の証拠なのか、それ以外なのかはわからないが」

「警察に渡すべきです」

よしえはいった。

「桜井さんとちがって久我さんは巻きこまれただけです。警察に渡せばその携帯電話にどんな秘密があるのかも調べてくれるのじゃありませんか」

久我は無言で頷いた。岡崎を救うために港北興業の男たちを痛めつけた話はよしえにはできない。傭兵に対するよしえの先入観を裏付けるだけだ。

初めて会ったとき、あれほど挑発的なことをいわれたのに、久我はどこかよしえに惹かれていた。

それに気づいたのは、ルンガが「アンジー」に戻るかもしれないと思ったとき生まれた焦りだった。よしえが傷つけられる可能性に対し、恐怖すら覚えた。

「どうしたんですか。急に黙って」

よしえが久我の顔をのぞきこんだ。久我は目をそらした。

「いえ。もう遅い。お宅まで送ります。今日はつきあっていただきありがとうございました」

「いいえ」

よしえは首をふった。

「もとはといえば、姉のフィアンセがすべての原因を作ったんです。久我さんは被害者です。あやまらなくてはいけないのは、むしろわたしの側です」

久我は立ちあがり勘定をすませた。よしえは「アンジー」も含め、自分のぶんは払いたいといったが許さなかった。

タクシーを止め、二人で乗りこんだ。

「警察に渡さないのですね」

不意によしえがいった。

「え？」

「さっきの話のつづきです。久我さんは渡さないような気がする」

「なぜそう思うんです？」

よしえは久我の目を見つめた。

「日本とアンビアのちがいを、久我さんはまだうけいれられずにいるからです」

「日本とアンビアのちがい、ですか」

「ここは日本です。だから『ヌワン』を恐れる必要はない。なのに久我さんは夜眠れない。それはつまり、久我さんの心がまだアンビアにあるということです」

久我は驚いた。たった数回会っただけで、よしえはアダムと同じ結論に達したのだ。

久我が黙っていると、よしえはいった。

「帰っても明るくなるまでは眠れないのでしょう」

久我は頷いた。

「だったらうちにきて下さい。もっと久我さんと話したい」

「しかし、今日はお姉さんがいないのですよね」

「だから？　中学生じゃないんです。自分の言葉の意味くらいわかっています」

よしえは怒ったようにいった。

三田でタクシーを降り、よしえの部屋にあがった。

「ハンガーをもってきます」

リビングのソファに久我をかけさせ、よしえは奥の部屋に入った。やがてガウンに着がえたよしえがハンガーを手に戻ってきた。その開いた胸もとから目をそらし、久我は脱いだ上着をハンガーにかけた。

「お酒？　それともコーヒー？」

「コーヒーをいただきます。お姉さんはいつ大阪から戻られるんです？」

「少なくとも今夜は戻ってきません」

エスプレッソマシンのスイッチをいれ、よしえは答えた。

「いや、私がいいたいのは――」

「わかってます。二、三日、もしかしたら一週間くらいかしら」

久我は苦笑し、頷いた。

「久我さんは見栄や意地で行動するタイプの人じゃありません。なのにあえてトラブルを避けないのはなぜだろうって思います」

コーヒーカップをふたつ手に、よしえは久我の隣に腰をおろした。片脚をおりたたむように尻の下にしいたので、太ももが露わになった。

「死者に動かされています」

カップをうけとり、ひと口すすって久我は答えた。

「桜井さんという意味？」

久我は頷いた。

「私の車においていく行為が、ある種のメッセージでした。『ヌワン』がかかわっている。その『ヌワン』に対処できるのはお前だけだ、という。おそらくあの時点で、桜井さんは死を予感していた」

両手でカップを包み、よしえはコーヒーを飲んだ。

「それはつまり、自分が殺されたら敵を討ってほしいと、久我さんに願っていた？」

「かもしれない」

「『ヌワン』はそんなに恐しいのですか」

久我は息を吐いた。経験を話した。よしえは目を大きくみひらき聞いていた。久我の話が終わると、ガウンの袖をまくった。

「見て。鳥肌が立ってる」

久我はその腕を握った。そっとさすった。

「恐い話をしてすみません」

「いいの」

よしえは目を閉じて首をふった。久我に体を預けてきた。

「気持いい。もっとさすって」

久我は息を吸いこんだ。よしえは首を曲げ、顔を近づけた。

唇をあわせ、さする手を袖の内側へとすべらせた。さざなみのような震えがよしえの体に走った。

よしえが舌をからめてくる。ガウンの内側は下着をつけていない。乳房の先が硬く尖っているのを指先が感じとると、よしえが小さな声をたてた。

よしえの手が久我の首に回された。目を開け、久我の目をのぞきこむ。

「最初からこうなりたかった」

かすれた声でいった。久我のネクタイをほどく。

「姉妹で傭兵好きか」

「馬鹿」

露わになった久我の胸に顔を押しつけた。熱い息が肌にあたるのを久我は感じた。

「会ったことのない種類の人だった」

シャツを脱がせながらよしえは久我の顔を見つめた。大きく開いたガウンの裾《すそ》から、太ももの奥の淡い影がのぞいている。

久我は首をふった。抑えきれない欲望が体の内側でふくれあがっている。それは、単に娼婦を求める性欲とはまるで異なるものだった。

よしえの太ももをつかみ、荒々しくひき寄せた。スラックスの下の高まりに太ももの内側があたり、よしえは息を吞んだ。

「早く脱いで。服をよごしちゃう」

言葉通り、影の部分が濡れた輝きを放っている。

久我は立ちあがり、ベルトを外した。待ち切れないようによしえがスラックスをひきおろした。

久我の高まりに頰を押しつけた。

久我は下着を脱いだ。よしえがソファの上に体を横たえ、両脚を広げた。

「すぐ欲しい。早く」

久我は体を重ねた。潤いの中に吸いこまれるのを感じた。

一度シャワーを浴び、二人でベッドに入った。よしえのベッドはセミダブルで、肌ざわりのよいシーツがしかれている。

寝室の暗がりの中で見つめあった。

「初めて国際政治学者とセックスした。ああだとわかっていたら、もっと早くしたかった」

よしえは久我の肩にかみついた。

「痛い！」

「古傷がいっぱいあるのに、なぜ自慢しなかったの？」

口を離し、白い傷跡に唇をあててくる。

「傭兵は奥ゆかしいんだ」

よしえの手が久我の股間にのびた。再び高めるように触れてくる。

「国際政治学者は貪欲なの」

ささやき、久我の上にまたがった。右手で久我の力を握り、自分の中へと押しこんでくる。久我の両肩に手をつき、上半身を反らせた。より奥へと久我をうけいれ、声をあげる。

「きもち、いい」

腰を動かした。久我はよしえの腰をつかんだ。よしえの動きが激しくなった。同時に乳房が久我の顔に押しつけられる。その先端を口に含むと、よしえの声が甲高くなった。

「貪欲なのは誰にでもかい」

口を離し、いった。

「あなただから！」

よしえは叫んだ。そして達した。

やがて体を離したよしえが訊ねた。

「まだ眠れない時間？」

時計を見た。午前三時を回った時刻だ。

「あともう少しで明るくなるな」

アクビがでた。

「疲れちゃったから眠いのじゃない？」

久我はよしえの目をのぞきこんだ。

「この十年、ベッドの中で誰かと夜明けを迎えたことはなかった」

「眠れそう？」

「試してもいいかい」

よしえは久我の首をひき寄せた。

「試して」

久我は目をつぶった。押しつけた胸からよしえのぬくもりと鼓動が伝わってくる。息を吐いた。何年も感じたことのない気持があった。

安心する。そうつぶやいたような気がした。が、はっきりとはしないまま眠りに落ちていった。

13

目覚めたのは九時過ぎだった。寝室の窓にかかったカーテンの向こうが明るい。かたわらによしえの体はなかった。

久我はベッドから降りた。信じられない気分だった。長年かかっていた魔法が解けたようだ。

眠れた。

もちろんこれがただ一度きりの〝奇跡〟だというのもわかっていた。よしえのかたわらだったからこそ眠ることができたのだ。

コーヒーの匂いが鼻にさしこんだ。細く開いた寝室の扉の向こうから漂ってくる。

久我は扉を押し開いた。ハンガーにきちんとかけられた自分のスーツが、リビングの扉から下がっている。

ソファにすわるよしえがいた。ガウンではなく、ショートパンツにTシャツを着ている。

「おはよう」

久我に気づくといった。

「夢みたいだ」

久我はいった。リビングのテーブルの上に桜井がおいていった携帯があった。よしえが調べていたようだ。かたわらにラップトップもある。

「眠れた？」

頷いた。

「よかった。コーヒーは？」

「飲む」

ソファを久我に勧め、よしえは立ちあがった。

「何かわかったかい」

「暗号解読ソフトにかけてみたけど駄目だった。法則にのっとって変換した暗号じゃなくて、個人的に作ったものね」

よしえの素早い動きに驚いた。

「ただ気になることがひとつある」

「何だ？」

コーヒーカップを久我に渡したよしえは、髪をひとまとめにしていた。

「スケジュールの、二月十日のところ。WWとある。同じWWは、一月二日と去年の十二月二十五日にもあって、調べたら、その三日すべて、アンビアで爆弾テロが起こっていた。現地の新聞のトップがこれ」

よしえはパソコンに触れた。「オンノボポスト」という、新聞の見出しが表示された。昨年の十二月二十六日の朝刊だ。クリスマスである二十五日に、オンノボの教会で爆弾が破裂、十二人が死亡したとある。

久我は無言でよしえを見た。よしえがパソコンの画面を切りかえた。

一月二日は市場で、二月十日はモスクで、爆弾が破裂している。自爆テロではなく、遠隔操作式の爆弾だ。犠牲者はあわせれば三十人近い。

「現地のメディアは治安維持の強化を訴えている。内戦は終わったのじゃないの？」

「反政府勢力は、大きくふたつに分かれていた。ひとつは『ヌワン』も所属する、『アンビア解放戦線』で、これは政府の中枢を占めた部族に弾圧された他の部族が集まったものだ。もうひとつは『アフリカの光』という集団で、アンビア吸収を狙う隣国軍部のあとおしを受けていた。『アフリカの光』は、担がれていた指導者が戦死して、急速に勢力を失った。政府が『アフリカの光』の次の指導者も必ず殺すと予告したんで、後継者が現われなかった。アンビア人でなければなり手はいたろうが、それでは誰もついてこない」

「『アンビア解放戦線』は？」

「寄り合い所帯だ。部族や宗教、皆ばらばらの集団が政府の弾圧に反発して作ったグループだった。だから仮りに政府を倒しても、あとの権力争いは目に見えていた」

「バックアップしていたところはあったの？」

「もちろん。イスラム系のグループには他のイスラム国家がついていたし、部族それぞれの背後にも、革命成功後の利権を狙った商社や武器商人がいた」

「資源国家の悲劇ね。食いものにしようと集まってきたハイエナが武器を渡し、国民に殺し合いをさせる」

「その通りだ。だがひとついわせてくれ。俺が傭兵をつづけようが辞めようが、そういう殺し合いは昔からあったし、これからもなくならない」

「利益を求める企業が大国にさざ波を起こす。それがやがて大波となって、辺境の小国を翻弄《ほんろう》する」

よしえの目は真剣だった。皮肉やあてこすりではない、と久我は気づいた。

「アンビアの政情不安を望む勢力はいくらでもいる。『アフリカの光』を仕立てた隣国はもちろん、新政府の中枢に加われなかった部族やその支援者たちも、安定を望んでいない」

「そうね。教会とモスクの両方でテロは起こっている。犯人が同じグループなら、宗教的な背景はない」

アンビアはアフリカの新興国の例にもれず、イスラムが急速に勢力をのばしつつある。が、それがテロの原因になっているとは久我は思わなかった。

「国際政治をつきつめると、人間の醜さとあさましさにいきつく。自国の経済を潤すために第三世界を犠牲にしてきた大国の歴史ばかり」

「もっと身近な問題を考えよう。ルンガは現政権の中枢に属している。WWの意味がテロなら、なぜ携帯のスケジュールにそれが入っていたかだ。予定として知っていたのか、事実として打ちこんだのか」

久我はいった。

「来月の五日にもWWの書きこみはある。予定と考えるべきじゃない?」

よしえは携帯をとりあげ、いった。久我はよしえの目を見つめた。

「政権側の人間が、政権を不安定にするテロの発生日を事前に知っている理由は何かしら」

「いくつか考えられる」

目をそらし、久我はいった。

「ひとつはルンガがより高い地位を求めて、反政府勢力と手を組んでいる。見かたをかえれば、今の政府がひっくりかえったときのための保険をかけている」

「ふたつ目は？」

「爆弾テロそのものが政府側による陰謀。反政府勢力を今以上に弾圧し、それに対する国民の支持をとりつけるためにテロを実行する」

「ありそうな話ね」

久我は頷いた。ある可能性が頭に浮かんでいた。

「どうしたの」

よしえが気づいた。

「もしＷＷが政府側のテロなら、実行犯が誰なのかが気になる。同じアンビア人を標的にしたテロを政府がアンビア人兵士に命じるのは、情報洩れの危険がある。親兄弟や友人に、テロの現場に近づくなと前もって警告する可能性があるからだ」

「じゃあ誰にやらせるの？　まさか――」

久我は頷いた。

「ＰＯなら情報洩れの危険はない。まちがえないでくれ、すべてのＰＯがそんな任務をうけおうわけじゃない」

「でもアンビア人じゃないから、同情や罪の意識もない」

「ああ。それにＰＯにとっても利益になる」

「利益？」

「テロが起これば治安維持を担当するＰＯの増員、装備の拡充が求められる」

「つまり個人ではなく民間軍事会社全体がかかわっている？」

「その場合は当然そうだ。会社が特定のＰＯにテロの任務を与える。派遣されているＰＯすべてに知らされるわけじゃない。場合によっては、顔を知られていないＰＯを外国から呼びよせるかもしれん」

「ひどい話。人殺しをつづけるために人殺しを演出する」

「戦闘と人殺しはちがう」

「でもテロは人殺しよ」

久我は頷いた。

「あなたはそういう仕事をしたことが――」

「ない！」

久我はいった。

「じゃあ桜井さんは？」

「わからない」

民間軍事会社の需要を奪うのは平和だ。治安維持のために雇われながら、それが実現すれば仕事を失う。したがって、大規模な戦闘はともかく、こぜりあいがつづいたほうが民間軍事会社は契約の期間や規模を拡大できる。

そうした民間軍事会社の利益と政府の利権が結びつくと、偽のテロが起こる。その可能性は、ＰＯが派遣されているあらゆる紛争地にある。

桜井がそういうテロの実行をうけおっていたかどうかは謎だ。が、うけおっていたとすれば、ルンガの携帯はその証拠になる。

だがわからないのは、なぜやくざがそれにかかわっているかだ。港北興業や井田連合と、アンビアのＰＯ派遣に接点があるとは考えられない。

「何を考えているの？」

黙っていると、よしえが訊ねた。久我は息を吐いた。よしえとこうなった今、暴力団の話を告げないでいるのはアンフェアだという気がした。

「実は、桜井さんが携帯を俺の車においていった晩、届けてほしいという連絡があった。ただしそれは桜井さんからじゃなく、港北興業という暴力団に所属するやくざからだった」

よしえは無言で首を傾げた。

「指定された六本木の店に携帯をもっていった俺は、待ちうけていた連中の中に桜井さんがいなかったので、渡さずに帰ってきた。その後その場にいたやくざから営業所にいる俺の上司に電話がかかってきて、携帯を返せといわれた。俺が君のお姉さんに会ったのはその日の夜だ。お姉さんは、桜井さんは俺に携帯を預けるつもりだったといい、俺はそれを半信半疑で聞いた。ところが、その上司が会社を無断欠勤し、お姉さんからは桜井さんらしき死体が見つかったという連絡がきた」

「その上司の人は――」

「やくざにさらわれ、監禁されていた。携帯とひきかえに放してやるという電話が俺にかかってきた」

「警察には？」

久我は首をふった。

「上司は昔、罪を犯したことがある人で、警察に訴えても、過去に関係した部分を疑われる可能性があった。いっておくが、その人は罪を償っている。俺にとっては信頼できる人で、その上司がいなければ今の仕事をしていなかったろう。だから俺は自分で上司を助けることにした」

よしえは目をみひらいた。

「それってまさか――」

「誰も殺してはいない。怪我はさせたが。上司が閉じこめられている場所を見つけ、そこにいたやくざを痛めつけて上司を助けた」

よしえはショックをうけたように黙っている。

「やがて見つかった死体が桜井さんだと確認され、お姉さんに俺の話を聞いた刑事から会いたいという連絡があった。ただ——」

「姉は携帯のことを刑事さんには話さなかった」

よしえがいい、久我は頷いた。

「桜井さんが亡くなった今、姉は、携帯は久我さんがもつべきだと思っているんです。もし刑事さんに話したら、渡さざるをえなくなる」

「俺もあるときまで、そうすべきだと思っていた。警察に渡せば、桜井さんが殺された理由がはっきりするだろう、と。だが今は、わからなくなった」

「桜井さんを殺したのは『ヌワン』じゃなくて、暴力団かもしれない？」

久我は首をふった。

「それはたぶんちがう。殺して首だけをもっていくなんてやりかたを暴力団はしない。殺すならむしろ死体も見つからないようなやりかたをするだろう」

「じゃあなぜ暴力団が関係してくるの？」

「そこが問題だ。それから何日かして、やくざが俺を訪ねてきた。仕返しにきたのかと思ったらそうではなくて、金をだすから携帯を譲ってくれといいにきたんだ。中心にいたのは、これまで会ったことのない木曾というやくざだった。そのやりとりを見ていた、和田という刑事から教えられた。木曾は南米出身の日系二世で、昔メキシコで人を殺したという噂があるらしい」

「メキシコ」

よしえは小さくつぶやいた。

「そう。リベラの国だ。ただなぜルンガの携帯を暴力団が欲しがるのかがわからない。木曾は、桜井さんを通訳だったと考えていて、ＰＯだったとは知らないようにも見えた」

「アンビアでのテロと日本の暴力団に何か関係があるのかしら」

久我は首をふった。

「だとしても理由の見当がつかない。テロ以外なら、まだ関係があっておかしくないんだが」

「麻薬？」

よしえが訊ね、久我は頷いた。

「わたしも調べた。メキシコは今、コカインや覚せい剤の大量輸出国になっている。でもメキシコから日本なら太平洋を渡って運んでくるほうが簡単なのに、なぜアンビアがかかわるの？」

「まずアンビア自体で消費されている。役人の買収が容易なので、大量にもちこむことが可能だ。もちこまれたクスリは別の国にも運ばれる。その運び屋を外交官がやっていれば、税関で荷物を調べられることもない」

「そうか。外交官特権」

よしえはつぶやいた。

「ルンガが運び屋なら暴力団とつながりがあっても不思議はない。ルンガがもちこんだクスリを、木曾たちがさばいているという関係だ」

「でもテロとはつながらない」

「そうだ。アンビアで起こっている爆弾テロと日本の暴力団のあいだに関連があるとは思えない」

「テロの実行犯が日本のやくざだとか」

「それはない。アンビアでは日本人はむしろ目立つ。テロの起こった地点に出入りしていたら必ず覚えられているだろう」

「じゃあルンガがテロと麻薬の両方に関係していて、それぞれはつながっていないとか」

「それならありえる。ただ、もしそうならなぜ暴力団がこの携帯を欲しがる？　この中に日本人の名は入っていない」

「ひとりも?」

よしえは信じられないように訊ね、久我は頷いた。

「ひとりもだ。リベラの名はあったが」

よしえは考えこんだ。

「ルンガ本人に訊く他ないような気がしている」

久我がいうと責めるような目を向けた。

「ルンガも痛めつけるって意味?」

「そうしたいわけじゃない」

「携帯を売れといってきた暴力団はどうするの?」

「きのう君と別れてから電話があったので、警察に渡すといった。信じたかどうかはわからないが」

よしえはじっと久我を見つめている。

「警察に渡したら、なぜ今まで黙っていたのかを訊かれる。そうなったらあなたの上司を助けた話をしなければならない」

久我は頷いた。

「そう。その時点で俺は犯罪者だ」

よしえは目をそらし、息を吐いた。

「あなたを責める気はない。必要がないのに暴力をふるったりする人じゃないとわかった。上司の人を助けるためにしたことは、それ以外に方法がなかったからでしょう」

「そう理解してくれると助かる」

久我は低い声でいった。

「だが和田という刑事も、何か俺が隠していると疑っているようだ」

「あなたはどうしたいの？」

よしえが久我の目を見つめた。

「わからない」

久我はいった。本音だった。

「トラブルに巻きこまれたいわけじゃない。だが、桜井さんの死に『ヌワン』がかかわっているなら、決してこのままじゃすまないだろうという気がする。暴力団なら警察に任せればすむが、『ヌワン』が相手だったら不可能だ」

よしえは久我の目をのぞきこみ、首を傾げた。

「あなたは『ヌワン』にとりつかれている。結果、一連のできごとに心を縛りつけられ、離れることができない」

「かもしれない。いったい何があったのかをつきとめない限り、元の生活に戻れないような気がする」

久我の首によしえは腕を回した。されるがままに久我はひき寄せられた。

「わたしも手伝う」

きっぱりとした口調でいう。

「もう君を巻きこんでいる。だが危険にはさらしたくない」

「大丈夫。暴力団も『ヌワン』も、国際政治学者には興味がない」

「メキシコ人実業家はちがう」

よしえがはっとしたように体を離した。

「リベラが鍵ね」

「あいつは危険だ。これ以上近づいちゃいけない」

久我は首をふった。よしえを見る、好色そうな目が焼きついている。

「じゃあどこから情報を得るの？」

「ルンガだ」

「やっぱり『アンジー』で網を張る他ないのじゃない？」

「あとはもうひとり」

「誰？」

「桜井さんだ」

「でもあの人はもう——」

久我は頷いた。

「彼がなぜルンガの携帯を盗んだのか、その動機を考えていなかった。俺は『ヌワン』だと思っているが――」

「『ヌワン』がどっちに関係しているのかがわからない。テロか麻薬か」

「そうだ」

「桜井さん自身がテロに関係していた可能性はある？」

久我は息を吸いこんだ。

「たぶんない。さっきもいったようにアンビアで日本人は目立つ」

「じゃあ桜井さんが所属していた民間軍事会社が関係していた可能性はどうなの？」

ＳＡＡＦ。ありうると思った。

「あなたもそこにいたの？」

久我は首をふった。

「桜井さんが所属していたＳＡＡＦは、俺が元いた民間軍事会社の人間が設立した新会社だ」

「ＳＡＡＦの活動について知っている人はいない？」

久我は考えた。アダムなら心当たりがあるかもしれない。

アダムの携帯にかけた。診療中ではなかったのか、アダムはすぐに応えた。

「『アンジー』にいったのか」

「いった。ルンガを見つけ尾行したら『ヌワン』が現われた」

「『ヌワン』と⁈　『ヌワン』がトウキョウにいたのか」

「まちがいない。暗闇の中につっ立っていたよ」

「戦ったのか」

「いや。何もなかったが、あれは『ヌワン』にまちがいない」

「『ヌワン』に詳しいジャンがいうのだから確かにそうなんだろう。サクライを殺したのは本当に『ヌワン』かもしれないな」

「そのサクライがもっていた携帯を調べたのだが、アンビアで起こっている爆弾テロの情報が入っていた。あれがルンガの携帯だとすると、ルンガは事前にテロの発生を知っていた可能性がある」

　アダムは黙っている。

「テロの実行犯が反政府勢力なのかどうかはっきりしない。もしかするとＰＯかもしれない」

「やめておけ、ジャン。それを知ろうとするのは危険だ」

　アダムが低い声でいった。

「心あたりがあるんだな」

アダムは答えない。

「テロの実行犯は、アンビア政府に雇われたＰＯなのか」

久我は訊ねた。やがてアダムが息を吐き、答えた。

「ＳＡＡＦがアンビア治安部隊の依頼を受けたときの裏の条件がそれだった。一年前、ＳＡＡＦに俺はひっぱられた。『安全になったアンビアの任務で稼がないか』と、誘われた。安全になったアンビアでは長く仕事ができないだろうと俺がいったら、『それは大丈夫だ、契約がつづく保証がある』と、誘った人間は答えた。そのとき気がついた。ＳＡＡＦは契約を延長するための秘密任務をうけおっている」

「誰に誘われたんだ?」

「ジャンも知っている人物だ。ホン大佐だ」

久我は息を吸いこんだ。ホン大佐は韓国陸軍の特殊部隊から民間軍事会社に転職した職業軍人だ。勇猛だが北朝鮮に対しあまりに攻撃的な思想をもっていたため危険視され、陸軍の出世コースから外された。

常に戦場に身をおくことを望む、ＳＡＡＦ設立メンバーのひとりだ。

「彼か」

久我がアンビアに派遣されていたとき、ホンはアフリカの別の国にいた。その国での任務の終了と同時に退職し、ＳＡＡＦを作ったのだ。

「メンバーは歴戦の勇士だが、ＳＡＡＦそのものには実績がない。秘密任務をうけおわなければアンビア政府との契約をとれなかったのだろう」

アダムはいった。

「ホン大佐はアンビアにいるのか」

「いる筈だ。治安部隊の実質ナンバーワンだ。隊長はアンビア軍の将校だが、部隊を動かしているのはホン大佐だ」

「ホン大佐と話したい。連絡を頼めるか」

「何といって？　サクライのことを訊くのか」

「いや、俺が復帰したがっている、というのはどうだ。アンビアに詳しい人間は貴重な筈だ」

「それが嘘だとバレたときは危険だぞ、ジャン。アンビア政府に雇われて日本にきているＰＯは、サクライだけじゃないかもしれん」

久我は息を吸いこんだ。根っからの軍人であるホンは、駆け引きやスパイ行為を嫌う。復帰したいという久我の申し出が情報を得るための嘘だとわかれば、厳しい対応をとるだろう。

が、さすがに久我の殺害を命じるとまでは思えなかった。

「日本にいるＳＡＡＦはそこまで暇じゃないさ」

久我がいうとアダムは息を吐いた。

「それもそうだな。だがお前がＳＡＡＦの秘密任務について知りたがっているとわかれば話は別だぞ」

「わかっている。とにかくホン大佐につないでくれ」

「やってみる」

アダムは答え、電話を切った。

「桜井さんのことがわかりそう？」

よしえが訊ねた。

「現地の治安部隊を仕切っている人物に、俺が復帰したがっているという情報を流すことにする。桜井さんが死んで手不足になっているアンビア大使館は俺を雇いたがると思う」

「危なくないの？」

久我は宙を見つめた。

「まったく安全ということはないだろうな。だがタクシーの運転手だって、見かたによっちゃ死と隣り合わせだ」

よしえは首をふった。

「交通事故と殺し合いはちがう」

久我は無言だった。自分がどこまで危険をおかすのか、判断がつかないでいる。それは戦闘地域では最もおちいってはならない精神状態だ。そうなったら先に待ちかまえているのは死だけだ。

14

アンビア大使館は港区赤坂の住宅街の一角にあった。マンションにはさまれた、こぢんまりとした建物だ。アンビア政府の財政状態を考えれば、とうていこれ以上の広さや立地は望めないだろう、と路上に止めた軽ワゴンの中から建物を見つめ久我は思った。

大使館に出入りするルンガを見つけ、その住居を把握しようと考えて三日が過ぎていた。

連日朝八時から張りこんでいるが、ルンガを見つけられずにいる。母国に戻ったのか、それとも出張しているのか。

三日めの午後だった。うとうとしかけていた久我はドアを叩く、コンコンという音に瞼を開いた。赤い眼鏡が目にとびこんでくる。

思わずフランス語で悪態をついていた。最も会いたくない場所で、まさかの相手に気づかれてしまった。

窓をおろした久我に、

「珍しいところでお会いしますね」

と和田はいった。今日はひとりではなく、以前見かけた森という刑事もいっしょだ。

久我は息を吐いた。

「慣れないことをするものじゃないな。あんたみたいに上手には張りこめない」

和田は首をふった。

「よほど注意しないと車を使った張りこみはバレやすいんです。一番は近くの住宅の方に協力をお願いする方法ですが、警察官でなければ難しいでしょうね」

「ここで何をしていたのですか」

森が鋭い目を向けた。

「昼寝だ。車の中だとよく眠れるんだ」

久我は答えた。和田は苦笑した。

「まさかあなたがアンビア大使館を見張っているとは思わなかった。目的は何です」

「そっちは?」

「訊いているのはこっちだ」

森が表情を険しくした。和田がそれを制し、いった。

「じゃあこちらが先にいいましょう。亡くなられた桜井さんはアンビア政府の要人警護の仕事で日本に戻っておられた。その警護対象の人物からお話をうかがおうと思ってきたんです」

「話は聞けたのか」

和田は首をふった。

「残念ながら。この数日間、その人物とは連絡がとれなくなっているそうです」

久我は背中を起こした。

「もちろん大使館の人間が嘘をついている可能性はある。しかしこの段階で我々に協力を拒む理由は思いあたりません」

「俺も同じ人間を見つけようと思っていた」

久我はいった。和田は咳ばらいし、あたりを見回した。

「ドライブしませんか、久我さん。私たちを乗せて」

久我は頷いた。助手席に和田が、後部席に森が乗りこんだ。エンジンをかけ、軽ワゴンを発進させた。大使館に面した坂を登り、国道二四六号にでる。

「あなたが見つけたかった人物の名は何というのです?」

和田が訊ねた。

「ルンガ」

「どうしてその人物の名を知ったんです?」

「市倉さんが教えてくれた」

「私たちにはそんな話はされなかった」

「桜井の仕事がボディガードだと、俺にはわかった。だからアンビア人の名を聞いたことはないかと訊いたら、ルンガという名がでてきた。訊きかたがちがえば、彼女も教えてくれたろう」

「なるほど。しかし久我さんは我々には桜井さんが日本で何をされていたかを教えて下さらなかった」

「そのときは思いつかなかった」

「あんたずいぶん調子がいいな。え？」

森が怒ったようにいった。

「まあまあ。我々は乗せてもらっている立場だ。文句をいっては失礼だよ」

和田はいい、久我の横顔をのぞきこんだ。

「久我さんはそのルンガ氏に何があったと思います？」

「何かが起きたと考える理由は？」

「ボディガードをつとめていた桜井さんが殺され、当人とも連絡がとれない。何かが起こったと考えるのは当然でしょう。久我さんの意見を聞かせていただきたい」

「ルンガというのがどんな人物なのか、あんたたちは調べたのだろう」

久我はいった。

「アンビア政府の外交官の中では社交的で知られていたそうです。社交的ではない外交官がいるというのも奇妙ですが」

「アンビアは歴史が浅い上に、内戦が終結して時間もさほどたっていない。国家として成熟しているとはとてもいえない。いろんな人間が政府内にはいるだろう」

「いろんな人間とは？」

「わかっている筈だ。立場を利用して金儲けをする役人のことさ」

「ルンガ氏もそうだというのですか」

「そうじゃなけりゃボディガードが必要にならない」

久我は答えた。

「あれからアンビアのことを少し勉強しましてね。首を切ってもち去るゲリラがいたそうですな。名前は何といいましたか、ええと――」

「『ヌワン』だ」

「久我さんも遭遇されたことがありますか」

久我は無言で頷いた。

「桜井さんの亡くなり方を聞いて思いだしませんでしたか」

和田はたたみかけた。

「思いだした。だがここは日本で、アンビアじゃない」

「今、『ヌワン』に所属していた人たちはどうしているのでしょう」

「さあな。政府との停戦に応じたのだから、拘束はされていないだろう」

「ルンガ氏も『ヌワン』であった可能性はありますか」

久我は首をふった。

「なぜちがうと思うんです」

「『ヌワン』は誇り高い部族だ。たとえ外国でも、自分にボディガードがつくなんて我慢できないだろうな」

「では『ヌワン』がルンガ氏や桜井さんを狙った可能性についてはどう思います?」

「いっただろう。ここは日本だ。『ヌワン』より危険な連中だっている」

「たとえば木曾のような極道とか?」

久我は和田を見た。

「そろそろ腹を割りませんか」

和田はおだやかな口調でいった。

「お互い知っていることを話し合いましょう」

「知っていること?」

「港北興業だよ」

森がいった。いらだったようにつづける。

「港北興業の組長と木曾は兄弟分だ。そこの組員が四人、誰かに痛めつけられた」

「ひとりはあなたに詰めよっていた竹内です」

和田がつけ加えた。

「抗争の報告もないのに、極道四人があんな怪我をしているのは珍しい。もちろん本人たちは何もいわない。まさかカタギにいいようにやられたなんて、カッコ悪くてとてもいえないでしょうが」

和田がいった。

「その犯人が俺だと？」

「とぼけるな！　麻布十番のコインパーキングのカメラに、この車を止めているあんたが写っていたんだ」

森が声を大きくした。

「俺がその四人を痛めつけたのなら、なぜあのとき木曾たちは俺に手をださなかったんだ？」

久我は訊き返した。

「そこを知りたいのですよ。連中は、あなたがもっている何かが欲しい。私があのとき聞いた、百万円で買いたいというのはそれだ。問題は、桜井さんの死とどんな関係があるかです」

　久我はハザードを点し、車を左に寄せた。

　和田を見る。

「話してもいい。が、俺を逮捕しないと約束してもらいたい」

「そんな約束ができるわけがない！」

　森が声を荒らげた。和田がいった。

「あなたがもし誰かを殺していたら、それは不可能です。先ほどの港北興業の件に関してのみなら、被害届けがでているわけではない。約束はできませんが、努力はします」

　久我は横を向いた。軽ワゴンのかたわらを流れていく車の波を見つめた。

「どうですか」

　和田がうながした。

「携帯電話だ。最後に乗ったとき、桜井は俺のタクシーに携帯電話をおいていった」

　久我は告げた。

「忘れものか」

　森が訊いた。

「初めは俺もそう思った。だがちがった。携帯電話は桜井のものではなく、おそらくだがルンガのものだった。桜井は、それをわざとおいていったんだ」

「なぜです？」

和田が訊ね、久我は首をふった。

「それが俺にもわからない。その晩のうちに港北興業の竹内が電話をかけてきて、届けてほしいと六本木の営業していない店を指定した」

「その店の名は？」

森がメモをとりだした。

「『ギャラン』だ。届けにいったが、そこに桜井はおらず、俺は渡さなかった。やがて会社の上司が奴らにさらわれた」

「上司というのは岡崎さんですな。今はもう解散した城東《じょうとう》組の組員だった」

調べていたようだ。

「そうだ」

「なぜ我々に知らせなかった？」

森が訊ねた。久我はうしろをふりかえった。

「あんたたちに知らせたとしよう。まず何を疑う？」

森は瞬きした。

「岡崎さんを調べたのなら、その前歴についても知っている筈だ」

「傷害致死で服役していますね。同じ城東組の組員に対する」

和田がいった。

「まずそこを疑うだろう。たとえ港北興業のやくざが桜井のおいていった携帯を欲しがっていたといったところで、すぐに港北興業を調べはしなかった筈だ」

「警察の捜査には確かに手順があります。久我さんのいわれるような展開になったかもしれませんが、知らせていただければお役には立てた」

「警察に知らせたら岡崎さんが死ぬ、と脅されていた」

「殺す殺すとすぐに凄むが、実際に殺せばおおごとになると、極道もわかっています」

「俺はそこまで極道に詳しくない」

「なのにどうやって岡崎さんを助けだしたんです?」

「港北興業の麻布十番にある事務所を見張ったら、『ギャラン』にいたチンピラがでてきた。あとをつけたら、岡崎さんを監禁しているマンションまでいったんだ」

和田はあきれたように息を吐いた。

「ひとりで乗りこんだのですか」

久我は頷いた。

「武器はもってたのだろう、え?」

森がいった。

「丸腰だ。そこにあったバットは使ったが」

「無茶をしますね。顔を見せたのですか」

「いや、目出し帽をかぶっていた」

「それでもあなただと木曾は見抜いた」

「他に思いあたらなかったからだろう」

「岡崎さんを解放した。それだけですか」

久我はためらった。

「話して下さい」

「竹内から携帯二台と財布をとった」

「立派な強盗傷害だ」

森が唸《うな》った。

「それはどこに？」

「隠してある」

和田は笑い声をたてた。

「たいした人だ。丸腰で極道四人を痛めつけ、首根っこをおさえる材料をとってくるとは。その財布と電話を我々に渡してもらえますか。使いみちがいろいろとありそうだ」

「渡してもいいが、それを証拠にして俺を逮捕するのじゃないだろうな」

「大丈夫です。それで問題の携帯はどうなったのですか」

「まだもっている。あんたが聞いていたとおり百万で売れともちかけられていたが断わった。凄まれたがあんたの名をだし、渡すといったらあきらめたようだった」

「なるほど。うまく使いましたね」

「で、その携帯はどこにある？」

森が訊ねた。

「そこだ」

ワゴンのダッシュボードを久我はさした。

「開けて見てもいいですか」

和田が訊き、久我は頷いた。和田は手袋をだしてはめ、ダッシュボードを開いた。携帯をとりだす。

「日本製ではありませんね」

「アフリカで広く流通している中国製のようだ。さんざんいじったので、俺の指紋だらけだ」

和田は携帯を操作した。

「なるほど。日本人のものではないようですね。すべて横文字だ」

「電話帳に日本人の名は入っていない」

「なのにあなたに桜井さんが預けた理由は何でしょう」

「わからない」

「何かを告発するつもりだったのでしょうか。ルンガ氏が犯罪に手を染めていて、許せないと考えたとか」

「ルンガの携帯を極道が欲しがる理由は何だと思う?」

「訊いているのはこっちだ」

森がいらついた声をだした。久我は森を見つめた。

「あんたの刑事としての経験に訊いている」

森は鼻白んだ。

「そんなこと簡単に答えられるか」

「ふつうに考えたら薬物でしょうな」

あっさりと和田がいったので、森は目をむいた。

「和田さん――」

「森くん、これはかなり根が深い。極道とクスリがからんでいるとしても、極道はあんなやりかたはしない」

「俺もそう思った。殺して首をもっていくのは『ヌワン』のやりかただ」

「実はルンガ氏については、外交官特権を利用して密輸にかかわっている疑いがありました」

森が再び目をむいた。が、あきらめたのか何もいわない。

「ルンガの携帯を極道が回収しようとしたのは、取引にかかわっている別の人間に頼まれたからじゃないかと思う」

久我はいった。

「ほう」

「その人間も日本人ではなく、携帯をもっているのが日本人の俺だということで、極道に依頼したんだ」

「心当たりがあるのか」

森がいった。

「あるといえばある」

「でしょうな」

あっさりと和田がいった。

「久我さんは大使館前でルンガ氏が現われるのを待っていたという。しかしルンガ氏の顔をどう見分けるのか。あなたのことだ。ルンガ氏とすでにどこかで会っているのではありませんか」

和田の鋭さに久我は舌を巻いた。

「見たことはある」

「どこで？」

「六本木の、不良外人が集まる店で」

「それはたまたまですか」

「その携帯に店の名が入っていたから見にいった」

「外人部隊にいらしただけのことはありますな」

「『アンジー』という店だ。ルンガのあとをつけようとしたんだが、邪魔をされた」

「誰にです」

「『ヌワン』だ」

和田と森は顔を見合わせた。

「知っていたのですか、『ヌワン』だと」

「いや。暗闇の中に立っていて、いきなり俺の前に立ち塞がった。だがすぐにわかった。『ヌワン』には独特の雰囲気がある」

「話したのか」

久我は首をふった。

「いや。ただにらみあっただけだ。そのあいだにルンガは迎えの車に乗りこんだ」

「それはいつです？」

「四日前の晩だ」

「乗りこんだ車の種類とナンバーは⁉」

　森がメモをとりだし、いった。

「黒のアルファードだ。ナンバーは、見ようとしたが『ヌワン』に邪魔をされた」

「たぶん極道だな」

　和田がつぶやいた。

「桜井さんが亡くなり、ルンガ氏の携帯が警察に渡ると困る人間が、極道にルンガ氏をさらわせた。連絡がとれなくなっている理由はそれだ」

「しかしルンガは外交官で密輸の実行犯の可能性があります。それを殺すなんてしますかね」

　森がいい、和田は思案顔になった。

「確かにルンガ氏を殺して困るのは極道たちだ。しかしクスリよりもっと大きなものがからんでいたら話は別だ」

　和田がいったので、久我は訊ねた。

「クスリより大きなもの？」

「あなたが先ほどいわれた、心当たりのある人物というのは誰です」

「リベラというメキシコ人だ」

「リベラ」

和田は眉根をよせた。

「知らない名です」

「そのリベラもあんたは会ったのか」

森が訊ねた。

「会った。『アンジー』で、リベラとルンガは親しげにしていた」

「久我さんの考えを聞かせて下さい」

和田がいった。久我はつかのま黙り、口を開いた。

「おそらく、ルンガと極道をつないでいるのがリベラだ。リベラが中米からアンビアに運ばせたクスリを、ルンガが日本にもちこんでいる」

「ルンガ氏は運び屋ですか」

「ルンガが運んだクスリをリベラが受けとり、極道に卸す。そういう意味では運び屋だ。しかしそれだけではない」

「なぜそう思うのです?」

「その携帯だ」

「携帯が何だというんだ」

森が訊いた。

「スケジュールの中に、WWという暗号が入っている。過去、そのWWの日にはアンビアで爆弾テロが発生している。ちなみに来月の五日にもWWの書きこみがある」

「五日といえば、来週です。アンビア政府の一員であるルンガ氏が爆弾テロの日程を知っているというのは妙ですな」

「アフリカの話ですよ」

あきれたように森がいった。

「だからいったろう、根が深い、と」

森は首をふった。

「アフリカの爆弾テロと日本へのクスリの密輸がどうつながるんです？　極道がテロにかかわっているとでもいうのですか」

「それはありえんだろう。どうです、久我さん」

「ルンガがテロリストとつながっている可能性はあるが、極道とは別だ」

久我は答えた。

「問題は、桜井さんが殺された理由です。クスリがからんでいるのか、それ以外の何かなのか」

和田がいうと、森が勢いこんだ口調になった。

「ルンガと自分たちの密輸の一件をバラされるのを恐れた極道が桜井を殺したのかもしれません」

「首を切ってもち去った理由は？」

「その、何とかいうアフリカのゲリラの仕業《しわざ》に見せかけるためだった。あるいは金を払ってそのゲリラにやらせたのかもしれません」

和田は頷いた。

「確かにその可能性はあるな」

「アフリカで起きた爆弾テロとつなげるのは無理があります」

「俺はそれをルンガに確かめようと思っていた」

久我はいった。

「痛めつけてか」

森が尖った声で訊ねた。

「必要なら」

「何様のつもりだ。いったい何の理由で、そこまでかかわるんだ」

森は吐きだした。久我は森を見た。

「自分でもわからない。確かなことはひとつだ。桜井が何かを俺に託そうとし、それが理由で殺された」

「なぜあなたに託そうとしたのです？　親しい間柄でもなかったのに」

和田が訊ねた。いつも鋭いところを突いてくる。

「それがわかれば苦労しない」

「ヌワン」が理由だと答えても、「ヌワン」を知らない刑事たちが信じるとは思えなかった。まして民間軍事会社がテロに手を染めている可能性など口にできない。

「本当は心当たりがあるのじゃないか。桜井はルンガを恐喝しようとしていて、それをあんたがうけついだ」

森がいった。

「その可能性は、俺も最初に考えた。結婚する桜井は金が必要だったろうからな」

久我が答えると、森は意外そうな表情を浮かべた。

「だがその電話を調べればわかるが、恐喝のネタになりそうなのはＷＷの日くらいのものだ。クスリの件ならともかく、爆弾テロを材料にするのは危険すぎる」

「なぜ危険なのです？」

和田が訊いた。

「テロは、教会やモスク、市場など、特定の宗教に限らない場所で起こり、死者も多数でている。犯行声明はでておらず、目的が不明だ。政府側の人間であるルンガがそのスケジュールを前もって知っていた理由は、テロリストとルンガがつながっていたか、テロが政府側によるものであるかのどちらかだ。もし後者だったら、桜井はいつ殺されてもおかしくない」

「なるほど。日本にいる我々には想像もつかない世界ですな」

和田は頷いたが、森は不満そうだ。

「ルンガ氏がさらわれた理由もそれが関係していると久我さんは思いますか?」

「わからない。密輸のことが明らかになるのを警戒した極道がやったのかもしれない。もしそうなら――」

「首を切ったりはしませんな。むしろルンガ氏の死体は決して見つからない。捜査の糸口は失われることになる」

淡々と和田は答えた。

「そうなったら唯一の手がかりがその携帯だ」

久我はいった。

「しかしこの携帯に日本人の名はひとつもない。名前が登録されている外国人が日本を離れたり協力を拒めば、捜査は暗礁《あんしょう》です」

和田は頷き、つづけた。

「テロリストにとってもクスリの密輸にかかわっている人間にとっても、ルンガ氏の失踪は都合がいい」

「そういうことだ」

「あんたにもだろう」

森がいった。

「このままうやむやになれば、あんたが捕まることもない」

「手を引きたければ、アンビアの大使館を見張ってなどいない」

久我はいい返した。

「だから怪しいといっているんだよ。あんた、本当はアンビアがらみでひと儲けしようと考えていたのじゃないのか」

不意に久我の携帯が振動した。知らない番号だった。

「失礼」

断わって応えた久我の耳にフランス語が流れこんだ。

「ジャンか。ホンだ。お前が復帰したがっているという噂を聞いた」

「大佐ですか。ひさしぶりです。その話をしたいのですが、今はちょっと忙しい。あとで折り返してよろしいですか」

「一時間以内なら。それ以降はパトロールにでてしまう」

ホンは答えた。

「一時間以内に必ず折り返します」

久我は告げ、電話を切った。

「フランス語ですか。流暢なものですな」

感心したように和田がいった。

「桜井が所属していた民間軍事会社ＳＡＡＦの幹部からだ」

和田は首を傾げた。

「日本にいるのですか」

「いや、これからパトロールだといっていたから、たぶんアンビアだろう」

「なぜアンビアにいる傭兵があんたに電話をしてくるんだ」

勢いこんだように森がいった。

「俺が復帰したがっているという情報を流した」

「復帰されるのですか？」

和田が訊ねた。

「桜井に関する情報を得ようと思ったんだ。桜井が日本でしていた仕事の具体的な内容を知りたい」

「なるほど」

「木曾は、桜井がただの通訳だったと思っている」

「なぜわかるのです？」

「会ったときにそういった。もし極道が桜井を殺したのなら、桜井の仕事について詳しく知っていた筈だ」

「わざと知らないフリをしたのかもしれません」

「何のために?」

「桜井さんを殺した犯人だと疑われないために」

「そんなことは少しも気にかけちゃいなかった。奴らの眼中にはその携帯のことしかない」

久我は和田が手にした携帯電話を示した。

「これについては調べてみますが、中身が中身なだけに時間がかかるでしょうな」

「かまわない。あんたに渡したとわかれば、極道はもう何もいってこないだろう」

「そう、あっさりすみますか。ルンガ氏をさらったのが極道だとしたら、彼らは大切なシノギのパートナーの口を塞ごうとしていることになる。この携帯がその理由なら、警察に渡した久我さんを決して許さんでしょうな」

和田はいった。確かにその通りかもしれないが、久我にとっては極道よりも「ヌワン」のほうが重大だった。

「極道の報復が恐くて、傭兵に復帰しようとしているのじゃないのか」

森がいったので、久我は思わず笑った。

「何がおかしいんだ」

「極道の報復は確かに恐い。だがいつ暗闇から弾丸が飛んでくるのかわからない戦地にいるほうがもっと恐い。復帰すればそうなるかもしれない」

「つまり極道なんか屁でもないってことか」

久我は首をふった。

「そうじゃない。生と死の境いが、日本と戦地じゃちがいすぎるというだけだ」

森はおもしろくなさそうな顔をした。

「戦地でも日本でも、人殺しは人殺しだ。ちがうか」

「ちがうね」

久我は森を見た。

「日本では人殺しは犯罪だが、戦地では人殺しは仕事だ」

「みだりにそんなことをいわないほうがいい」

和田が首をふった。

「あんたたちだからいっている。今の職場や日本での知り合いにこんな話はしない」

久我は答えた。

「どうかな。自分のことをカッコいいと思っているのじゃないのか。戦闘のプロで、映画の主人公みたいだって」

皮肉のこもった口調で森がいったので、久我はその顔を見つめた。

「じゃああんたは、殺人の捜査をしているとき、自分が映画やテレビドラマの主人公の刑事のようでカッコいいと思うか」

森の顔が赤くなった。

「そんなこと思うわけないだろう」

「同じだ。ヒロイズムを感じる余裕なんてない。仕事なのだからな」

和田が苦笑した。

「久我さんの勝ちだよ。我々はとりあえず退散します。次にお会いするときは、極道から奪った携帯と財布を渡していただけますか」

「わかった」

「もちろんこれは、特別な対処です。森くんが先ほどいったように、久我さんの行為は立派な強盗傷害だ。彼らが被害届けをだせば、我々も久我さんを逮捕せざるをえない」

「そのときは竹内たちも拉致と監禁で捕まえるのだろう」

「それを考えると、被害届けがでることはなさそうです」

久我は頷いた。和田がドアを開いた。

「ご連絡します」

刑事たちが降りると、久我は車を発進させた。ルンガの失踪は、想定外だった。

三田に向かった。よしえに、リベラとの接触を思いとどまるよう、説得しなくてはならない。

15

よしえは自宅にいた。車をコインパーキングに止め、部屋にあがると、久我はまずホンに電話をかけた。

「先ほどは失礼しました。知人がいっしょだったもので」

フランス語で話す久我を見ながら、よしえがコーヒーを淹《い》れた。

「忙しいのかね」

「いえ。仕事を探しているんです。ただ、できれば長く日本を離れたくない」

「復帰したがっていると聞いたが、ちがったのか」

「いや、いきなりアンビアに戻るには体がなまっているので、肩ならしをしたいんです。日本でできるＳＡＡＦの仕事があるという噂を聞きました」

「誰から聞いたんだ？」

ホンは訊ねた。

「サクライという男です。共通の知り合いに紹介されました。興味があると私がいったら、あなたに問いあわせて連絡をよこすといわれて、それきりになりました。サクライの携帯に電話してもつながらないので、直接あなたに連絡しようと思ったんです」

ホンは黙った。

「SAFの日本での仕事は終わったのでしょうか。それならあきらめますが」

「そうではないが、サクライは死亡した」

久我はわざと驚いたような声をだした。

「まさか。この日本でですか」

「そうだ。詳しいことは私にもわからないが、任務とは無関係の事故だったようだ」

「そんなことが！　知らなかった」

「したがって、日本での任務に欠員が生じているのはまちがいない」

「それはアンビア政府の依頼をうけた任務ですか」

「任務の内容についていえないのは、クガも知っている筈だ」

「もちろんです。しかしここは日本なので、合法的な任務かどうかだけでも知っておきたい」

「百パーセント合法だ。サクライの任務は、アンビア政府関係者の護衛だった」

「アンビアよりはるかに治安のいい、この日本で護衛をしていたのですか」

「政府からの依頼だ」

「何から守っていたのです？」

「危害を加えるであろう、あらゆる存在だ。アンビア政府の人間ではない私にはわからん」

　ホンは抑揚のない声で答えた。

「わかりました。それで、私が欠員の補充に加われる可能性はあるのでしょうか」

「まず君がＳＡＡＦと正式な雇用契約を結ぶ必要がある。その上で、アンビア政府がサクライの補充を求めるなら、可能性は十分にあるだろう。南アフリカにいつこられる？」

「即答はできませんが、二、三日のうちにご連絡します」

「いいだろう。ＳＡＡＦには、今のところ日本人の社員はいないので、君が契約をすれば、アンビア政府の任務をうける確率は高い」

　ホンはいった。

「ありがとうございます。では失礼します」

　久我は電話を切った。

「桜井さんの上司？」

　よしえが訊ねた。

「フランス語がわかるのか」

「多少はね。桜井さんが、この日本で何からアンビア政府の人間を守っていたのか、上司は教えてくれた？」

　久我は首をふった。

「いや。それどころか妙なことになった」

「何?」

「桜井さんが護衛していたルンガはこの数日間、勤務先の大使館と連絡がつかなくなっている」

よしえは目をみひらいた。

「それって——」

久我は頷いた。

「あの晩からだと思う。ルンガは拉致された可能性が高い。なのに、桜井さんの上司である人物が、それに関する情報を何も口にしないのは妙だ」

「アンビア大使館が伝えていないとか」

「日本の警察には教えたのに?」

大使館を見張っていて、和田と森に見つかった話をした。

よしえは笑い声をたてた。

「何がおかしいんだ」

「大使館を張りこんでいて眠ってしまうなんて。久我さんらしくない。いや、むしろらしい、のかな」

「らしい?」

「夜眠らない久我さんにとって、昼間起きて張りこみをするのはたいへんでしょ」

久我は息を吐いた。

「その通りだ。ホン大佐はルンガの身にも何かあったと知っているのに、桜井さんが亡くなったのは任務とは関係のない事故のせいだといった」

「信用できないということね。アンビアのテロについては何かいってなかった」

久我は首をふった。

「今その話をだすのは危険だ。もしSAAFがテロに関与していたら、ホン大佐は俺を雇うか殺すか、どちらかしかなくなる」

「SAAFに雇われるの？」

「それには南アフリカにいって契約を結ぶ必要がある。その気はない。ホン大佐には、別にいい仕事が見つかったといって断わるつもりだ」

よしえは息を吐いた。

「よかった」

「俺の身を心配してくれたのか」

「それもあるけれど、テロの下請けをうけおっているような民間軍事会社であなたに働いてほしくない」

「はっきりいう」

「民間軍事会社に、わたしがどんな考えをもっているか知っているでしょう」

久我はよしえを見つめた。こんな日本人の女に会ったのは初めてだ。自分の感じたことをはっきり口にし、考え方に自信をもっている。

「そこで頼みがある。リベラとこれ以上接触しないでほしい」

「理由は？　危険だと思うから？」

久我は頷いた。

「だったらうけいれられない」

「なぜだ」

「ルンガが失踪した可能性がある今、情報を得るきっかけになる人物はリベラしかいない。そのリベラと接触を断つのは、調査そのものをやめるのといっしょ」

「そうだ。俺は君に調査から手を引いてもらいたい」

「あなたは手を引かないのに？」

「俺と君の立場はちがう。それに俺は――」

「ＰＯだ？」

先回りされ、しかたなく頷いた。

「ではあなたがリベラから情報を引きだす方法は？　訪ねていって、桜井さんについて教えて下さいと頼むの？」

「まさか」

「さらってどこかに監禁し、痛めつける？　今度こそ逮捕される。報復される可能性だってある。リベラは麻薬カルテルの人間かもしれない」

「そうだが――」

「わたしなら法律に触れることも、報復される心配もない。シャンペンを飲み、食事をいっしょにするだけ。それで知りたいことを訊きだせる」

「そんなに簡単じゃない」

「あなたがやろうとしていることよりは簡単」

一歩も退かない表情でよしえはいった。

「君に危険が及ぶのが嫌なんだ」

「ありがとう。心配してくれて」

「それだけか⁈」

「考えをかえるつもりはない。リベラとは今夜会う約束をしているの」

久我は目をみひらいた。

「なぜ教えなかった⁈」

「あとで連絡を入れようと思っていたら、ちょうどあなたが訪ねてきた」

「本当か。事後承諾のつもりだったのじゃないか」

よしえはあきれたように首をふった。

「何をいっているの。リベラにヤキモチ？」

「そうじゃない。君がリベラに惚れるなんて思っちゃいないし、もし惚れたら、それはそのときのことだ」

「どういう意味？」

「傭兵より麻薬カルテルの男を選ぶような女だと思うだけだってことさ」

「本気でいってるの」

久我は深呼吸した。

「嘘だ。誰にも惚れてほしくない」

「あら」

よしえは意地の悪い目つきをした。

「その理由は？」

「性格悪すぎじゃないか」

「昔からよ」

口もとに笑みが浮かんでいる。久我はよしえの腕をつかみ、引きよせた。

「ちょっと！」

「うるさい」

唇を唇でふさぎ、トレーナーの中に手をさし入れた。Tシャツの下はノーブラで、しかも乳首はすでに尖っていた。指があたった瞬間、ため息とも呻きともつかない声をふさがれた口の奥でよしえはたてた。

右手が久我のスラックスにのびてくると、愛《いと》おしむようにさすった。大きくなった久我の力に、目を輝かせ、

「何さ」

といった。久我は無言でよしえの下半身から服をはぎとった。

「やめてよ」

といいながらよしえは腰を浮かせ、脱がされるのを手助けした。よしえの体は驚くほど潤っていた。

久我はスラックスと下着を脱いだ。

「理由をいいなさい」

きらきらする目を向けながらよしえがいった。

「これだ」

いきりたった力を示した。

「性欲？　他の男の性欲の解消にわたしを使われるのが嫌なの？」

「性欲じゃない」

久我はすわっていた長椅子によしえを押し倒した。太股をつかみ、押し広げる。

「じゃ何」

逃れようと身をよじりながらよしえはいった。息を荒くしている。

久我はよしえの目を見つめた。

「初めて好きになった」

よしえの動きが止まった。

「何それ。中学生の告白？」

「みたいなものだ。初めて女を好きになった」

よしえは久我の目をのぞきこんだ。

「嘘じゃない？」

「こんな馬鹿な嘘、いえるか」

よしえの両脚が久我の腰をはさみ、手が首を引きよせた。

「早く入れて」

よしえは久我の耳もとでいった。


終わると交代でシャワーを浴びた。バスルームをでた久我にバスローブを着たよしえが缶ビールをさしだした。

「車なんだ」

久我は首をふった。

「じゃあアイスティ？」

「いただく」

キッチンに立ち、冷蔵庫の扉を開けよしえがいった。

「食事の場所は銀座。彼のリクエストで蟹料理を食べることになった」

「蟹？」

「甲殻《こうかく》類に目がないんだって。自分でいっていた。頼まれて、専門店を探したの」

「のんびりした話だ」

久我は息を吐いた。

「それだけ警戒していないってことじゃない？　わたしに」

「そうかもしれないが、食事のあと必ず、君をベッドに誘うぞ」

「その可能性は高いわね」

平然とよしえはいった。

「どうするんだ？」

「男の誘いをかわす手はいくらでもある」

どんな手だと訊き返しかけ、久我はやめた。

「なるほどね」

「知りたくないの？」

いたずらっぽくよしえが訊ねた。

「聞いたら今後、女が信じられなくなりそうだ」

「万国共通よ、女が男から逃げる手は」

久我は首をふった。

「俺はどうすればいい？　君がリベラからうまく逃げだすのを、爪でもかみながら待つのか」

よしえは笑い声をたて、アイスティのグラスを久我に手渡した。

「見てみたい、その姿を」

久我はよしえをにらんだ。

「嘘。近くにはいてほしいかな。ルンガが拉致されたとわかった今では」

「リベラも同じ目にあうと？」

よしえは頷いた。

「わたしがいっしょにいるときにそういう事態になったら困る」

リベラが麻薬カルテルの人間なら、極道とは同業者だ。そんな無茶をするとは思えないが、運び屋で外交官のルンガをさらうくらいだから、何が起こるかはわからない。

「銀座だな。近くにいるよ」

久我はいった。

16

リベラに頼まれよしえが見つけた料理屋は、数寄屋橋《すきやばし》交差点の近くだった。食事のスタートは夜七時からだという。

よしえはリベラとソニービルの一階で待ち合わせていた。そこならわかるとリベラがいったのだ。

久我はダークスーツに黒いシャツというでたちで銀座に向かった。路上駐車した車の中で待つのは、場所が場所だけに難しい。

七時になると、ソニービルの前にタクシーが止まり、リベラが降りた。久我は少し離れた位置からそれを見守った。

やがてリベラとよしえがソニービルをでて、交差点を渡った。よしえが見つけた料理屋のビルに入っていく。よしえは上品な、グレイのスーツを着けている。

久我はあたりをぶらつきながら時間をつぶした。

八時を過ぎ、八時半を回ったとき、久我の携帯にメールが入った。

「冷酒が気にいって、ひとりで五合は飲んだけれど、まるで平気みたい。さすがにテキーラの国の男は強いわね。いろいろアプローチしてるけど、仕事の話になると口が堅い。また連絡を入れます」

化粧室から送ってきたようだ。久我は心配になった。ベッドを共にしない限り情報を得られないとなったら、よしえはぎりぎりまでリベラの誘惑をうけいれるフリをする。そうなるのをいとわない気の強さがよしえにはある。

だが直前でよしえが逃げようとすれば、リベラは豹変《ひょうへん》するかもしれなかった。

十分後、二番目のメールが届いた。

「リベラに電話がかかってきた。こみいった話らしくて、今席を離れて、店の外で話しこんでいる」

「電話は何語でかかってきた？」

「スペイン語」

「カルテルの人間からかもしれないな」

「戻ってきた」

メールが途切れた。久我は待った。やがてよしえが電話をしてきた。

「今いる場所を、電話の相手に英語で説明してほしいと頼まれた。ビジネス上のトラブルがあって、急いでミーティングを開くことになり、迎えがくるというの。今はトイレからかけてる」

「わかった。君はこのまま戻れ。俺はリベラのあとを追ってみる」

「了解」

やがてビルの前で白のメルセデスがハザードを点した。運転席にいるのは、「アンジー」にいた、リベラのボディガードだ。

久我はタクシーを拾い、運転手にメルセデスを尾行するように頼んだ。

十分ほどして、リベラとよしえがビルの外に現われた。二人はいっしょにメルセデスに乗りこんだ。

メルセデスは日比谷通りを南に進んだ。どうやらよしえを自宅まで送るつもりのようだ。

案の定、メルセデスは三田の、よしえのマンションに近い交差点で止まった。万一を考え、よしえもマンションの正確な位置までは教えなかったようだ。

リベラとよしえが降りたった。リベラはよしえの手をとり、甲に唇を押しあてた。よしえはその場でリベラを見送った。

リベラが乗りこんだメルセデスが発進すると同時に、携帯が鳴った。

「行先は川崎よ」

よしえがいった。

「川崎？」

「そう。途中だから送っていくといわれて、断われなかった」

「川崎のどこにいくかいっていたか」

「運転手とのやりとりでは、どこか海に近い場所みたい。石油コンビナートがどうしたなんてやりとりをしてたから」

久我はメルセデスに目を向けた。Uターンしようとしている。

「運転手さん、たぶん芝公園から高速に乗ると思う」

「了解しました」

久我が告げると、運転手はメルセデスを追い越し、次の信号で進路をかえた。

久我が読んだ通り、メルセデスは芝公園から首都高速に入ると羽田線を南に進んだ。大師の料金所で高速を降り、産業道路を数十メートル進んだところでハザードを点した。

「止まってしまいましたけど、どうします？」

運転手が訊ねた。

「とりあえず追い越して下さい」

タクシーはメルセデスを追い越し、少し先で止まった。ハザードは点さないように頼む。

リベラはここで誰かと待ちあわせているようだ。

久我はリアウインドウからメルセデスを見つめた。少しすると大師の出口を降りてきた車がパッシングをした。黒のアルファードだ。

アルファードはメルセデスを追いこし、ついてくるのを確認して、産業道路を進んだ。やがて左折のウインカーを点す。線路をまたぎ、石油コンビナートが並ぶ埋立地に入っていく。

夜ということもあって、工場地帯の道を走る車は少ない。尾行に気づかれるのは時間の問題だ。

「運転手さん、ここらで止めて」

久我がいうのと、先を走っていたアルファードが止まるのがほぼ同時だった。突然停止したアルファードに、追突しそうになったメルセデスが急ブレーキを踏んだ。

久我は料金を運転手に渡し、タクシーを降りた。ちょうど目の前が、輸出用自動車の保管場になっている。その入口をくぐるふりをして、久我は壁の陰に身を隠した。

空車になったタクシーがUターンして東京方向に走りさった。

アルファードとメルセデスは動かない。久我はじっと待った。十分近くが経過した。

アルファードが動きだし、百メートルほど先の信号を右折した。久我は壁の陰をでて、走った。

オイルタンクの並んだ一角にアルファードとメルセデスは入っていく。その先は行き止まりだ。過去、このあたりに客を運んだことがあるので知っていた。

二台が止まるのが見えた。火力発電所の向かいにあるずんぐりとした建物の前だった。埋立地は、ひとつひとつの施設の規模が大きく、身を隠せるような看板や自販機の類が少ない。久我は体を低くしてガードレールに隠れながら近づいた。

「大師運河高熱処理場」という薄れかけた表示が、建物にはある。窓には明りが点っていた。

メルセデスを降りたリベラとボディガードが、アルファードから降りたった男たちと建物の中に入っていく。

久我は建物の正面のようすを、道路側からうかがった。メルセデスは無人だが、アルファードには運転手が残っているようだ。

やがてその運転手が車の外で煙草を吸い始めた。

久我はそっとうしろにさがった。正面から建物に入ろうとすれば運転手に見つかる。建物の周辺は金属のフェンスが囲み、その反対側にはオイルタンクが並んでいた。ぐるっとオイルタンクを回りこんで高熱処理場に近づいた。太い煙突が二本つきでている。オイルタンクは別の塀で囲まれていたが、塀とフェンスのすきまが広く開いている場所を久我は見つけた。

フェンスをよじ登り、高熱処理場の敷地にとび降りた。裏側は駐車場になっていて、産業廃棄物を運ぶトラックが何台も止まっている。駐車場には水銀灯が点っていた。トラックの陰から陰を伝って、久我は建物に近づいた。駐車場に面した扉から内部に人のいる気配が伝わってきた。金属製の扉に耳を押しあてた。

何かを話しているのはわかるが、中身までは聞きとれない。

扉の錠は通常のシリンダータイプだ。ピッキングキットさえあれば開けられるが、そのピッキングキットをもってきていなかった。万一、警官に所持しているのを見つかったら、身柄を拘束されるからだ。

息を吐き、建物の横手に回った。窓をチェックしたが、格子がはまっていて忍びこめそうもない。建物を半周し、メルセデスやアルファードが止まった正面側にでてしまった。

そこに新たな車が一台、到着した。タクシーだった。東京の、久我のつとめる城栄交通と同じ無線グループの車だ。

タクシーの扉が開き、スーツを着た長身の黒人が降りてくる。久我は思わず息を呑んだ。

六本木の暗闇に立っていた男だ。「ヌワン」だった。

「ご苦労さまです」

アルファードの運転手がいった。建物から木曾がでてくると「ヌワン」に英語で告げた。

「ここがすぐにわかったか」

「カーナビゲーションで案内させた」

「ヌワン」が答えた。そして、

「なぜ呼びだしたんだ」

と木曾に訊ねた。

「あんたたちの指示にしたがったんだ」

木曾はいった。

「指示？」

「ヌワン」は訊き返した。

「危険を回避しろと、あんたやリベラさんはいった。ルンガは目をつけられているから危険だ、と」

「それとここに呼びだすことにどんな関係がある？」

「俺たちのやりかたを見てもらいたい。今後の信頼関係のためにも」

木曾は答えた。「ヌワン」は無言でいたが、やがて小さく笑った。

夜目に白い歯が浮かび、木曾は首を傾げた。

「なぜ笑う？」

「恐怖か？　そうなのだろう。恐怖を私に見せたいのか」

木曾は黙った。「ヌワン」がいった。

「私はもっと悲惨なものを見てきた。恐怖で私を支配しようというなら、お前はまちがっている」

「とにかく中に入ってくれ」

木曾はいった。「ヌワン」は頷き、建物の中に入っていった。

久我は高熱処理場の建物に体を押しつけながら、二人の会話の意味を考えていた。やりとりはすべて英語で、「ヌワン」をここに呼びだしたのが木曾だとわかった。呼びだした理由は「危険を回避するため」で、具体的にその危険とはルンガを意味しているようだ。

和田の想像した通り、その存在が危険を招くと考えたやくざはルンガを拉致したのだ。その上で、リベラや「ヌワン」をここに呼びだした。

リベラも呼びだされた側であることは、大師インターを降りたあとのアルファードとメルセデスの動きでわかる。

「俺たちのやりかたを見てもらいたい」という言葉は何を意味するのか。

拉致されたルンガはおそらくこの建物の中にいる。久我がそう考える理由は、高熱処理場という、この建物の性格だ。

密輸の発覚を警戒したやくざがルンガを拉致したのだとしたら、死体は決して見つからない、と和田はいった。

まさに死体を消すにはうってつけの施設なのだ。

では、木曾たちはこれからルンガの死体を消すのを、リベラや「ヌワン」に見せようとしているのか。死体すら消せる自分たちの力を誇示し、今後も逆らうなと脅すのが目的で、二人を呼び寄せた。

可能性はある。

だがもしそうであるなら、無駄な行為だ。「ヌワン」はそんなものに驚いたり恐怖を感じたりしない。

「恐怖で私を支配しようというなら、お前はまちがっている」

という言葉が、すべてを語っている。アンビアの内戦で「ヌワン」が経験してきた戦闘は、ここでおこなわれたか、おこなわれるであろう殺人を酸鼻《さんび》さにおいてはるかに超える。

木曾たちやくざは、おそらく「ヌワン」について知らない。ルンガを殺しその死体を焼却するところを見せれば、「ヌワン」が恐れいると考えているのだ。

そんなことはありえない。目前で人が殺され焼かれたくらいで「ヌワン」が驚いたり恐怖を感じるわけがなかった。

久我にわからないのは、やくざと「ヌワン」の関係だった。ルンガが違法薬物の運び屋として、やくざとつながっているのはわかる。リベラはその薬物の供給元だ。

では「ヌワン」の役割は何なのか。木曾がここに呼びだしたからには、やくざやリベラとも何らかのつながりがあることを示している。

和田に連絡することを久我は考えた。

が少し考え、今この瞬間警察が駆けつけても、中にいる連中には手をだせないことに気がついた。

高熱処理場の中で人が殺され焼かれようとしている、と推定される証拠はどこにもない。

悲鳴や銃声がしたわけではなく、ただ人がここに集まっているだけで、それも押し入ったり忍びこんだのでもない。

令状がなければ、警官はこの建物に足を踏み入れることすらできない。

久我は息を吐いた。警察が何かをできるのは、あとになってからでしかない。

バタンという音に顔をあげた。建物の中から人がとびだしてきたのだ。二人いて、ひとりは久我が麻布で痛めつけた竹内というやくざだ。

二人は建物を走りでると、アルファードの陰で腰をかがめた。ほぼ同時に嘔吐《おうと》する。

うえっ、おおっという声が久我の耳にも届いた。

「おかしいぜ」

「ああ、何なんだ、あいつ」

えずきながら二人は言葉を交した。

建物に背中を押しつけ、久我は二人を見つめた。二人のやくざが胃の中身を戻すようなできごとが、この建物の中で起こったのだ。

やがて建物から木曾とリベラが現われた。二人は向かいあい、見つめあった。

「奴を脅すつもりなら、逆効果だったな」

リベラが英語でいった。リベラの顔も青ざめている。木曾は小さく頷いた。

「私の失敗だ。あいつがあんな原始的な奴だとは」

リベラは首をふった。

「原始的なのじゃない。奴らはあれがあたり前なんだ。むしろ我々が上品すぎるんだ」

ジャケットの胸ポケットから抜いたハンカチを口にあてた。

「せっかくのディナーが最悪だな」

思いだすようにいった。

「奴を従わせようとしたのがまちがいだったか」

木曾はいった。

「あいつは危険だ。ルンガのようにはいかないぞ」

リベラがおしあてたハンカチの下から答えた。

「だがあいつの協力が必要なのだろう」

木曾の言葉にリベラは頷いた。

「オンノボの港はヌールの仲間が支配している」

その言葉を聞いたとき、久我は息を呑んだ。

ヌールという名を何度も聞いたことがあった。「ヌワン」の伝説的な将校だ。いくつものゲリラ部隊を指揮し、政府軍に打撃を与えてきた人物の名だった。

「だったらしかたがない。あいつが喜ぶようなものは何かないのか。金か、女か」

木曾はリベラに訊ねた。

「わからん。何が欲しいのか、まるでわからない」

木曾は息を吐き、竹内らに目を向けた。

「おい、しっかりしろ。それでも極道か、手前ら」

「勘弁して下さい。あいつ、おかしいっすよ。なんで首をちょん切るんすか。しかももって帰るって――」

竹内じゃないほうのやくざがいい、さらに吐いた。

木曾はあきれたようにリベラをふりかえった。

建物の扉が開き、「ヌワン」とリベラのボディガードがでてきた。「ヌワン」はビニールのゴミ袋でくるんだ、サッカーボールのような包みをぶらさげている。

「そいつをどうしても、もって帰るのか」

リベラが英語で訊ねた。「ヌワン」は無言で頷き、リベラのボディガードに、

「トランクを開けろ」

と告げた。

ボディガードは嫌悪の表情を浮かべ、リベラを見やった。リベラは息を吐き、スペイン語で何ごとかをいった。

ボディガードは首をふり、メルセデスの運転席に歩みよった。トランクを開ける。

「ヌワン」がトランクにぶらさげていたビニール包みを入れた。ごとんという音が、久我の耳にも届いた。

トランクを閉めた「ヌワン」にリベラが訊ねた。

「いったいそいつをどうするんだ。部屋にでも飾るつもりか」

「あんたには関係ない」

「ヌワン」が冷ややかに答えた。むっとしたようにリベラのボディガードが詰めよった。

「ヌワン」はボディガードに目を向けた。

「何だ?」

ボディガードはリベラをうかがった。

「ヌールさん、ここはアンビアじゃない。日本だ。アンビアと同じやりかたを通すのは危険だ」

木曾が早口でいった。ヌールと呼ばれた「ヌワン」は木曾に向きなおった。

「どこであろうと私はやりかたをかえない。もし不満なら、私との関係を断つことだ。そうしたいか？」

木曾の目をのぞきこむ。

先に目をそらしたのは木曾だった。ヌールはリベラを見た。

「メキシコでは、もっと残酷なやりかたをすると聞いたことがある」

「処刑の方法はいろいろある。だが殺した奴の頭をもって帰る奴は見たことがない」

リベラは答えた。

「殺した戦士の頭は守護神となって、私を守る。我々の部族ではそう信じられている」

ヌールはリベラに告げた。リベラのボディガードに目を移す。

「強い敵の頭ほど、強い守護神となる」

久我は息を吸いこんだ。その話は聞いたことがあった。「ヌワン」の戦士信仰だ。

「だからサクライの首を切ったのか」

木曾がいった。ヌールは答えず、白い歯がこぼれた。

「なぜ笑う？」

木曾は訊ねた。半ば本気で腹を立てているように見えた。

「おもしろい話をしてやろう」

ヌールはいった。

「数年前まで、私はアンビア政府と戦う側にいた。部隊を率いて、政府軍や政府軍を支援する傭兵部隊と戦っていた」

ヌールは全員の顔を見渡した。誰も何もいわない。

「私の部隊は、ある傭兵のチームを追っていた。そのチームには、私の従弟《いとこ》を殺した兵士がいた。従弟は優秀だった。何人もの傭兵の頭をもっていた。その従弟を殺した兵士の頭なら、強い守護神になると私は信じていた」

「それが何だというんだ」

リベラが訊ねた。

「その兵士は日本人だった」

ヌールが答えた。

「サクライか⁈」

木曾がいった。ヌールは首をふった。

「ちがう。ずっと見ていなかったので、私はその兵士の顔を忘れかけていた。日本人の顔は、私には見分けづらい。日本人が、私たちアフリカ人の顔を見分けづらいように」

久我は拳を口にあてた。ヌールのいいたいことがわかった。吐きけがこみあげた。

「ところが、つい先日、私はその兵士と会った。ロッポンギで」

「まさか」

木曾がつぶやいた。

「何の話だ」

リベラが訊ねた。

「兵士はルンガを尾行していた。お前たちの車に乗りこむのを見ていた」

「そんなことはありえない。トウキョウには一千万人以上の人間が住んでいるんだ。あんたの見まちがいだ」

木曾はいった。

「サクライの仕事は何だったと思う」

ヌールは訊ねた。

「ルンガの通訳だろう」

「ボディガードも兼ねていた」

ヌールは答えた。

「ボディガードだと？」

「サクライはＳＡＡＦという民間軍事会社に所属していた。ＳＡＡＦの前身は、アンビア政府に雇われていた傭兵部隊だ」

「つまり、サクライの同僚が我々のことを調べているというのか」

リベラがいった。

「可能性はある。だがそれはＳＡＡＦの任務としてではない」

「なぜわかる？」

「昔とはちがう。現在のＳＡＡＦは我々の敵ではない。私たちの活動に干渉はしない筈だ。もしその日本人兵士がルンガを監視していたのだとすると、あくまでも個人的な理由だ」

「サクライの復讐か」

リベラは訊ねた。ヌールは頷いた。

「かもしれない」

「おいおい、冗談じゃないぞ。あんたがサクライを殺したせいで、我々すべてに危険が及んでいる」

木曾がいった。

「サクライはルンガの携帯電話を盗んだ。あの携帯電話には、我々にとって重要な情報が入っていた。どうしても回収する必要があった」

「もう無理だ。サクライの携帯電話は警察に渡っている」

木曾は首をふった。

「なぜそれを許した？」

ヌールがいった。

「許した？　許しただと。ここはアンビアじゃないんだ。人をさらうのも殺すのも簡単にはできないんだよ！　あんたは外交官だから、いざとなったら不逮捕特権を使ってアンビアに帰れるだろう。だが俺たちはちがう！　つかまったら、最悪、首を吊られるんだ。あんたと俺たちでは、リスクがちがう」

「メキシコで何人も殺したと聞いたが、日本ではおとなしいのだな」

あざけるようにヌールがいい、木曾がキレた。日本語で、

「何だと、この野郎！」

と吐きだした。竹内らが身がまえる。

「どうしたんです」

「やりますか、このアフリカ野郎を」

「ヤメナサイ！」

リベラが日本語でいい、木曾は我にかえった。

「コノ男ヲ殺シテモ、損スルノハ私タチデス」

リベラがつづけた。木曾は荒々しく息を吐いた。

「わかってます。だけど弱みにつけこみやがってこいつ、頭にくる。だいたい、この野郎の従弟を殺した兵隊と日本でばったり会うなんてありえない！」

リベラは黙っていた。久我は不安になった。リベラは何かに勘づいたのだろうか。

ヌールは冷ややかにリベラとやくざのやりとりを眺めている。

「木曾さん、お願いがある」

リベラが英語でいった。

「何です」

「ある女性について調べてもらいたい。日本人の女性だ」

木曾は頷いた。

「何という女です？」

「ヨシエ・イチクラ。つい最近、私と知り合った。あなたも知っている、六本木の『アンジー』にきていた」

「売春婦なのか」

リベラは首をふった。

「ちがう。『アンジー』には日本人の男ときていた。私は彼女に魅力を感じ、親しくなりたくて話しかけた。が、もしかすると罠だったかもしれない」

「罠とはどういうことだ？」

「いっしょにいた男が気になる。彼女を『アンジー』に残してでていった。そのときルンガも『アンジー』にいて、先にでていったのだ」

木曾の表情がかわった。

「そいつがルンガを尾行していた男だと思うのか」

リベラは頷いた。

「あんなに魅力のある女性をひとりきりにしてでていくには理由がある筈だ」

ラテンアメリカの男らしい理屈だが、それを聞いた久我の背筋は冷たくなった。

「やってみよう。細かいことを教えてくれ」

木曾はいい、自分のアルファードを示した。

「わかった」

リベラはボディガードをふりかえり、スペイン語を喋った。どうやらヌールを送っていけと指示したようだ。

ヌールがメルセデスに乗りこみ、リベラは木曾らとアルファードに乗った。

メルセデスが発進し、アルファードがあとを追うように高熱処理場をでていく。

二台の車が遠ざかると、久我は息を吐き、建物の壁によりかかった。

17

「奴らが戻ってこないのを確かめた上で、高熱処理場の建物に入ってみようとしたが駄目だった。鍵がかかっていて、中をのぞくこともできなかった」

久我はいった。よしえのマンションだった。産業道路までひたすら歩いて、ようやく東京方面に向かうタクシーの空車を見つけ、三田にたどりついたのだ。

「つまり、六本木で会った『ヌワン』は、あなたのことを知っていたのね」

久我は頷いた。スペアリブを食べながらアダムと交した会話を思いだした。

久我は自分の部隊が「ヌワン」につけ狙われていたと感じていて、アダムはそれを妄想だと断じた。

が、妄想ではなかったのだ。

「俺は、アンビアで四人の『ヌワン』を殺した。そのうちのひとりが、ヌールの従弟だったようだ」

「なぜあなたがそうだと、ヌールは知っていたの?」

よしえはソファにすわる久我の足もとの床にアグラをかき、ビールを飲んでいる。

「闇の中から俺たちを見ていたのだろう。『ヌワン』の夜襲は、気づかれない限り激しい戦闘にはならない。そっと忍び寄り、首を切ってもち去る」

久我は思いだした。初めて「ヌワン」と戦ったときだ。アダムを襲おうとした「ヌワン」をとっさに撃ち殺した。戦闘は短時間で終結した。仲間の死体を残し、襲撃してきた「ヌワン」は撤退した。

夜営地は政府軍の勢力圏で、長時間とどまるのは危険だと「ヌワン」側は判断したのだと久我たちは考えた。

「最初に俺が殺した『ヌワン』が、たぶんヌールの従弟だ。それから何度か、俺たちの部隊は『ヌワン』の襲撃をうけた。あるときから、俺は自分の隊がつけ狙われているような気がしていた。実際に襲撃をうけなくても、歩哨に立っていると、闇の中から見張られているような気配を何度も感じることがあった。気のせいだと思っても、不安で他人に歩哨を任せられなくなった。眠りこんだら最後、『ヌワン』が襲いかかってくるような気がして」

よしえは久我の膝に顎をのせ、見上げた。

「それで夜眠れなくなったのね」

久我は頷いた。

「だからそれを活かせる仕事についた。友人の精神科医は妄想が原因だといったが、そうじゃなかったと今日、わかった」

よしえは頷き、久我の手をとった。

「あなたは正しかった」

「ああ」

久我はよしえの手から缶ビールをとるとひと口飲んだ。

「妄想だろうとそうでなかろうと、日本に戻り、縁が切れたと思っていた」

ヌールは再び自分をつけ狙ってくる。だがこの日本で自分は丸腰だ。

首をふり、気持を切りかえた。

「それより今は、君の心配だ」

「リベラ？」

「奴は君を疑っている。君が桜井さんのフィアンセの妹だとわかったら、何をするかわからない」

「彼が知っているのはわたしの名と携帯の番号だけ」

「それだけわかっていれば充分だ。連中はきっとこの住所をつきとめる」

「わたしのことは大丈夫。ルンガが殺されたのを警察に知らせないと」

「明日、和田と会うことになっている。竹内たちの携帯と財布を渡す。そのときに話す」

「警察を信用していないのね」

よしえはいった。

「なぜ？」

「急いで話そうとしない」

「どうせ証拠はない。急ごうが遅れようが、結果は同じだ」

久我はいった。ルンガは骨まで灰にされただろう。

「そうじゃない」

よしえは首をふった。

「警察に頼る気が、最初からあなたにはない。だから急ごうとしないの。あなたの心はまだアンビアにある」

「そんなことはない」

「じゃあこういったら？　東京にいたけどまたアンビアに戻った」

久我は黙った。

「戻したのは『ヌワン』よ。『ヌワン』がかかわっているとわかったときから、あなたは警察を頼りにできないと思っている」

「そうかもしれない。やくざはつかまえられても、『ヌワン』は日本の警察には無理だ。しかもヌールには、外交官特権がある」

「じゃあどうするの？　アンビアと同じように戦う？」

久我は首をふった。

「同じように戦うなんて無理だ。拳銃すらもっていないのに」

「『ヌワン』は？」

「アンビアと同じでナイフをもってる。馬鹿でかいナイフだ。槍の穂先のような形をしているんだ。奴はそれでルンガの首も切った」

「守護神になってもらうために？」

「そうだ。そういう信仰があるんだ。奴は俺の首を欲しがってる」

「殺されたのに守護神になるって不思議じゃない？　ふつう殺されたら、恨んで逆にとり憑《つ》きそうなものなのに」

「日本人の考え方ではな。彼らの信仰では、殺した者は絶対優位だ。殺された側は服従する」

「なるほど」

よしえは頷いた。

「自分を殺すくらいだから、お前のほうが優れていると認めるわけね」

「そうだ。殺す側か殺される側かで彼らは序列を決める。部族どうしの対立が起こると、双方の代表の戦士が戦い、殺された側の部族は服従する」

「わかりやすい。それにある意味、公平でもある。一対一の戦いで決めるのだから」

「ああ。原始的だがな」

答えながら、久我はリベラと木曾のやりとりを思いだした。

よしえといっしょにいても、今夜は朝まで眠れそうにない。

朝になったら軽ワゴンで木更津に向かおう、と久我は決めた。竹内たちの携帯と財布を古民家の床下からとってこなくてはならない。


和田と会ったのは、翌日の午後四時過ぎだった。和田は墨田区にある向島警察署にきてほしいといった。桜井の死体が墨田区の荒川河川敷で見つかったため、捜査本部が向島署に設置されているのだ。

木更津の古民家から向島に久我は向かった。向島署の前に軽ワゴンを止め、和田の携帯を呼びだした。

「お手数ですが、署の三階までいらしていただけませんか。車は正面に止めておかれてけっこうです。捜査本部の和田に会いにきたと受付でおっしゃって下さい」

パトカーとパトカーのあいだに軽ワゴンを止め、久我は向島署の玄関をくぐった。受付で用向きをいうと、和田からはすでに連絡があったらしく、三階にあがるよう指示をされた。

階段を使って登った久我を、三階で和田と森が待ちかまえていた。

「こちらへ」

和田が小部屋に案内した。取調室ではなく、小さな会議室のような造りの部屋だ。ビニール袋に入れてもってきた財布と携帯を机におき、久我は二人の刑事の前へ押しやった。森が手袋をした手でうけとり、中身を改める。和田は目もくれなかった。

「その後、何かわかったか」

久我は訊ねた。

「ルンガの行方は依然不明ですが、日本を出国してはいないようです」

「おそらくルンガは殺され、その死体は燃やされた。ただし首だけは、『ヌワン』がもち帰った」

「なぜそんなことを知ってるんだ⁉」

森が目をむいた。

「昨夜、リベラを監視していたら、川崎の高熱処理場に入っていった。そこに木曾や『ヌワン』も現われた。木曾はルンガを殺して燃やすところをリベラや『ヌワン』に見せるつもりだったようだ」

「脅しを入れようとしたのですな。極道が考えそうなことだ」

和田が頷いた。

「だが恐がるどころか『ヌワン』はルンガの首を切りとって、ビニール袋に入れてもち帰った」

「その場にいたのか」

森の問いに頷いた。

「建物の外から見張っていた。首を切るところを見せられた竹内なんかは吐いていた」

「ルンガ氏の姿を見たのですか」

和田は訊ねた。

「いや、見ていない。俺がついたときにはルンガはもう高熱処理場の中にいた」

「何という処理場です？」

「『大師運河高熱処理場』」

メモをした森が部屋をでていった。

「しかしずいぶんいいタイミングでリベラを見張っていたものですね」

二人きりになると和田がいった。

「協力してくれた人がいた。リベラとその晩食事をした女性だ」

「ほう。どなたです？」

久我は首をふった。

「巻きこみたくない」

和田は黙り、人さし指で机を叩いた。森が戻ってきた。

「『大師運河高熱処理場』は、フクチ産業が所有する産廃処理施設です」

　森の言葉に和田は頷いた。

「フクチ産業?」

　久我は訊ねた。

「井田連合のフロントです。死体を処理するためにやらせているという噂があります。久我さんのお考えどおりなら、ルンガ氏の死体は骨も残っていない」

「首はある」

「『ヌワン』がもち帰った?」

「そうだ。『ヌワン』の名前はヌール。アンビアの大使館員だ。桜井の首を切りとったのもヌールだ」

「なぜわかる?」

　森が訊ねた。

「リベラや木曾が話すのを聞いていた。ヌールは、『ヌワン』の有名な将校だった。俺も名前を聞いてすぐにわかった。『ヌワン』はもともとアンビア政府軍と戦っていたが、内戦が終結してからは、新政府に加わっている。それでヌールは日本にきたんだろう。リベラのことは調べたか?」

「カルロス・リベラ。経営コンサルタントと自称し、赤坂にオフィス兼住居があります」

「麻薬カルテルの人間なのだろう?」

「警察はそこまで把握していません。現在、アメリカの麻薬取締局に照会しています」

「リベラと木曾はかなり親しいようすだった」

「それもすべてのぞき見したというのか。尾行すれば高熱処理場にいくし、何もかもあんたにとって都合よく運んでいるように思えるがね」

皮肉のこもった口調で森がいった。

「実際そうだったのだからしかたがないだろう」

「久我さんには協力者がいたんだ。昨夜、リベラと食事をしていて、情報を提供してくれたらしい」

和田がいった。

「協力者?」

森が久我をにらんだ。

「何者なんだ」

「女性とおっしゃいましたね。日本人ですか?」

和田が訊ねた。

「答えられない」

「いわなきゃあんたが不利になる」

久我は森を見返した。

「俺は警察に協力している。情報を提供しているのに不利になるとはどういう意味だ？何かの容疑をかけられているのか？」

「今はかかっていません。しかし今後、アンビア大使館の人間の身にもし何かあればまっ先に久我さんが疑われます」

和田がいった。

「ヌールの自宅を調べろ。桜井やルンガの首がある筈だ」

「相手は大使館員です。犯罪に加担しているという具体的な証拠もなしに家宅捜索などすれば、問題になります」

「そういうと思った」

久我は首をふった。

「結局ヌールには手をだせない。そうだろう？」

「木曾やリベラを逮捕し、彼らの供述が得られればちがいます」

「その頃はとっくに本国に帰っているさ。アンビアと日本のあいだに犯罪人引渡し条約は結ばれているのか」

和田は首をふった。

「日本が引渡し条約を結んでいるのは、アメリカと韓国だけです」

「だったらどうにもならないな」

「教えてほしいんだが」

森がいった。

「なぜ『ヌワン』は殺した人間の首を集めるんだ」

「部族に伝わる信仰だ。殺された者は殺した者の守護神となる」

「殺されたのに、殺した奴を守るのか」

「殺されたということは、相手の力が上だという証明だ。結果、服従して守る側に回る。『ヌワン』は、強い者の首ほど、守護する力もより強いと信じている」

「首はどうするんです?」

和田が訊ねた。

「アンビアでは、ドクロになるまで埋めたり水中に沈め、そのあと飾っていた」

「見たことがあるのか」

森が訊ねた。

「一度、アンビアで見た」

「どういう状況でご覧になったのです?」

「反政府勢力の拠点だといわれていた村を攻撃した。住民の大半は前もって通報をうけ、逃げだしていた。抵抗はわずかですぐに制圧した。その村に『ヌワン』の家があった。ドクロが四つ飾られていた。ひとつは政府軍兵士のものだった」

「前もって通報をうけるとはどういうことです？」

「政府軍に反政府勢力とつながる者が多く、作戦が筒抜けになっていた」

「なるほど。それで傭兵を使ったのですな」

「我々の居場所も伝わり、夜襲を何度もうけた」

「久我さんはヌールと会ったことはありますか。日本ではなくアンビアで」

「わからない。会っていたかもしれないが、顔をはっきりと覚えてはいなかった」

かつて戦闘で、自分がヌールの従弟を殺したらしいことはいわずにおいた。見当外れの疑いを招く可能性がある。

「だが六本木で会ったときにはそうだとわかったのだろう」

案の定、森がつっこんだ。

「『ヌワン』とわかっただけだ。ヌールという名前は、木曾とリベラのやりとりを聞くまで知らなかった」

「あんたと桜井さんは、『ヌワン』の恨みを買っていたのじゃないのか。それで桜井さんは殺され、あんたもつけ狙われている」

「桜井と『ヌワン』がどんな関係だったのか、俺は知らない。桜井とアンビアでいっしょになったことはないんだ」

「久我さんと『ヌワン』はどうだったのです？」

和田が訊ねた。

「戦ったことは何度かある。だがこちらは任務として、だ。戦争が終わったら恨みはない」

「向こうはどうでしょうか」

久我は息を吐いた。

「傭兵は嫌われている。金で奴らの仲間を殺したと思われているからな。だが平和になってから人を殺したらそれは犯罪だ」

「そのヌールが桜井さんを殺害したのだとして、動機は何です？」

和田は考えるようにいった。

「桜井さんはヌールの同僚であるルンガ氏の通訳兼ボディガードをしていた。なのに殺された。なぜでしょう」

「理由はあの携帯だ。ルンガの携帯を盗んだのが殺された理由だ」

「殺してまでとり返そうとした携帯は、しかし戻らなかった」

「その結果、ルンガが殺されたんだ」

「ルンガ氏は外交官です。木曾やリベラと異なり、警察を恐れる必要はないのではありませんか」

「ルンガを殺したのはヌールの指示だと思う」

「なぜそんなことがわかるんだ」

森が訊ねた。

「思いだしたんだ。ヌールがタクシーを降りたとき、迎えにでてきた木曾に、『なぜ呼びだした』と英語で訊ねた。すると木曾は『あんたの指示にしたがった』といった。ユーだから、あんたたちかもしれないが」

「指示？」

「『危険を回避しろ』という内容らしい。木曾にとっての危険とは警察の介入だろうが、ヌールにとっては別のことだと思う」

「先日おっしゃっていた爆弾テロですか」

久我は頷いた。

「なぜアンビアのテロと日本の暴力団がつながるのでしょうか」

「それは俺にもわからない。ただそのことがなければ、木曾もルンガをさらって殺すような真似はしなかったと思う」

それらの鍵を握っているのがヌールだ。そしてそのヌールは、自分を敵としてつけ狙っている。

「ひとつ気になることをリベラがいっていた。『オンノボの港はヌールの仲間が支配している』と」

「オンノボというのは、アンビアの首都ですね」

「そうだ。リベラがメキシコからのドラッグをオンノボで水揚げするとしたら、港湾関係者の協力が不可欠だ」

「ヌールの仲間とは、つまり『ヌワン』ですか」

「可能性はある」

「テロとドラッグ。それが日本でどうつながるのでしょうか」

「ヌールに訊くしかないな。あるいは木曾か」

「ヌールはもちろん、木曾やリベラについてもうかつに接触すれば、いっせいに姿をくらましてしまうでしょう。そうなると、今後も久我さんの情報が頼りだ」

「和田さん」

あきれたように森がいった。

「刑事がそんなことをいっていいのか」

久我もいった。

「それが事実です。今回の事案では、容疑者をひっぱってしめあげるというわけにはいかない。せいぜいそれができるとすれば、木曾くらいです。しかし奴にも今のところ、はっきりとした嫌疑があるわけではない」

「竹内だ」

久我はいった。

「竹内？　あなたが痛めつけた？」

「竹内はかなり参っていると思う」

久我と和田は見つめあった。

「協力をお願いできますか」

和田はいった。

18

その夜、久我は西五反田の、目黒不動に近いマンションの近くに止めた軽ワゴンの中にいた。竹内の財布にあった運転免許証に記されていた現住所だ。

免許証の住所から竹内が転居している可能性はあったが、警視庁が把握している竹内の住所も同じだったので、おそらくそこが住居の筈だと和田もいった。警察の資料によれば竹内は離婚歴があり、ここにひとりで住んでいる。

午後十一時を少し回った時刻、レクサスがマンションの玄関前で止まった。後部席からスーツ姿の竹内が降りたつ。

「お疲れさまでした」

「おう」

運転手らしき若い男の挨拶におうように答え、竹内はマンションの玄関をくぐった。

レクサスが走り去ると久我は軽ワゴンを降りた。一階のロビーインターホンで竹内の部屋を呼びだす。

「何だ？」

運転手が戻ってきたと思ったようだ。横柄な声が返ってきた。

「あんたの携帯と財布を返しにきた」

久我はいった。

「お前――」

いったきり竹内は絶句した。

「乱暴をする気はない。話をしたいだけだ。下まで降りてきてくれないか」

「ふざけんな！　どういう了見できやがった」

「このままじゃあんたや木曾は大変なことになる。ヌールは恐しい男だ。下手をすればあんたらも首を切られる。よくて、奴の殺しの尻ぬぐいだ」

「何をいってやがる⁈」

「ルンガの首をもって帰ったろう。桜井の首も同じだ」

竹内は黙った。

「仲間を呼ぶのだったら俺は消える。あんたには痛めつけた借りがあると思うから話しにきたんだ」

久我は告げた。直接部屋を訪ねる手もあったが、竹内が銃をもっていたら暴走し撃たれる危険がある。

「覚悟はできているんだろうな」

やはり銃をもっているのか、竹内はいった。

「俺を撃ちたいのなら、話を聞いたあとでも撃てる。とりあえず降りてきてくれ」

「逃げるなよ！」

竹内はいって、インターホンを切った。久我はマンションのエントランスをでて、外に立った。

やがてワイシャツ姿の竹内がロビーに現われた。あたりを見回し、久我に気づいた。

「この野郎」

ロビーの扉を押してでてきた竹内はスラックスの右ポケットに手をさしこんだ。

「自分ちの前で俺を撃つのか。逃げようがないぞ」

久我はいった。竹内の目には憎しみと恐怖が混じっている。

久我は顎をしゃくった。竹内は足もとの植え込みに目を向けた。竹内の財布と携帯がおいてあった。

「こんなもの今さら何だってんだ」

「ずっと預かっているのは申しわけなくてな」

携帯電話のデータは、森がすべてコピーをとってあった。公式の証拠としては使えないが、港北興業や竹内を捜査対象とするときの資料にはなる。

「ふざけるな」

「それより、ヌールだ」

「誰だって？」

「わかっている筈だ」

久我は竹内の目を見つめた。

「何がいいたい」

「『ヌワン』と組むのは危険だ。人を殺すことの意味が、アンビアと日本ではちがいすぎる」

「何だ、それは」

「知らないのか。ヌールが属する部族だ。敵の首を切って家に飾る連中だ。守り神になると思っているんだ」

竹内の目が動いた。

「なんでお前、そんなことを知っているんだ。まさか――」

竹内の目が大きくみひらかれた。

「俺が何だ？」

久我は訊き返した。

「嘘だろ。お前なのか、奴の従弟を殺《や》ったっていうのは。タクシーの運転手じゃねえのかよ」

「俺はタクシーの運転手だよ。アンビアから帰ってきてからは」

竹内ははあっと音をたてて息を吐いた。

「何てこった。お前、そこにいろ、動くなよ！」

携帯電話をシャツの胸ポケットからつかみだした。

「ヌールに知らせるのか。奴がきて、俺の首をちょん切る手伝いをするのか。それであんたはどうなる？　殺人の共犯だ。奴は逮捕もされず、大手をふってアンビアに帰るのに」

指を止め、竹内は久我をにらんだ。

「あいつは麻薬カルテルや極道とはちがう。人を殺すのは金儲けのためじゃない。本能なんだ。そんな奴と組んだら、痛い目にあうのはあんたたちだ」

「説教をたれにきたのか、手前」

「そうじゃない。奴の好きにさせていたら、もっともっと人が死ぬ」

「奴が殺したいのはお前だ」

「わかっている。奴はずっと俺をつけ狙っていた」

竹内は瞬きした。何か考え始めたようだ。

「お前も奴を殺そうと考えてるのか。桜井の敵討ちで」

「桜井とは知り合いじゃなかった。奴が携帯をおいていかなけりゃ、こんなことに巻きこまれずにすんだ」

「だったらなぜ最初に俺たちに携帯を渡さなかったんだ」

「もち主じゃないとわかっている人間に渡せなかった。まさかあのあと殺されると思わなかった」

「じゃあ携帯を渡すか」

久我は首をふった。

「もう遅い。あれは警察に渡した。これ以上巻きこまれたくなかったからだ。だがヌールがでてきて、すべてがかわってしまった」

「奴のことをなぜ知ってる。どこで見たんだ?」

「警察はフクチ産業のことをつきとめている。井田連合のフロント企業なのだろう」

竹内の表情がかわった。

「何の話をしてるんだ?!」

「高熱処理場であったことだ。ヌールがルンガの首を切り、胴体は燃やされた。だがルンガはあんたらには必要な人間だった筈だ」

竹内は無言で久我をにらんでいる。

「ルンガを殺せと命じたのはヌールだろう。奴はそれでかまわないさ。邪魔になったり危険だと思ったら、誰だろうと殺せばいいと考えているんだ。だがあんたたちはそうじゃない。ヌールのように逃げ帰れる場所があるわけじゃないし、見境いなく人を殺していたら破滅する。なのにどうして奴のいうことを聞くんだ?」

「お前の知ったことじゃない」

「そうだろうさ。だが少しでもいいから考えてみろ。ヌールが生きてきたのは、殺すか殺されるかだけの世界だ。あんたも見たのだろう。奴がルンガの首を落とすのを」

思いだしたのか、竹内の顔がゆがんだ。

「ヌールとは手を切ったほうがいい」

「そんなこと、俺が決められるか」

「木曾なら決められるのか」

「何を指図してやがる！　手前こそ俺らの邪魔をしてるのだろうが」

「聞け。あんたも知っているように、俺とヌールのあいだには因縁がある。奴は復讐のためなら、周りの人間を平気で巻きこむぞ」

竹内は肩で息をしながら久我を見つめた。

「あんたら極道の目的は金儲けであって、人殺しじゃない。だが奴といたら、そうなってしまう」

「自分が助かりたくていってるだけだろうが」

久我は首をふった。

「そうじゃない。助かりたかったら、のこのこあんたの家を訪ねてくると思うか。撃たれるかもしれないのに。『ヌワン』の恐しさを知っているから、警告にきたんだ」

竹内は唾を吐いた。

「そんなお節介を、なんでする？」

「同じ日本人だからさ。ヌールが日本で人の首を切って歩くのを、ほうってはおけない」

「お前の首を切れば、奴は満足する」

「そうかな。ルンガはもともと奴の仲間だったんだ。なのに口を塞げと命じたのは奴だろう」

「それはお前のせいだ。お前がルンガの携帯を警察に渡したからだ」

「その携帯で、何かあんたらが困ることがあるのか?」

竹内は黙った。

「あんたらのシノギに関する情報が、ルンガの携帯に入っていると思っていたのか?」

「手前、見たのか」

「何も入っていない。少なくとも、あの携帯には、極道がつかまる材料は何も入っていなかった」

竹内は目をわずかにみひらいた。

「嘘だ。第一、あの携帯はパスワードを入れなけりゃ使えないと聞いてる」

「パスワードを調べる方法なんていくらでもある。じゃなけりゃ俺がヌールとばったり六本木で会うわけがない」

竹内は考えていた。

「ヌールがルンガを殺した理由は、あんたら極道の利益とは別のところにある筈だ」

久我はたたみかけた。

「何をいいたいんだ?!」

「俺が警察に携帯を渡したのは何日も前だ。もしあの携帯に、あんたらにとってマズい情報が入っていたら、とっくにつかまっている。警察が極道に容赦しないのは、あんたが一番わかっているだろう」

竹内は目をそらした。

「俺らはあいつにふり回されている、そういいたいのか」

「その通りだ。ヌールがルンガの口を塞いだ本当の理由を、あんたは知っているのだろう？」

「知らねえよ！　知ってたって、お前にべらべら喋るわけないだろうが」

「いっておくが、メキシコ人だって頼りにはならないぞ」

竹内がふり向いた。

「あそこにいたのか?!　いたんだな、手前」

「もしいたとして、あんたらがまだつかまらずにすんでいるのはなぜだと思う？」

「そんなことといわれても手前を信用するわけねえだろう」

「警察の狙いは、あんたらじゃなく、ヌールやメキシコ人だってことを、俺はいってる」

竹内は久我を見つめた。

「どういうことだ」

「あんたらのシノギなんかより、はるかに大きな何かにヌールはかかわっている。それをつきとめたいんだ」

竹内はまばたきした。

「そんなこと、なんで教えてやらなけりゃならねえ」

「首を切られずにすむ」

竹内は無言だった。

「俺はあんたには話した。あとはあんたしだいだ」

「何がいいたい」

「教える気になったら俺に連絡をくれ。ヌールとやりあうのは、あんたら極道だけじゃ無理だ」

「ナメたこといってんじゃねえぞ！」

竹内の顔が怒りに染まった。久我は竹内の目を見つめ、告げた。

「奴のいたのがどんなところなのか、あんたは知らない。俺は知っている」

「手前――」

竹内の右手がポケットの中で何かを握りしめた。久我は静かにいった。

「俺を撃ったら、あんたは終わりだ。撃たなければ、あんただけは生き残れるかもしれないが」

「ふざけるな」

「本当のことだ。奴の恐しさを、俺は誰より知っている」

久我は告げ、背中を向けた。背筋を汗が伝い落ちるのを感じた。今にも撃たれるかもしれない、と胃がちぢむ。

マンションのエントランスにある階段を降り、面した道を歩きだした。

声も弾丸も飛んでこない。

十メートルほど歩いて、久我はほっと息を吐いた。マンションをふりかえる。

階段の上に立ちつくす竹内の姿が見えた。

19

「奴がポケットに手をつっこんだときは冷やりとしました」

ワイシャツの前を開け、テープで留めていたマイクを久我がはがしていると、和田がいった。

「本当に撃つかもしれなかった。ぎりぎりまで追いこみましたね」

久我は黙ってマイクを森に渡した。三人は、竹内のマンションに近い低層ビルの屋上にいた。和田がビルの管理人に協力を依頼し、そこから久我と竹内のやりとりの一部始終を望遠鏡とワイアレスマイクで監視していたのだ。

森は久我を見つめ、息を吐いた。久我が戻ってきてから、ひとことも口をきいていない。

「もしかすると奴は知らない」

久我はいった。

「竹内が、ですか」

和田の問いに久我は頷いた。

「知っているのは木曾とリベラくらいで」

「だが今日、あんたに揺さぶりをうけたんで、知ろうとするかもしれない。だがそうなると消される危険もある」

森がいった。

「身の危険を感じたら、久我さんに接触してくるさ。そのとき、知りたかったことがきっとわかる」

和田はいって、隠しマイクで拾った会話を録音したレコーダーを示した。

「なあ」

森が久我の目を見た。

「撃たれないとわかっていたのか」

「そんなことがわかるわけがない」

「あんたは戦場にいたのだろう。人を殺すときの人間をたくさん見てきた。だから竹内にはその度胸がないとわかったのじゃないか？」

久我は首をふった。

「奴が撃つか撃たないかなんて、わかるわけがない。賭けだった。揺さぶりをかけた以上、こちらのほうが立場が強いと、あいつに思わせなきゃならない。もし俺がびくついていたら、そうはならない。それと――」

いって、久我は一拍おいた。

「前線にいる兵士は、誰だって人を殺す覚悟ができている。殺すか、殺されるか、あとは逃げるか、しかない。生き残るのは、殺すか、逃げたか、そのどちらかだけだ」

森はまばたきをした。

「あんたは逃げたことがあるのか」

「何度もあるさ。人員と装備が相手より劣っているとわかれば、逃げた。俺は傭兵だったんだ。負け戦さで死んでも、誰からもほめられない。生きのびて金を得なけりゃ意味がないんだ。死んで英雄になろうなんて、これっぽっちも考えなかった」

「じゃあさっきの賭けは……」

「恐かった。背中が汗でびっしょりだ」

森はほっと息を吐いた。

「あんたでも恐いと思うのか」

「恐いという感情のない奴は、まっ先に死ぬ。そんな奴と組んでいたら最悪だ。隊を全滅に追いこむのが、自分にだけは弾丸が当たらないと思っている大馬鹿野郎なんだ」

森を見返し、久我はいった。森は首をふった。

「俺は、あんたを誤解していたかもしれん」

「傭兵あがりのマッチョで、警官なんて馬鹿にしている、と?」

久我がいうと、小さく頷いた。久我は苦笑した。

「新兵の頃、よくいわれたものだ。弾丸には目がついてない。まちがってぶっ放せば、自分だろうと味方だろうと、傷つけることになる、と。だがこの国の弾丸には目がついている。犯人が銃をもっていても、警官には決して撃ってこない。なぜか。警官を撃ったら、撃ち殺されても文句をいえないからだ。だから丸腰の奴は撃てても、警官を撃てない犯人はいっぱい、いる。無敵だと思うがね」

森は不満そうに頬をふくらませたが、反論はしなかった。

「久我さんのいう通りかもしれません。少なくとも我が国ではまだ、国家権力に戦いを挑むのは無謀だと信じられている」

和田がいった。

「国家権力が存在するのは、平和な証拠だ」

久我は答えた。

「その国家権力が腐っている国はどうなんだ」

森が訊ねた。

「国家権力が揺らいでいる国では、力のある奴の数だけ法がある。Aにしたがったという理由でBに殺され、その逆も起こる。つまり生きのびる方法がどんどん少なくなるんだ。結局、生きのびるためには自分も力をもつしかないということになり、殺し合いが始まる」

「戦国時代のようなものですな」

「刀や槍、せいぜい弓矢で殺し合い、しかも昼間しか合戦をしなかった時代とはいっしょにできない。ヌールはそういう中を生きのびてきたんだ」

「ひとつ気になることがあります。あなたは竹内に、自分とヌールには因縁があるといわれた。それはどういう意味ですか」

和田は久我を見つめた。

「どうやら俺は奴の従弟を殺したらしい」

「らしい？　らしいとはどういうことだ」

静かになっていた森がかみついた。

「『ヌワン』との戦闘は何回かあり、当然双方に死傷者がでた。死んだ『ヌワン』がヌールの従弟で、そいつを殺したのが俺だ、と奴がいうのを盗み聞きした。そんなことがあったとは、聞くまで知らなかった」

「ヌールはあなたの顔を覚えていた。そして六本木でばったり会って思いだしたと？」

「俺も初めは信じられなかった。俺自身はアンビアで奴に会った記憶がない。実際会っていないのかもしれないが」

「会わないでどうして、あんたが従弟を殺したとわかるんだ？」

森が訊ねた。

「従弟が死んだときいっしょにいた『ヌワン』から、殺したのは東洋人の傭兵だと聞いて、俺のことを調べたか、つけ狙ったのかもしれんし、実際に従弟が殺《や》られたとき、その場にいた可能性もある」

「その場で復讐しようとしなかったのはなぜだ？」

「昼の戦闘とちがい、『ヌワン』の夜襲は音をたてない。少人数でそっと忍び寄り、寝ている敵の首を切ってもち去る。朝起きて隣を見ると、戦友の首がなくなっているんだ。震えあがる。自分もこうなっていたかもしれない、とな」

「恐怖を植えつけられますね」

和田が頷いた。

「そうだ。アンビアでの最後の頃、俺はずっと『ヌワン』につけ狙われているような気がしていたが、それが真実だったと今になって知った」

「ヌールはあんたのことを調べようとする。もし竹内が喋ったらどうする？」

森がいった。

「それも賭けだ。奴は自分を痛めつけた俺より、ヌールのことを嫌うだろうと思ったんだ」

和田が首をふった。

「久我さんの協力をお願いはしましたが、ここまで危険をおかさせることになるとは思いませんでした」

「どうしてそこまでしたんだ？」

森が訊いた。久我は息を吐いた。

「わからないのか」

「何が」

「ヌールが日本にいて、俺をつけ狙っているとわかった時点で、俺が生きのびるにはあんたたち警察と組むしか方法がなくなった。どこかでヌールとでくわし、もし殺し合いになったとき、俺がつかまらないですむにはどうすればよかったと思う？」

「殺し合いなんかせず、警察に保護を求めるんだ」

久我は森の目をのぞきこんだ。

「本気でいっているのか？　ヌールが俺を殺そうと迫ってきたときに、交番に駆けこみ、『助けて下さい、お巡《まわ》りさん』というのか。そこにいる警官全員が殺されるだけだ。そうなっても俺は責任を感じなくていいのか？　殺された警官が油断をしていたからだと、自分や周囲を納得させるのか。俺が生き残れたとして、だが」

森は答えなかった。久我を見つめ、唇をかんだ。やがて和田が低い声でいった。

「久我さんのいうとおりだ。SATやERTならともかく、交番勤務の警察官がゲリラだった人殺しに太刀《たち》打ちできる筈がない。といって、何らかの容疑で拘束しようにも相手は外交官の身分で日本にいる。つまり警察官を殺そうが何をしようが逃げだせるんだ」

「あんたは、ヌールを殺す気なのか」

森が訊いた。

「戦いになったら、殺すことでしか生きのびられない」

「極道とはちがう、そういいたいのか」

「極道とだって、相手を殺さなければ生きのびられないと思ったら殺す。だが、極道とはそうなる理由がない。ヌールとは、そうなる他ない」

森は和田を見た。

「和田さん、いい方法を思いつきました。この男を逮捕するんです。これまでこいつが重ねてきた違法行為を立件すれば、一年か二年はぶちこめる。そうなれば殺し合いも起きません」

和田は苦笑した。

「確かにそのとおりだが、私たちもその違法行為を黙認したことを忘れていないか。クビになってもかまわないのなら、それをする手もある。ただし、ヌールと木曾がリベラというメキシコ人と組んでおこなっている犯罪を摘発するのは難しくなるな」

森は顔をそむけ、低い声で、

「くそっ」

とつぶやいた。

和田が久我を見た。

「気を悪くしないで下さい。森くんは職務に誠実であろうとしているのです」

久我は無言で首をふった。森の発言は、ヌールに対し、今の警察が無力であると認めた結果だ。それでも何かをしたいと考え、苦しまぎれに久我を逮捕しようと思いついたのだ。

「竹内からの連絡を待ちましょう。そのときは必ず、我々に知らせて下さい」

和田がいい、久我は頷いた。

刑事たちと別れた久我はアダムの携帯を呼びだした。

「ジャンか、今どこにいる?」

アダムの声の背後にはにぎやかな音楽やざわめきがあった。

「目黒だ。これから会えないか」

「ニシアザブにこいよ。『シンギュラリティ』ってクラブだ」

クラブではゆっくり話せそうにない。だが改めて待ち合わせるのも面倒だった。場所を聞き、久我は電話を切った。軽ワゴンに乗りこみ、西麻布をめざす。

二十分足らずで西麻布に到着した。コインパーキングに車を止め、教えられたクラブを捜した。

マンションの一階にある小規模な店で、外に立つ屈強な黒人のセキュリティを除けば、そこがクラブであることを示す看板もない。

扉をくぐると一気に重低音が足裏に伝わってくる。二十畳ほどの狭いフロアで踊っている客の大半は外国人だ。

アダムはダンスフロアより一段下がったバーエリアにいた。カウンターにすわり、金髪の女と額をくっつけあっていちゃついている。

アダムの視線に気づいた女が久我をふりかえった。髪とちがい、顔は日本人だった。

「失礼。待ちあわせた友人がきたようだ」

アダムがフランス語で告げると、蔑《さげす》むように久我とアダムを交互に見て、立ちあがった。

「そういうことなの」

日本語で吐きすてるようにいって、離れていく。アダムは悲しげに首をふった。

「ひどい誤解だ。ジャンのせいだぞ」

「悪かった。お前に抱きつけばよかった」

久我がいうと、中指を立てた。

「何かわかったのか」

カウンターに腰かけた久我に、アダムは訊ねた。

「お前がヤブ医者だってことが」

「そりゃまた、どうしてだ」

「『ヌワン』はずっと俺をつけ狙っていた。執着していたんだ。つまり俺が恐怖を感じつづけたのは正しかった」

アダムは手にしていたグラスをおいた。

「それを誰から聞いた？『ヌワン』か」

「そうだ。盗み聞きだが」

久我はリベラを尾行して川崎の高熱処理場にいき、そこにヌールが現われたことを話した。

「ヌールはルンガの首を切りとり、ゴミ袋に入れてもち帰った。奴の家にはサクライの首もある筈だ。その上、奴は従弟を殺した俺の首を欲しがっている」

アダムは息を吐くと手を上げ、カウンターの中にいるバーテンに合図した。

「アブサン」

バーテンは頷き、久我を見た。久我は、

「ペリエ」

と告げた。ショットグラスに入った酒が届けられると、アダムは掲げた。

「こんな安酒はもう飲まないって決めてたのに、お前のせいだ」

「俺のせいだと？」

久我は訊ねた。アダムは答えず、アブサンを呷《あお》った。

外人部隊にいた頃は、短時間でへべれけになるためにアブサンを飲んだ。二日酔いのときは銃声で頭が割れそうになる。

「一杯でやめておけ」

久我はいったが、アダムは聞かなかった。バーテンに指を立て、

「お代わりだ。それとアリを呼んでくれ」

英語で告げた。バーテンは頷き、手をあげてウェイターを呼んだ。

二杯めのアブサンをアダムはちびちびと飲んだ。やがてウェイターに伴われて、表にいた黒人のセキュリティが現われた。

「ジャン、アリだ。エチオピア人ということになっているが、本当はソマリアの出身だ。去年までアンビアにもいた。アリ、俺の友人のジャンだ」

黒人は二メートル近い巨漢で「SECURITY」と印刷された黒いTシャツを着けている。ぶあつい手で久我の手を握った。

「アリです。よろしくお願いします」

日本語でいった。

久我はバーテンに目で合図した。

「好きなものを飲んでくれ」

「じゃあコーラを」

アダムが久我をこの店に呼びだしたのは、アリが理由だと気づいた。

「アンビアにはいつからいつまで？」

「二〇一〇年から去年まで。日本とアンビア、いったりきたりしてました」

アリは答えた。久我はぴんときた。運び屋をしていたにちがいない。

「儲けたのか」

久我が訊くとアリは白い歯を見せた。

「少し」

といって嬉しそうに笑う。

「アダムから聞いたかもしれないが、俺も昔アンビアにいたことがある。今のアンビアはどうなっている？」

アリはとまどったような表情になった。アダムが素早く一万円札をアリの手に押しこんだ。

「誤診の件はこれでちゃらだ」

久我にフランス語でいった。アリは無言でアダムと久我を見比べ、金をポケットにしまった。

「あと三十分したら休憩します。そのときゆっくり話していいですか」

アリはいった。久我は頷いた。

「じゃあ、あとで」

アリが外にでていくと、アダムがいった。

「奴の正体がわかったか」

「運び屋だろう」

「当たりだ。仲間何人かとクスリの運び屋をしていたが税関にマークされたんで足を洗ったらしい」

「雇い主はリベラか」

「――の組織だと思う。日本人の嫁さんをもらったんで、これからはまっとうに暮らしたいといってる」

「ルンガがさらわれたのはヌールの指示だ。リベラとヤクザはヌールに逆らえない。その理由が知りたい」

「アリなら知っているかもしれない。アンビアの麻薬組織にくわしいだろうからな」

久我の携帯が振動した。よしえからだった。耳にあてたが音楽がうるさく、何をいっているかがわからない。久我はアダムに合図してバーを離れ、フロアをよこぎるとトイレに入った。

「もしもし」

「木曾だ。覚えてるか」

冷水を浴びたように背筋がのびた。よしえの携帯を使って木曾はかけてきたのだ。

「どういうことだ？」

「こういうことさ。あんたの仲良しの女性の携帯を借りた」

「何の話だ」

「とぼけなくてもいいだろう。大学の先生をやっている美人だ」

「なぜあんたが知ってる？」

「今の時代、携帯の番号さえわかれば、勤め先も住居も簡単に割れる。割れないとすれば、そいつが何かうしろ暗いことにかかわっているからだ。市倉よしえ先生は、そうじゃないってわけだ」

状況を楽しんでいるかのように木曾はいった。

「彼女をどうした？」

「どうもしていない。ぴんぴんしている。ただ電話を借りただけだ」

「彼女にかわれ」

「強気だな。まあ、いい」

携帯が移動する気配があり、やがて、

「もしもし」

よしえの声が聞こえた。

「無事か」

「ええ。家の前で待ち伏せされた。どうしてわかったのか――」

いいかけたよしえの手から携帯がもぎとられた。

「と、いうことだ」

「こんな真似をしたら、あんたも組も終わりだ。わかっているのか」

久我はいった。

「おいおい、今さら警察に泣きつこうというのじゃないだろうな。歴戦の勇者が」

「誰のことをいってる？」

「お前のことだ。まさか元傭兵とはな。竹内たちが歯が立たなかった筈だ。いいか、和田や他のデコスケに知らせたら、先生はえらい目にあう。たとえ俺たちがつかまり、先生が死なずにすんだとしても、お前を一生恨むだろうな。どういうことかわかるか」

「そんな脅しは通用しない」

「そうかい。じゃあ一時間ほど楽しんでから、また連絡する」

木曾は電話を切った。久我は歯をくいしばった。よしえの携帯を呼びだす。

木曾は応えず、留守番電話になった。久我は思わず壁を蹴った。もう一度呼びだした。

木曾がでて、いった。

「気がかわったか」

「どうすればいい？」

久我は訊ねた。

「今どこにいる？」

「西麻布だ」

「すぐに六本木にこい」

「六本木のどこだ？」

「『ギャラン』て店だ。北条ビルの三階にある」

桜井が携帯をおいていった日に呼びだされた場所だ。

「そこに彼女も連れてくるのか」

「くればわかる」

木曾は切った。かけ直しても応えなかった。

「くそ」

久我は思わず吐きだし、トイレをでた。アダムのもとに戻る。

「何かあったのか」

「ヌールと組んでいるヤクザから電話があって、ガールフレンドを人質にとられた」

「ガールフレンド？　ジャンの、か？」

久我は頷いた。

「サクライのフィアンセの妹だ。『アンジー』に連れていったらリベラがひと目惚れしたんで、情報をとろうとしていた」

アダムは小さく首をふった。

「最悪だな。メタンフェタミン漬けにされるぞ」

「助けにいく」

「ひとりでか」

「警察に連絡すれば、ヤクザはつかまるだろうが彼女も傷つけられる」

アダムは息を吐いた。

「ひとりじゃ無理だ。ヌールに首を切られて終わりだ」

「じゃあどうすればいいというんだ」

アダムは無言でアブサンの残りを呷った。

20

三十分後、久我は「ギャラン」の扉の前に立った。前に訪れたとき同様、営業はしていない。

扉を押した。鍵はかかってなかった。前回は明るかった店内が、暗い。ぎりぎりまで照明を絞っている。

「中に入って扉を閉めろ」

暗がりから声がした。木曾の声ではない。

「彼女はいるのか」

扉を手で開いたまま、久我は訊ねた。

「お前がきたことを伝えれば連れてくる手筈だ」

久我は扉を閉めた。

「まん中の椅子にすわれ」

声はいった。テーブル席がかたづけられ、フロアの中央にぽつんと一脚だけ椅子がおかれている。

久我はその椅子に腰をおろした。

「目をつぶれ」

言葉にしたがった。不意に頭を殴りつけられ、床に倒れこんだ。ガラスの破片と液体が飛び散った。酒壜《さかびん》で殴られたのだと気づいたが、脳震盪ですぐには立ちあがれない。

何人かに囲まれ、蹴りが襲ってきた。顔と頭をかばい、体を丸めるのが精いっぱいだった。

容赦なく靴先が背中やわき腹にくいこんだ。

声もでなくなるまで蹴りつけられた。目がくらみ、体の向きすら変えられない。

意識が飛んだ。

不意にあたりが明るくなり、久我は目を開いた。吐き気がこみあげ、咳こんで、激しいあばらの痛みに体を丸めた。

「もちもん、調べたか」

「いえ」

「馬鹿野郎！　道具もってやがったらどうする?!　こいつは元兵隊だぞ」

怒鳴っているのが木曾だと、気づいた。体をまさぐられ、携帯と財布をとりあげられた。

「道具はありません」

「水かけろ」

ざっと冷水が浴びせられ、久我は呻いた。目の前に磨きこまれた革靴がある。その爪先が久我の頰を軽く蹴った。

久我は顔を動かした。木曾の顔がまうえにあった。全身が痛む。

「本当にくるとはな。いい度胸だ。それとも手前だけは死なねえと思いこんでいる馬鹿なのか」

久我は目を閉じた。再び頰を蹴られた。

「寝るんじゃねえよ。そんな楽はさせねえからな」

両脇から抱え起こされ、椅子にすわらされた。両手首にガムテープが巻きつけられる。

「彼女はどうした」

目の前に立つ木曾に、久我はいった。木曾の左右と背後、三人いる。

「自分の心配をしたらどうだ」

あきれたように木曾はいった。値の張りそうな明るいグレイのスーツを着ている。

「してるさ。もうじきここは警察に包囲される」

木曾は首をふった。

「お前は通報してない。そんな奴じゃねえよ。全部ひとりでカタをつけるつもりだ」

久我は目を閉じた。頬をワシづかみされる。

「寝るなっていってんだろうが、この野郎」

久我は目を開いた。

「いいか、これからお前は泣きわめくんだ。極道をナメたらどんな目にあうか、教えてやる」

木曾はいって、うしろをふりかえった。木曾のまうしろに、蒼白になった竹内が立っていた。

「おい、何使う？　ナイフか、バットか。チャカは駄目だぞ。簡単に楽にしちまうからな」

楽しげに木曾はいった。竹内がごくりと喉仏を動かした。

「じゃあ、バットを」

木曾が顎をしゃくり、手下が金属バットをさしだした。

受けとった竹内は確かめるように何度も握り直した。

「頭はやめとけよ。一発で殺しちまっちゃ意味がねえ」

木曾がいった。竹内は小さく頷いた。吐きそうな顔をしている。

「殺したら大師で燃やすのか」

久我はいった。木曾の顔色がかわった。竹内がバットをふりおろし、肩に当たった。さほど力はこもっていない。

「何を知ってる」

再びバットをふりかぶった竹内の手をおさえ、木曾は訊ねた。

竹内は久我が会いにきたことを木曾に告げていないようだ。

「ヌールは俺の首を欲しがっているだろう」

「すぐに奴もくる」

「ゴミ袋に詰めて、もって帰らせるのか」

木曾の目が広がった。

「お前、あそこにいたんだな」

久我は答えなかった。木曾は竹内の手からバットをもぎとった。

「貸せ」

バットの先で久我の顎をもちあげた。

「警察は知ってるのか」

「知っている。ヌールは逃げられても、お前らは逃げられない」

久我は木曾の目を見て告げた。

「どうしてあそこがわかった」

「リベラから教わった」

「何ぃ」

その瞬間、木曾の上着の内側で携帯が鳴りだした。片手でつかみだし、画面を見た木曾は耳にあてた。

「ハロー」

英語でいう。相手の声を聞き、木曾の表情はかわった。

「イ、イエス。ノー、ノットイエット（まだだ）！」

電話をおろし、久我を見つめた。

「お前、仲間がいたのか」

「これを外せ」

久我は両手をもちあげた。木曾はくやしげににらんでいる。

「リベラにいわれたろう。俺を解放しなけりゃ、奴の頭がふっ飛ぶって」

木曾はバットを床に叩きつけ、手をさしだした。手下がナイフをのせる。ガムテープのいましめを木曾は切った。

「俺が殺されるためにきたと思っていたのか？」

自由になった手で久我はバットをつかんだ。ざっとやくざたちがあとじさった。バットは杖がわりだった。

「ふざけやがって。お前も仲間も、必ず殺す」

木曾はつぶやいた。それには答えず、

「貸せ」

久我は右手をさしだした。木曾の携帯を耳にあてた。英語で告げた。

「ミスタ・リベラ。私はクガだ。そこにいる私の友人とかわってくれ」

「お前も、お前の友だちも、明日の晩までには死んでいる」

リベラがいった。携帯が渡される気配がして、

「ジャンか」

アダムのくぐもった声が聞こえた。覆面をかぶっているのだ。

「助かった。あと少しで、殺されるところだった」

「これで借りは返した」

「そこに女はいるか」

「いない。眺めのすばらしい部屋だが、この男とボディガードだけだ」

「ボディガードはどうした？」

「眠らせた。二、三日頭が痛むだろう」

久我は携帯をおろした。フランス語のやりとりまではわからないのか、木曾は無言で見つめている。

「彼女はどこだ」

木曾はフンと鼻先で笑った。

「知るか。どうする？　これでまたふりだしだ」

「警察を呼ぶ」

「勝手にしろや。何も喋らねえぞ。女の行方は永久にわからなくなる」

木曾は肩をそびやかした。

「なるほど。確かにふりだしに戻ったようだな」

「仲間にひきあげるようにいえ。そうしたら女の居場所を教えてやる」

久我は携帯をさしだした。

「彼女の居場所を教えろ。迎えにいってもらう」

「ひきあげさせるのが先だ」

「俺の仲間は気が短いし、彼女のことは何も知らない。リベラが死ぬぞ」

木曾は久我の目をにらみながら携帯をうけとった。英語でいった。

「電話をかわった。これからいう場所に女はいる。コウトウク、タツミの『ニチヨウ商会』て会社の事務所だ」

アダムが見張りの有無を訊ねたようだ。

「ああ、もちろんいる。お前ひとりじゃとうてい勝ちめはない」

アダムの返事を聞き、携帯をさしだした。

「かわれ、とよ」

久我は耳にあてた。

「俺が迎えにいくのは難しい」

アダムがいった。

「そのようだな。一時間以内に連絡する」

久我はいって切った。

「迎えにいったら、お前の仲間は終わりだ」

木曾は余裕の表情を浮かべている。

「迎えにいくのは俺たちだ」

久我はいって、バットで木曾をさした。

「これから下に降りてタクシーを拾う。彼女のいるところまでお前が案内しろ。一時間以内に俺から連絡がなければ、リベラは死ぬ」

「ふざけるな」

「そうしなけりゃ誰も生き残れない」

「無事にここをでられると思ってるのか」

「もう、無事じゃない。だがここで俺がどうがんばっても、お前らはたいしたことがないだろう。だったらリベラを仲間に任せる」

「誰を相手にしてるのかわかっているんだろうな」

久我はバットで体を支えた。立っているのもつらい。

「おもしろいことを教えてやる。俺の仲間はスペイン語も喋れる。俺の連絡を待つあいだ、リベラとゆっくり話をする筈だ。その結果、メキシコのカルテルは日本のやくざを信用できないと考えるようになる」

「何？　どういう意味だ」

「どうしてこんなことになったのか。桜井やルンガが殺されたのも、頭の悪い日本のやくざと組んだからだとリベラは思う。ドラッグビジネスにトラブルはつきものだが、それにしても人が死にすぎじゃないか。あげくにリベラ本人の命も危うくなっている」

「手前……」

「時間をかければかけるほど、リベラとの関係の修復が難しくなるぞ」

木曾ははっとしたような顔になった。

「お前、わざとここにひとりできたんだな。痛めつけられるのを承知で。何が目的だ、この野郎！」

「今起こっている、これさ。あんたとリベラの信頼関係は崩れ、井田連合のシノギがきつくなる。それもこれもヌールを仲間に引き入れたからだ。あんたたちは、手を組んじゃいけない奴と組んだ」

「ワケのわかんねえことをいってるんじゃねえぞ」

久我は苦笑した。いいあうのもつらい。

「いくぞ。それともリベラが死んでもかまわないのか」

木曾は竹内らをふりかえった。

「お前らはここで待て」

やはりリベラには、木曾たちにとって決して失えない価値があるのだ。

リベラとヌールと。木曾がどちらを選ぶかに、久我は賭けたのだった。リベラを選ぶようなら、ヌールを極道やメキシコのカルテルから引き離すことができる。

これがリベラだったら、木曾たちを捨てヌールを選んだかもしれない。日本には他にも組むことのできる極道がいるが、ヌールは、メキシコのカルテルにとって密輸上、不可欠なコネクションを握っている。「オンノボの港はヌールの仲間が支配している」という、高熱処理場で聞いた、リベラの言葉がその証拠だ。

ヌールとの対決が避けられないのなら、せめて極道やメキシコ人は別にしたかった。彼らの相手なら、警察のほうがよほど得意だ。木曾やリベラは〝プロの犯罪者〟であり、警察はそれを取締るのが仕事だ。

ヌールは犯罪者ではない。日本でおこなったことは犯罪だが、おそらくヌールにそんな自覚はない。日本だろうとアンビアだろうと、ヌールは「ヌワン」で、そこにこだわりつづけている。

であるからこそ、警察にヌールの対処は不可能なのだ。警察官の仕事は犯罪者の確保であって、処刑ではない。「ヌワン」は犯罪者ではなく兵士で、その目的は敵の殲滅《せんめつ》だ。

もし警察がヌールを犯罪者として確保しようとすれば、多くの犠牲を払うことになる。

自分が和田なら、ヌールの危険性を上層部に説き、スナイパーを含む重装備の特殊部隊を投入する。だが和田がそうしたとしても、最初からそこまでの陣容で警察が対処するとは思えなかった。和田自身もそれがわかっている。だからこそ、久我を逮捕しようという森の提案にのらなかったのだ。

実際は、久我を逮捕し、自分たちに責任が及ばないようにする方法はいくらでもある。そうしないのは、ヌールを久我に任せる他ない、と和田自身が感じているからだ。

「気を悪くしないで下さい。森くんは職務に誠実であろうとしているのです」

和田の言葉は、ヌールと警察上層部両方に対する無力感の表れだった。森は、ヌールを相手にした結果生じる警察側の犠牲を予測できていないか、できたとしても自分の責任に対し無自覚だ。目前の職務を果たすことに精いっぱいで、起こりうる可能性に対して目も耳も開こうとしていない。

目をぎらつかせた極道たちに見送られ、久我と木曾はエレベータに乗りこんだ。腹をすえたのか、木曾は久我を見向きもせずに扉をにらんでいる。

おそらくその懐ろには銃を呑んでいるだろう。とりあげることはできそうにない。いくらリベラの身が大切でも自分の命と引きかえにはしない筈だ。むしろ銃をもっているからこそ、二人きりでよしえのもとに案内することに、木曾は同意したのだ。

下の通りに降りると、久我はタクシーに手をあげた。扉を開いた空車に、木曾を先に乗りこませる。

「辰巳《たつみ》一丁目にいってくれ」

木曾は運転手に告げた。暗いのと顔は無傷なせいか、運転手は久我の怪我に気づかないようすで車を発進させた。

車中、木曾はまるで口をきかなかった。辰巳についたらどう久我を料理するのかを考えているのかもしれない。辰巳によしえがいようといまいと、そこにいる極道には竹内らから連絡がいっているだろう。

久我は携帯をとりだした。和田を呼びだす。

「和田です」

「今、木曾さんと辰巳に向かっている。そこに俺の協力者の女性がいる」

「それは、つまり……その女性が監禁されている、ということですか」

「木曾さんの言葉を信じればそうなる。俺が迎えにいけば返してもらえる筈だ。だが問題が生じた場合に備え、あんたに待機していてもらいたい」

「久我さん、それは個人としての私に頼まれているのですか。それとも警察官である私に頼まれているのですか」

苦々しげに和田はいった。

「もちろん個人としてだ」

和田は息を吐いた。

「あなたのおかげで、本当に職を失うかもしれません」

「失わなければ、実りは大きいさ」

「それほど手柄をたてたいと思ったことはないのですがね。で、どうせよとおっしゃるのです？」

「辰巳一丁目の近くにいて、俺からの連絡を待っていてほしい。協力者を無事返してもらえたら、あんたに預けたい」

「それ以上の援護や協力は望まないといわれるのであれば、ぎりぎり、何とかできると思います」

「助かる」

「その場に木曾もいるのですね」

「いる」

「二人きりですか」

「今は二人でタクシーに乗っている」

「どうやってその状況にもちこんだのです？　久我さん自身も拉致されたのなら、私に電話できない筈だ」

和田はあいかわらず鋭い。

「あんたは知らないほうがいい」

和田は息を吐いた。

「なるほど。これから向島署をでます」

電話をおろした久我に木曾がいった。

「和田を味方につければ助かると思っているのか」

「俺が助けたいのは彼女だ」

木曾はせせら笑った。

「立派なことだな」

タクシーが辰巳一丁目にさしかかると、木曾は詳しい道を指示した。やがて「日陽商会」という看板が掲げられた建物の前で止めた。倉庫と事務所がひとつになったような、木造の古い二階屋だ。久我は先にタクシーを降り、木曾に料金を払わせた。

トラックが乗り入れられるような、大きなシャッターの出入口と、人間用の通用口が並んでいて、木曾は通用口のインターホンを押した。扉の上にはビデオカメラがとりつけられている。

誰何《すいか》することもなく、扉のロックが解けた。木曾は扉を押した。

コンクリートじきのがらんとした空間が広がっていて、機械油の匂いが鼻をついた。右手の壁ぎわに金属階段があり、二階の事務所部分とつながっている。

一階はワンボックスが一台止まっているきりで、人の姿はない。

「さてと」

ワンボックスを背にふりかえった木曾が上着の内側から拳銃をつかみだした。小型のオートマチックだ。

「次はそっちの番だ」

天井から下がった電球が、濃い影を床に作っている。

「彼女の姿を確認させろ」

久我は携帯を手にして告げた。木曾はあきれたように久我を見つめ、やがて大声をだした。

「おい！　女を見せろ」

二階の事務所の扉が開いた。階段の上にサルグツワをされたよしえが姿を現わした。すぐうしろに二人の男がいて、縛られた腕をつかんでいる。

無事なよしえを見て、久我は思わず息を吐いた。アダムを呼びだし、告げる。

「彼女はタツミにいた」

「了解」

「リベラに、俺に電話してくるようにいえ」

木曾がいった。無事解放されたかどうかの確認をするつもりなのだろう。

「リベラに伝言だ。キソに電話しろ」

久我は告げた。

「どのタイミングでかけさせる？」

アダムが訊ねた。

「あとどれくらいだ？」

「カーナビゲーションによれば十分くらいか」

「ではついたときに」

「わかった」

木曾の表情が険しくなった。

「何を喋ってやがった？　問題が起きたのか」

「ただの業務連絡だ。心配するな。彼女を解放しろ」

「リベラがかけてきたらだ」

「そうだろうな」

木曾は苦笑した。

「かわった男だ」

久我の携帯が振動した。

「和田だ。でるぞ」

木曾は止めなかった。

「和田です。今、辰巳一丁目付近にいます。どちらですか」

「ここにくるのはやめたほうがいい。個人としての限界を超える」

「ではどうしろと？」

「解放された俺の協力者を保護してほしいんだ」

「久我さん自身はそれでどうなります？」

「わからない」

「馬鹿な真似はしないように」

久我が通話を終えると、今度は木曾の携帯が鳴った。画面を見た木曾が、

「ハロー」

と応えた。リベラにしては早過ぎる。久我は緊張した。ヌールからにちがいない。

「いや、ロッポンギにはいない。事情があって移動した」

木曾が英語でいった。その目が久我を見た。

「ああ、いる」

ヌールが喋った。ここにくる、といったようだ。ヌールは久我がいるのを確認し、殺しにくるつもりなのだ。

「いや、それはちょっと待ってくれ。状況が悪い」

木曾はいった。

「いや、あんたはそれでも大丈夫だろうが、我々はそうはいかない。警察が動いている」

木曾は顔をしかめた。ヌールはどうあっても自らの手で久我を殺したいらしい。木曾の表情がかわった。

「いいか、これは遊びじゃないんだ。待てといったら待て。こっちも命がけなんだ。おい、ハロー、ハロー！」

小声で「あの野郎」とつぶやき、携帯をおろした。

「いった通りだろう。ヌールは自分の要求しか頭にない。破滅させられるぞ」

久我はいった。

「やかましい！」

木曾は怒鳴り、頭上をふり仰いだ。

「おい！　女を連れてこい」

事務所から三人が現われた。男二人が前後でよしえをはさむように、階段を降りてくる。

サルグツワの上で目をみひらき、よしえは久我を見つめていた。そのようすを観察し、乱暴はされていないようだと久我は思った。

三人が階段を降りると、木曾は手で止めた。

「そこにいろ」

木曾は携帯をとりだし、操作した。リベラを呼びだしているようだ。

やがて携帯をおろし、久我を見た。

「でないぞ。どうなってる？」

「俺にもわからない。その場にいないのだから」

木曾は銃口を久我に向けた。

「ふざけるな。ここまで連れてきたのは何のためだと思っている」

「それはお互いさまだ。リベラに何かあったら、俺もただじゃすまない」

久我は告げた。木曾とにらみあう。

木曾が手にした携帯が鳴った。画面を見るや耳にあて、

「ハロー」

と木曾は呼びかけた。

「ハロー?」

そのとき、通用口のインターホンが鳴った。木曾と二人の男は顔を見合わせた。

「見てこい!」

木曾が命じ、ひとりが階段を駆け登った。事務所に入っていく。

「ハロー!」

木曾はその間にも携帯に呼びかけた。

「リベラさんです!」

二階から声が降ってきた。

「ひとりか?!」

「いえ、もうひとり、覆面した野郎がいます!」

木曾は目をみひらいた。久我を見る。

「なぜここがわかった。細かい住所を教えてないのに」

「俺の携帯のGPS機能を使った。リベラをここに連れてくれれば、話が早いからな」

久我は答えた。

「手前……」

インターホンがさらに鳴らされた。木曾は息を吐いた。

「開けろ」

二階から降りてきた男が通用口の扉を開いた。同時に両手をあげる。

まずリベラが通用口をくぐって現われ、そのあとに拳銃をかまえたアダムがつづいた。

銃口はリベラの後頭部と、男の顔を交互に狙っている。

もうひとりの男が拳銃を抜き、木曾とともにアダムを狙った。アダムは目出し帽をすっぽりかぶっている。

「ストップ」

アダムの言葉にリベラは立ち止まった。アダムはリベラを盾にして立ち、肩ごしに銃口を木曾に向けた。

「彼女を解放しろ」

久我はいった。

「ふざけんな。数じゃ、こっちが上だ」

木曾が強がった。アダムの目を久我は見た。

アダムが二発、連射した。二人の男がほぼ同時に倒れこんだ。足を撃ったのだ。

「こっちはプロだ」

久我はいった。

「この野郎――」

うずくまったまま銃をかまえようとした男を、木曾が止めた。

「やめろ！」

体で銃口をさえぎっている。

「それが正解だ」

久我は頷いた。もしアダムに銃口を向けたら、男は射殺される。

よしえが久我に走りよった。そのサルグツワと縛《いまし》めをほどき、久我は自分の携帯を渡した。

「ここをでて、メモリにある和田に電話をしろ。君を保護してくれる」

「あなたはどうするの？」

「まだすることがある。さっ、いって！」

よしえを通用口へと押しやった。よしえがでていくのを見届け、久我はリベラとアダムに歩みよった。

「ミスタ・リベラ、クガだ」

リベラは冷ややかな目を向けた。肩ごしに二人の男が撃たれても動揺したようすはない。

「『アンジー』で一度会った」

リベラはいった。

「あのときはこんなことになるとは思わなかった」

久我は答えた。

「お前たち二人が何者だろうと、一番むごい死にかたが待っている」

リベラはいって、木曾に目を向けた。

「ヤクザがこれほど臆病者だったとはな。ストリートギャングでも、もっと根性がある」

木曾の顔が怒りで赤くなった。

「あんたの安全を最優先したんだ」

リベラは横を向いた。

「こいつらをかたづけられるガンマンひとり、ヤクザにはいないのか」

アダムが久我を見て小さく首をふった。手にしたグロックをもちあげた。

「よせ」

久我はいった。危険だからリベラを始末しよう、と目で訴えている。

久我はグロックを手でおさえた。

「訊きたいことがあるんだ。あとは任せてくれ」

アダムは久我の目をのぞきこんだ。

「帰れというのか」

久我は頷いた。

「もう充分だ。ありがとう」

「『ヌワン』がきたらどうする？」

「そのときはそのときだ」

「これをもっていろ」

アダムはグロックを久我の手に押しつけた。久我は頷いた。アダムは通用口に向かってあとじさりした。

「顔を知らなくても、お前は終わりだ」

リベラはアダムを指さした。

「やめておけ」

久我はグロックをリベラに向けた。

「おい！」

木曾が銃口を久我に向ける。アダムはしばらくようすをうかがっていたが、通用口をでていった。

通用口が閉まると、久我はグロックを下に向けた。軽くて性能のいい九ミリ口径の拳銃だが、久我は好きではない。戦場で使っていたのは十ミリ口径のオートマチックだ。九ミリは貫通力は高いがコントロールが難しい。

「さてと」

久我はいって、リベラの顔を正面から見つめた。アダムに撃たれた二人の男は床にうずくまり、痛みに耐えている。木曾はリベラを守るように立ち、久我に銃を向けていた。

「銃をよこせ」

リベラが木曾に手をのばした。

「駄目だ。あんたが殺される」

木曾はふりはらった。

「このままじゃこいつに全員が殺されるぞ」

久我は首をふった。

「これ以上あんたたちを傷つけるつもりはない」

リベラは手を止め、久我を見た。

「ではなぜ、残った？」

「訊きたいことがある。『ヌワン』と組んだ目的は何だ」

リベラは久我を見つめた。

「お前は警官なのか」

「ちがう。サクライが俺に何を知らせようとしたのかが知りたい」

「サクライ？」

リベラは訊き返した。

「ルンガの通訳だった男だ」

木曾がいった。

「ただの通訳じゃない。ボディガードも兼ねていた。サクライはＰＯとしてアンビア政府に雇われていたんだ」

久我は告げた。

「お前はサクライの友人なのか」

リベラは訊ねた。

「サクライは偶然、俺が運転しているタクシーに乗ってきて、名札を見た。俺も昔、アンビアにいた。それに気づいて、サクライはルンガの携帯電話を俺の車においていった。何かを伝えようとしたんだ」

久我は答えた。

「お前はその携帯を見たのだろう」

木曾はいった。

「アンビアで起こっている爆弾テロの日付が打ちこまれていた」

「それが何だというんだ」

木曾が訊いた。

「日付には未来のものもあった。アンビア政府の人間であるルンガが、なぜテロの起こる日を知っていたんだ」

木曾はリベラを見た。リベラは無表情だった。久我はリベラにいった。

「あんたなら知っている筈だ」

「知らない」

リベラは答えた。

「嘘だ」

久我はリベラに銃を向けた。木曾があわてたようにいった。

「よせ」

「こいつを殺せ、キソ！」

リベラは木曾を見向きもせずにいった。そのとき、通用口が押し開かれ、男たちがなだれこんできた。先頭に拳銃を手にした竹内がいた。

「手前！」

竹内は久我を見るなり、いきなり発砲した。久我は身を伏せた。木曾が倒れこんだ。

「あっ、馬鹿！」

うずくまっていた木曾の手下が叫んだ。竹内は木曾を誤射したのだ。リベラが木曾の落とした銃に手をのばした。

久我は天井の照明を撃った。二発目で命中し、まっ暗になる。

「撃つな！　撃つな！」

誰かが叫んだ。久我は体を低くして通用口のあった方角に突進した。そこにいた者をつきとばし、通用口から外に転げでた。

「逃げたぞ」

「追えっ」

叫び声がした。通用口の扉に向け、三発を撃ちこむと、声がやんだ。

久我は全力で走った。運河があり、手にしていたグロックを投げこんだ。息があがるまで走りつづけ、広い通りにぶつかったところでタクシーに手をあげた。

よしえを救いだすことはできたが、事態をより悪化させてしまった。リベラは本気で久我を狙うだろう。

木曾が竹内に誤射された今、リベラは井田連合との関係を解消するかもしれなかった。怪我のていどはわからないが、久我たちへの復讐を、リベラに思いとどまるよう、木曾が説得できるとは、とうてい考えられない。むしろ、リベラはヌールと組むのではないか。

倉庫の中でのやりとりから、久我は、爆弾テロと「ヌワン」の関係についてリベラが何かを知っていると感じた。木曾は知らない。

このちがいが、彼らの袂《たもと》を分かつことにつながる。

よしえのいった通りだ。自分は東京にいながらにして、アンビアに舞い戻ってしまった。そこには「ヌワン」に加え、リベラとの戦いまで待ちうけていた。

21

「木曾の怪我のていどはわからないが、足を撃たれた二人といっしょに病院に担ぎこまれる筈だ」

久我はいった。タクシーの運転手に借りた携帯で和田を呼びだし、銀座の並木通りにある深夜営業の喫茶店で、よしえと和田に会うことができた。

「命にかかわるほどの大怪我でない限り、弾傷や刺し傷をこっそり治療してくれるかかりつけを連中はもっています。そういう病院なら通報を恐れる必要はありませんから」

和田が答えた。久我は息を吐いた。

「あんたに手間をかけさせたのに収穫はなしか」

「木曾の手下を撃ったのが誰かは、教える気はないのでしょう？」

和田の問いに久我は無言で頷いた。

「ですがこれでアンビア大使館員が井田連合と組んでやっていた密輸ビジネスはおしま

いです。メキシコのカルテルは、久我さんの首をもってくるまで、木曽たちとは組まない。とはいえ、あなたを的にかけたら我々に徹底マークされる。井田連合はしばらく動きがとれません。いずれは、わかりませんがね」

和田の言葉に、よしえは表情を曇らせた。

「いずれは、わからない？」

「彼らにもメンツがある。元傭兵とはいえ、カタギにいいようにやられて、忘れてはくれないということです。いつか必ず仕返しはある。ですが、それをすぐにしたら検挙されます。したがって時間がたち、警察や久我さんの警戒がゆるんだ頃、襲ってくる」

「そんな。では一生、安心はできないということですか」

よしえの問いに和田は久我を見つめたまま頷いた。

「日本にいる限りは」

「そうなの？」

よしえが久我に訊ねた。

「今は木曽たちより、リベラとヌールだ。二人は、君も狙ってくる。日本にいちゃいけないのは、まず君だ」

よしえは小さく頷いた。

「わかっている。わたしは甘かった。本当に殺されるかもしれないと思った」

「やくざも容赦はしないが、リベラとヌールはもっと残酷だ」

「姉に連絡して、パリにでもいく。あなたはどうするの？」

「まだ謎が解けていない」

「それをつきとめて何があるの？　日本の警察だって、どうすることもできない」

「確かにそうかもしれない。だがこのまま忘れることはできそうにない」

「市倉さんのおっしゃる通りです。麻薬カルテルが、アンビアで『ヌワン』と組み何をしているとしても、日本の我々には手をだせません。警察官としては、はなはだ心苦しいのですが、久我さんも日本を離れることをお勧めします。井田連合はとにかく、リベラやヌールからあなたを守るのはかなり難しい」

「そんなことを認めてしまっていいの？」

よしえが怒ったようにいった。和田は息を吐いた。

「なぜ私が個人として今夜動いたのか。もし警察官として行動していたら、今後、私を含む複数の警察官の命が危険にさらされると思ったからです」

よしえは首を傾げた。

「和田さんのいう通りだ。日本の警察は『ヌワン』やメキシコのカルテルのような連中と対決したことがない」

「でも仕事でしょう」

「確かに仕事だが、いきなり戦場にひっぱりだされるのと同じだ。何の準備もないまま撃ち合いに巻きこまれる。日本の警官の大半は、そんな訓練をうけていない」

久我がいうと、よしえはうなだれた。

「久我さんのおっしゃる通りです。卑怯に聞こえるかもしれませんが、私は警察官の命を守りたい。久我さんややくざの命よりもね」

和田がいった。

「久我さんの命より？」

よしえが聞きとがめた。

「久我さんは、自分で自分の命を守れる。少なくともありきたりの警察官より、はるかにそうしたスキルをおもちだ。だからこそ今夜、あなたを助けだせた。もし警察の部隊が投入されたら、死人がでたかもしれない。市倉さんを含めて」

和田は答えた。

「その話はもういい。俺はまだ日本を離れない」

久我がいうと、よしえは目をみひらいた。

「どうして?!」

「謎が解ければ、ヌールやリベラとの対決を回避できるかもしれない」

「嘘。謎を解いたら、彼らはよりあなたを殺そうとする。そうでしょう？」

よしえの言葉に久我は息を吐いた。

「かもしれない。いずれにせよ、対決なしで事態の収拾はない」

和田に目を向けた。

「本当は、あんたもそう思っているだろう?」

和田は目をそらした。

「事態の収拾については、その通りです。ですが、そこに至るような市街戦をあなたたちがくり広げるのを、座視するわけにはいきません」

「市街戦? そんなことにはならない。俺はそんな武器をもっていない」

「森くんは令状をとって、久我さんのお宅を捜索すべきだといっていました」

「やってもいい。本当にもっていない」

「今夜、あなたに協力したお仲間はどうなんです。少なくとも拳銃をもっている」

「もう処分した」

和田の目が鋭くなった。

「処分した、とは?」

「あのあたりの運河に投げこんだ」

「ではリベラやヌールがあなたを狙ってきたら、どう対処するのです?」

「それはそのとき考える」

「無関係な人間を巻きこまないように。警察官も含めて」

和田の目は真剣だった。久我は頷いた。

「努力する」

よしえを見て告げた。

「さあ、家に送る。少しでも早く、国外にでたほうがいい」

「空港まで、私も同行します。久我さんはともかく、市倉さんに何かあれば後悔します」

和田はいい、久我とよしえを見比べた。

「それともお邪魔ですか?」

「いや。そうしてくれると心強い」

久我は答えた。


よしえは荷造りをする間、ずっと無言だった。久我に、いっしょにいてほしいと願っていることは痛いほど伝わってくるが、和田がいるのでその気持をぶつけられずにいるのだ。

できれば久我もそうしたいと思う。だが久我が今国外にでれば、「ヌワン」もリベラのカルテルも、まちがいなく追ってくる。相手は日本の暴力団ではないのだ。国際的な組織をもち、どこにいようと安心できない。よしえをそれに巻きこむわけにはいかなかった。

久我が日本にとどまれば、とりあえずよしえは安全だ。連中は久我をしとめることに躍起《やっき》になる。

夜が明ける頃、久我は和田と、荷造りを終えたよしえを軽ワゴンに乗せ、成田空港へと向かった。午前八時台のソウル行きの便をとり、ソウル発パリ行きに乗りかえるルートをよしえは選んだ。パリにさえいけば、姉の和恵の住まいに身を寄せられるという。

「パリに着いたら無事を知らせてくれ」

手荷物検査場へと進むよしえに久我は告げた。よしえは黙って久我を見つめ、我慢できなくなったように抱きついてきた。

「死なないでよ」

耳もとでいう。

「約束する。それより、こんなことに君を巻きこんですまなかった」

久我が返すと、よしえは一度体を離し、目をのぞきこんだ。

「忘れてるのね。あなたも巻きこまれた、ということを。巻きこんだのは姉のフィアンセなのに」

「もちろん忘れちゃいない。だが俺がこうなったことには理由がある」

「アンビア」

よしえがいい、久我は頷いた。

「そうだ。どこにいても俺の一部はアンビアにとらわれていた。君もそういった」

「ええ」

「自分をアンビアから解き放つチャンスだと思う」

よしえは手の甲で久我の頬に触れた。

「そうなったら、夜眠れる」

久我は頷いた。

「隣に君がいたら、もっと楽しい」

よしえの目がうるんだ。

「終わったら必ず知らせてよ。別の女を隣に寝かせたら、承知しないから」

久我はよしえの唇に唇を押しつけ、検査場の入口へとよしえの体を押しやった。

よしえの姿が見えなくなるまで見守る。

「ほっとひと息ですね」

離れた位置にいた和田が歩みよってきていった。

「あんたも巻きこまれたな」

「それが仕事ですよ。ヌールに接触する方法を探します」

和田はいった。久我はふり返った。

「接触したら国外逃亡される危険がある、と考えていましたが、久我さんにそこまで執着しているなら、ちょっとやそっとでは日本を離れない。あなたもそう考えたから、日本に残った。彼女をこれ以上危険にさらさないためにも」

久我は頷いた。

「奴の住居を知る方法がある」

久我はいって、ヌールが川崎の高熱処理場に現われたとき、乗ってきたタクシー会社の名と車番を告げた。

「どこから乗せたのかを問い合わせれば、手がかりになる筈だ」

和田はメモをした。

「大使館に問い合わせても、素直には教えてもらえないだろうと思っていたので、助かります」

スカイライナーで東京に戻るという和田と別れ、久我は木更津に向かった。

こうなってみると、古民家を手に入れておいてよかったと思う。自宅や城栄交通には当分近づけない。木更津の古民家の詳しい位置を知る人間は、周囲にはひとりもいない。

古民家に到着したのは昼近くだった。途中のコンビニエンスストアで仕入れた弁当を食べ、久我は眠った。さすがにへとへとだった。

目が覚めると、外は薄暗くなっていた。風呂をわかして入り、やりかけの作業をしようとして、思いだした。

西麻布のクラブ「シンギュラリティ」のセキュリティ、アリの話を訊きそこねた。ソマリア人のアリは密輸の運び屋として、アンビアの麻薬組織ともかかわっていた。「ヌワン」と麻薬組織の関係について、何かを知っているかもしれない。

深夜になったら東京に戻り、「シンギュラリティ」にアリを訪ねよう、と久我は決心した。

作業を始め、二時間ほど没頭した。午後八時になったので、アダムの携帯を呼びだした。

「無事だったか、ジャン」

「おかげさまで。彼女は国外に渡《た》った。助かったよ」

「警察は動いているのか」

「ヤクザが訴えない限り、動かない」

「リベラは?」

「それにはまず俺を見つけないとな」

アダムは息を吐いた。

「グロックはどうした?」

「運河に投げこんだ」

「するとお前はまた丸腰か」

「ガイジンのお前とちがって日本人の俺は、ずっと銃をもっているわけにはいかない」

「ガイジンだって難しい」

「わかってるんだ。トウキョウでDGSEの仕事を手伝っているのだろう」

DGSEは、フランスの情報機関、対外治安総局の略称だ。日本における工作員の数が少ないので、外人部隊でのアダムの経験を買ったフランス政府がリクルートしたのだ。

「誰に聞いた」

「俺にも話があった」

「ジャンにも?」

「連中はフランス語を喋れない人間を信用しない」

アダムは笑った。

「なるほど。断わったのか」

「断わった。銃や爆弾とは無縁な生活を送りたかったんだ」

久我は答えた。

「じゃあ、今のジャンの生活は何だ」

「人生には思わぬことが起きる」

「確かにな。死は、その最たるものだ」

「誰かを殺すのも、殺されるのも、たくさんだと思っていた」

「日本で人を殺したことがあるか」

アダムの声が真剣みを帯びた。

「ない」

「これからも殺さないつもりか」

「自分の身は守る」

アダムは黙った。久我は訊ねた。

「昨夜の話のつづきをアリから聞きたい。今夜は会えるだろうか」

「店にいる筈だ」

「じゃあ、訪ねていく」

「わかった。西麻布は六本木に近い。気をつけてな」

「アンジー」が六本木にあることを意識したのか、アダムはいった。

「ありがとう」

大きなため息が聞こえた。

「パートタイムの工作員のほうが、よほど平和な生活だぞ」

「そうかもしれないが、工作員だから平和なわけじゃない」

「タクシードライバーの仕事だって、撃ち合いじゃない筈だ」

「いったろう。俺はまだ日本で人を殺してはいない」

「信じるよ。だがあそこからどう逃げだしたんだ？」

「あの場にはプロのガンマンがいなかった。いたら、殺したか、殺された」

「リベラはプロを用意するぞ。必要ならアメリカやメキシコから呼び寄せる」

「その可能性はあるな」

「でくわしたら最期だ」

「でくわさないようにするさ。幸いなことに俺は日本人でここは日本だ。ガイジンのお前とちがって、日本で日本人を捜すのには手間がかかる」

「なるほど。じゃあ俺はバカンスにでかけるとするか」

「それがいい」

久我はいった。

「絵葉書を送る」

アダムは電話を切った。

リベラはアダムの顔を見ていないが、久我がＰＯだった頃の仲間だと見当をつけるだろう。そうなれば、見つかるのは時間の問題だ。

これでアダムを巻きこむ心配も減った。

残るは自分ひとりだ。

22

午前零時少し前に、久我は西麻布に到着した。

「シンギュラリティ」が入ったマンションのエントランスにアリは立っていた。

「きのうはすまなかった。急用ができたんだ」

歩みよった久我がいうと、瞬きをした。

「ああ……。アダムさんの友だち」

「そうだ。ゆっくり話したい」

アリは腕時計をのぞき、エントランスをはさんで反対側に立つ、もうひとりのセキュリティの黒人に話しかけた。久我の知らない言葉だった。ソマリ語のようだ。黒人が頷くと、アリは久我を見た。

「今、大丈夫です」

二人は西麻布の交差点にあるカフェテラスに入った。客の半数は外国人だ。

アリがコーラを、久我がコーヒーを頼んだ。

「運び屋をしていたそうだな」

表情を読みにくいアリの目が鋭くなった。

「警察じゃないから心配するな。リベラという名を知ってるだろう」

アリは怯えたようにあたりを見回した。

「声、大きいです。その人、日本にいます」

「彼の組織にいたのか」

「ソシキ?」

「会社だ」

アリは頷いた。

「でも私、下っ端でした」

「彼の会社は『ヌワン』とつながりがある。『ヌワン』はわかるな」

アリは激しく瞬きした。黒い額に汗が浮かんでいる。

「『ヌワン』はとても恐しい。アンビアでは子供でも知ってる。あなた、どうして知ってますか」

「俺もアンビアにいたといったろう」

アリは黙りこんだ。やがて訊ねた。

「あなた、SAFの人か」

久我は首をふった。

「いや。だが同じような会社にいた」

アリは息を吐いた。

「私のいた会社、ＳＡＡＦと仕事していました」

リベラの組織と桜井のいた民間軍事会社にはつながりがあったのだ。

「ＳＡＡＦは何の仕事をしていたんだ？」

「荷物の警備。アンビアは、トラックジャック多いです」

「荷物というのは、ドラッグだな」

アリは頷き、内戦が長くつづいたアンビアには武器が溢れ、終結したとはいえ、民兵の集団がそこここに山賊のような縄張りをもっているのだ、と話した。麻薬に限らず、物資を輸送するトラックは、常に民兵の標的にされる。

「リベラがＳＡＡＦに金を払っていたのか」

「ちがいます。国の治安部隊が護衛についていました」

「港から護衛したのか」

「港から？　港へいくのに護衛したんです」

「港へ？」

「オンノボの外れにある工場からドラッグを港に運ぶとき、護衛がつくんです」

「工場……」

アリは顔を近づけ、小声でいった。

「工場のオーナーは本当は役人です。原料をメキシコから運んで、その工場で作ります。メタンフェタミン。儲けは政府にも入る」

メタンフェタミンとは覚せい剤だ。久我はゆっくり息を吸いこんだ。

「でも、何回かジャッカーに襲われた。そこで考えました。テロがあると警戒が厳しくなり、ジャッカーはでてこない。だからテロが起きたら、すぐに運びます」

「警戒が厳しくなる？」

「道が封鎖され、街に軍隊や警察がたくさんいます。民兵はでてこられない。軍隊や警察と戦っても勝てないから」

「つまりそのタイミングで、港まで麻薬を運ぶのか」

アリは頷いた。

「トラック二台とSAAFの車二台。猛スピードでつっ走ります。一度、私トラックに乗りました。酔って吐きました」

運んでいるのが麻薬では、おおっぴらに軍隊に警護させるわけにはいかないのだろう。

「運ぶのはテロの直後か」

「だいたい次の日」

アリは答えた。その瞬間、久我にはからくりが読めた。テロは、麻薬を安全に輸送するために起きている。

「工場が襲われることはないのか」

「工場の隣に軍隊の基地があるから、それはないよ。でも工場で働いている人がトラックジャッカーに情報を流すから、荷をいつ送るかは、秘密になっていた」

最初は、本当のテロだったかもしれない。残っていた反政府勢力が事件を起こし、軍や警察が検問をおこなったので、トラックジャッカーが現われなかった。

そこで荷を送る前日に、テロを起こすことを考えた。SAAFにとって爆弾テロは一石二鳥の効果がある。輸送の安全度が高まることと、治安部隊としてアンビア政府に雇われる期間の延長だ。

「爆弾テロを起こしていたのは、SAAFの人間だろう?」

久我が訊くと、アリは激しく首をふった。

「私、知らない。そんなこと恐しくて、知りたくないよ」

久我は頷いた。SAAFでも、ごく限られた人間だけに与えられたミッションだったにちがいない。桜井は日本人で目立つため、当然、その任務から外されていた筈だ。外されていれば、テロがSAAFの仕業だとは知らない。それが、ルンガの護衛兼通訳をしていて、偶然知った。

政府の一部にメタンフェタミンの密造工場を経営する者がいて、その製品の輸送の安全を確保するため、市民の命を奪うテロがおこなわれている。それが公になれば、アンビア政府は転覆するかもしれない。

ルンガの携帯にテロの予定日が打ちこまれていたのは、政府内に麻薬組織だけでなく爆弾テロともかかわっている人間が存在する証拠となる。

桜井はそれを材料に金を得ようと考えたが、失敗したのか、あきらめたのかはわからないが、その携帯を久我に託した。

アンビア政府とSAAF、麻薬組織に「ヌワン」までが関係するからくりを読み解ける人間など、そうはいない。

かつて「ヌワン」と戦い、アンビアの内情に詳しい久我ならできると考えたのか。

いや、そこまで考える余裕が桜井にあったとは考えられない。だが、何かはできると思ったのだろう。

久我は息を吐いた。

自分は、桜井が告げたくても告げられなかった真実にたどりついた。しかしこの真実の公表は、アンビアをさらなる混乱におとしいれることになるだろう。

「私、もういいですか」

黙りこんだ久我にアリがいった。我にかえり、久我は頷いた。

「ありがとう」

アリがカフェテラスをでていったあとも久我はその場にとどまった。

携帯が鳴った。国外からだ。

「はい」

「パリに着きました。さっき姉の借りているアパルトマンに入れてもらったところ。こちらは雨が降ってる」

よしえの声がやけになつかしく聞こえた。

「無事でよかった」

「あなたは今どこ?」

「西麻布だ。謎が解けた」

「嘘!」

「本当だ」

「教えて」

「リベラはアンビア政府の一部と結託して、覚せい剤の製造工場をオンノボの郊外に造った。工場から『ヌワン』が支配する港まで安全に製品を輸送するために爆弾テロがおこなわれている。武装したトラックジャッカーがひんぱんに出没するので、街が厳戒態勢になるテロの翌日に、覚せい剤を運ぶんだ」

「じゃあテロは、トラックジャックを防ぐためなの?」

「そうなる」

「でも死傷者がでているのよ」

「それくらいでなければ、軍や警察は本気で警戒しない」

「検問とかで覚せい剤が見つかったらどうするの？」

「覚せい剤の輸送車を護衛しているのは、ＳＡＡＦ、政府に雇われた傭兵部隊だ。検問で止められる心配はない」

「いっていたわね。ＳＡＡＦがテロに関係しているかもしれないって」

「ああ。その場合、契約期間の延長だけが狙いなのかと思ったが、もっとひどい理由があったというわけだ」

「桜井さんはそのことを知っていたの？」

「日本でルンガの護衛兼通訳をしたときに知ったのだと思う。それをどうするつもりだったのか……」

「公表したらどうなる？」

「最悪の場合、アンビアは再び内戦状態になる」

　よしえは黙った。

「おそらく木曾たちは、アンビアでおこなわれていることまでは知らないだろうし、興味もない。日本人で興味をもつのは、アンビアにいた経験がある者だけだ」

「それであなたの車においていったのね」

「ああ」

「謎は解けた。それであなたは安全になった？」

「いや」

よしえがため息をつくのが聞こえた。

「世界に公表したらあなたは安全なの？」

「ヌールやリベラは、今以上に俺を許さないだろうな」

「じゃあ公表しても同じ？」

「俺に関しては。アンビア国内で何が起こるかは、予測がつかない」

「国連に勤めている知り合いがいる。その人に、何か方法がないか訊いてもいい？」

「かまわない」

「でもあなたを助ける方法は、きっとない」

久我は苦笑した。助かる道はひとつだけだ。

「それをこれから俺は探す」

「ほっとしているのでしょう。わたしが消えて」

「正直にいえばそうだ。昨晩俺を助けてくれた友だちも、近々、海外にでかける」

「あなたひとりになるということ？」

「ああ」

「おかしいわよ、そんなの。ひとりで全部と戦うわけ?!」

よしえの声が高くなった。

「どうなるかはわからない」

「嘘よ。戦う気でいる」

「もう切るよ。いかなけりゃならない」

「どこへ?」

「和田と会う約束だ」

嘘をついた。よしえは黙った。荒くなった呼吸だけが聞こえる。

「すまない」

久我はいった。

「なぜあやまるの?」

久我は答えずに電話を切った。

カフェテラスをでて、パーキングにとめておいた軽ワゴンに戻った。岡崎に電話をかけた。

「生きてたか」

岡崎はぶっきらぼうにいった。

「ええ。会社はどうです?」

「幸代の相番なら、空いたままだ」

「よかった。もう少ししたら戻れると思います」

「嘘をつけ。だが幸代にはそういっておいてやる。毎日、お前の話ばかりだ」

久我は微笑んだ。素直に嬉しかった。

「お願いします。それと、もし誰かが俺のことを訊いてきたら、辞めたといってくださ い」

「わかってる。よけいなことは喋らんさ」

礼をいって電話を切り、久我は軽ワゴンを発進させた。自宅に戻ることは考えていない。

二十四時間営業のディスカウントショップにいき、着替えと食料品を調達した。高速道路に乗り、木更津に向かう。

明朝、和田に電話をして、自分の推理を話すつもりだった。だがそれが真実だとしても、和田にできることは何もない。アンビアの覚せい剤工場を日本の警視庁は摘発できないし、爆弾テロを防ぐ手だてもない。

古民家につき、腹ごしらえをすると横になった。じっと夜明けを待つ。

カーテンのない窓の向こうから曙光がさし、鳥の鳴き声が聞こえる頃、久我は目を閉じた。

目覚めたのは四時間後だった。携帯にアダムからメールが届いていた。英文で、昼の便でベトナムに発《た》つと記されている。羽田空港のパーキングビルに車を止めていく、必要なら使ってくれとあり、駐車場番号が併記されていた。

顔を洗い、コーヒーを飲みながら、和田の携帯を呼びだした。和田は応えず、留守番電話に切りかわった。

「久我だ。手があいたら電話をくれ」

メッセージを吹きこみ、切った。ヌールとの接触がどうなったのかも興味があった。井田連合がヌールやリベラとの関係を断ったのかも気になる。和田なら、何らかの情報を得られるだろう。

それらの材料がそろったら、まずリベラと対決するつもりだった。リベラが国外からガンマンを呼び寄せる前に決着をつけなければならない。

メキシコかアメリカからガンマンがくるとしたら、まちがいなくプロだ。ＰＯだった時代、メキシコの麻薬組織が、軍の特殊部隊をそっくり丸抱えにしているという噂を聞いたことがあった。そんな連中と戦ったら結果は見えている。

最低でも四人はくるだろう。二人ひと組で、四人ないしは六人の部隊で仕事にあたる筈だ。ただしプロである以上、装備がそろうまでは、仕事にとりかからない。

日本で特殊部隊の装備を調達するのは不可能だから、何らかの手段でもちこむ他ない。それには時間がかかる。

久我に生きのびるチャンスがあるとすれば、その時間を有効に使った場合だけだ。依頼主であるリベラが消えれば、ガンマンは仕事をせずにひきあげる。

リベラの排除には、和田の協力が不可欠だ。

久我は古民家の修復作業をつづけながら、和田からの連絡を待った。

午後になっても和田からの連絡はなかった。

そのまま日が暮れた。久我は作業をつづけた。和田が連絡をしてこないのは、理由があるからだろう。〝うっかり〟連絡を忘れるような男ではない。

午後九時に作業をやめ、食事をとった。風呂をわかし、入る。

裸電球を点したきりの古民家を包む闇は濃い。

初めてこの家で夜を過したとき、手もとに銃が欲しいと思った。この闇の中から「ヌワン」が現われそうに感じた。

恐怖を払いのけるため、闇の中を歩き回った。「ヌワン」などいない、この日本で夜襲をうけることは決してないと、自分に納得させるためだ。

「ヌワン」のかわりに、鹿や猪《いのしし》、タヌキなどの獣を目にした。古民家の周囲の森には想像以上に野生の生きものが暮らしていて、それらの多くは、人間の目につかない夜間に行動する。

今は、この濃い闇を恐しいとは思わない。だが、闇に包まれて眠ることは、まだできなかった。

夜の森にはさまざまな音がある。虫の音、葉ずれ、生きものが茂みをすり抜ける足音、夜行性の猛禽類《もうきんるい》の鳴き声がどきりとするほど近くから聞こえるときもある。

生きものの気配に怯えなくなったのは、いつからだろうか。闇に潜む気配を「ヌワン」ではないと得心できた頃からか。

彼らを「友だち」だと考えるのは、人間の思いあがりだ。野生の生きものは決して人間をそうとは認めない。

危害を加えず加えられずの関係で充分だった。

餌付《えづ》けなど考えない。また、残飯や食料品を放置しない。一度でもあさることを教えてしまったら、関係がかわってしまう。

酒を飲もうかと考え始めたとき、携帯が鳴った。和田からかと思ったがちがった。表示されているのは竹内の番号だ。

「久我だ」

応えたが、竹内は何もいわなかった。

「もしもし、竹内さんだろう」

息づかいだけが聞こえる。しかたなく久我は待った。

「お前のいう通りだった」

やがて絞りだすような声がいった。

「何がいう通りなんだ？」

「ヌールだ。あいつはおかしい」

「何があった？」

「森って刑事の死体を処分しろといわれた。森を殺して、和田をさらった。お前のことを和田から訊きだすつもりだ」

久我は目をみひらいた。

「いつの話だ」

「今日の夕方らしい。どうやってつきとめたのかは知らないが、刑事が奴の家に訪ねてきて、そいつを殺《や》ったみたいだ。病院にいた木曾さんが向かっている」

「木曾は無事なのか」

「肩をかすったくらいだから、気にするなといわれたが、そうもいかねえ。指を詰めた」

竹内の声が裏返った。

「どうしてこんなことになっちまったんだ。木曾さんは最悪、ヌールと和田の両方を殺るしかないっていってるが、刑事殺しなんて冗談じゃねえ」

「警察に知らせろ」

「駄目だ。そんなことしたら、指じゃすまねえ」

久我は黙った。

「お前が何とかしろよ。お前ならできるだろう」

竹内はいった。

「和田はまだ生きているのか」

「知らねえよ、そんなこと。もう、あいつとはかかわりたくない。木曽さんは通訳が必要だっていわれて、しかたなくいったんだ」

「リベラもいっしょか」

「いや。リベラは俺たちに腹を立てていて、連絡がとれない。奴は奴で落とし前をつける気みたいだ」

「ヌールは、あんたが俺と連絡のとれることを知らないのか」

「知らない。なあ、頼むからあの野郎を何とかしてくれ」

「ヌールの家はどこだ」

警察に知らせる他ない。

「教えたら、タレこむ気だろう」

「あたりまえだ。和田が殺される」

「駄目だ。お前がやるんだ」

久我は息を吸いこんだ。

「ヌールに、俺と連絡がついたといえ。ただし和田が死んだら、俺はでてこない。生きている和田と交換で、会いにいく」

「もし、もし、和田がもう殺されていたらどうする」

「木曾はいつ、ヌールの家に着く？」

「病院が埼玉の山奥なんで時間がかかる。たぶん十二時を過ぎるだろう」

「通訳を求めた以上、それまでは殺さない筈だ」

久我はいった。竹内は否定しなかった。

「ヌールに連絡したら、本当にでてくるんだろうな」

「和田が生きていれば。殺されていたら警察に任せる。ヌールの家はどこだ？」

「俺も詳しくは知らないんだ。五反田だか大崎のあたりだって聞いたことがある」

久我は時計を見た。午後十時を二十分ほど回っている。

「夜明けまでにはヌールの家にいく。場所を調べて、知らせろ」

「どうやってお前と連絡をとったといえばいい？」

「俺のいたタクシー会社を通じて連絡がついた、と」

「わ、わかった。本当に、本当にくるんだな」

竹内は半泣きになっていた。

「和田を殺させるな」

久我はいって、電話を切った。

次にすべきことははっきりしていた。アダムから届いたメールを見る。

アダムは、羽田空港のパーキングビルに車を止めていく、必要なら使ってくれ、と打ってきた。それは単に車を使えという意味ではない。車の中に武器がおいてあるのだ。

軽ワゴンに乗りこみ、羽田空港に向かった。木更津からはアクアラインを渡れば、すぐ対岸で、一時間とかからない。

メールに記された駐車場番号を頼りに、アダムの車を捜した。

黒のボルボXC90が、該当する番号のエリアに止まっていた。軽ワゴンをかたわらに止め、久我は車体の下を指で探った。マグネットボックスに入ったキィが後部バンパーの裏側に留められていた。

ボルボに乗りこみ、軽ワゴンと入れかえる。

料金を支払ってパーキングビルをでた。首都高速には乗らず、環状八号線へと合流する道を走った。大鳥居の交差点で産業道路を右折し、大森方面に向かう。

上りの産業道路は、タクシーの空車が猛スピードで走っている。客を降ろし、都心へと戻る車ばかりだ。

産業道路が第一京浜と合流する手前で、久我はハザードを点し、ボルボを路肩に寄せた。リアゲートをもちあげ、トランクルームのカバーをめくった。大型のスーツケースが入っている。

周囲を見回し、巡回中のパトカーや警察官がいないことを確かめて、スーツケースの蓋を開いた。

思わず苦笑を浮かべた。AKMのショートモデル、AKS74Uが入っている。

世界で最も大量にでまわっているアサルトライフルAKMを短くし、口径も七・六二ミリから五・四五ミリに小型化した銃だ。特殊部隊向けに市街戦を想定して開発された。折り畳み式の銃床を縮めると、長さは五十センチに満たなくなる。三十発入りのマガジンが二本、弾丸の箱とともにあった。このモデルの基礎となったAK47は、人類史上最も多く生産された軍用銃で、アフリカにも溢れていた。重く、反動が大きいが、故障しにくく、砂漠や湿地帯でも作動不良が起こらない。名前の通り、一九四七年に最初のモデルが作られたにもかかわらず、七十年たった今も現役で使われている。

おそらくは、最も成功した旧ソビエト製の工業製品だ。ライセンス生産は、中国や東欧などの旧東側諸国だけでなく、イスラエルやイラン、インド、南アフリカなどでもおこなわれている。

ＡＫＳの他に拳銃が二挺あった。一挺はグロック17、もう一挺がマカロフの中国モデル59式だ。他にＡＫＳのバナナクリップ《弾倉》を詰められるタクティカルベストも入っている。日本の警官が装備しているリボルバーの三十八口径弾なら、至近距離でも貫通させない強度があるものだ。

拳銃用の九ミリ×19、九ミリ×18の弾丸五十発の紙箱も納められていた。

まずはこれらの銃に装弾しなければならないが、公道に止めた車内ではとうてい無理な話だ。

スーツケースの蓋を閉め、リアゲートを降ろして、久我はボルボの運転席に戻った。

しばらく考え、自宅に向かうことにした。ヌールが刑事たちを襲った今、久我の自宅をやくざが見張っているとは考えられない。

軽ワゴンを止めていた駐車場にボルボを止め、スーツケースをごろごろと転がしてマンションの部屋に戻った。

ほんの数日なのに、長く部屋に帰っていなかったような気がした。

スーツケースから三種類の銃をだし、きちんと作動するかどうかをチェックした。特にフルオート射撃をするＡＫＳは回転不良を起こしたら、目もあてられない。だが作動を確認するには実射する他なく、木更津の古民家ならともかく、このマンションでは不可能だ。

どの銃も新品ではなく、使用された形跡がある。経歴が不明なのは不安だが、入手経路が日本ではたどれないことを条件に、アダムが集めたにちがいなかった。

ＡＫＳのバナナ弾倉には三十発の五・四五ミリ弾が入るが、フルオートで撃てば、全弾を撃ち尽くすのに三秒とかからない。ただし弾倉のスプリングがへたっていたら、たちどころに作動不良を起こす。二本ある弾倉のうち、一本のスプリングに弱っている感触があり、久我は用心して、二十五発詰めるまでにとどめた。弾倉をフルロードして長時間が経過すると、反発力の弱ったスプリングは弾丸を押し上げなくなり、作動不良の原因となるからだ。

拳銃の作動は、二挺とも良好だった。グロックのほうが新しく、マカロフコピーは、銃身の塗りがところどころはげて地金が光るほど使いこまれている。

九ミリ×19は好きではないが、グロックをサブウエポンとして使うことにした。右の太股に留めるホルスターにさしこむ。マカロフは、サブのサブといったところだ。ホルスターに入れたグロック、ＡＫＳ、タクティカルベストなどをスポーツバッグに入れ、久我は竹内からの連絡を待った。

午前零時二十分、携帯が鳴った。表示されているのは竹内の番号ではなかった。

「もしもし」

応えた久我に木曾の声がいった。

「竹内から聞いた。刑事の命とひきかえにでてくるそうだな」

「和田は生きているのか」

「ああ、生きている」

「話をさせろ」

「まだ駄目だ。お前が警察にタレこんでいないとわかるまでは、こっちのいうことにしたがってもらう」

「ヌールのいうがままか」

「こうなっちゃしかたがない。毒食わば皿までって奴だ」

木曾はため息まじりにいった。

「ヌールもリベラも、俺を片づけさせたら、あんたらと手を切るかもしれない。取引できる組は他にいくらでもいる」

「そんなことはわかってる。だが、そう好きにはさせない。ここは俺たちの国だからな」

「俺がヌールを殺したら、どうだ」

久我はいった。

「刑事が生きている限りいっしょだ」

「結局、あんたらは貧乏クジを引かされた。ヌールもリベラもいざとなれば日本を離れればすむが、あんたらはそうはいかない」

「ごちゃごちゃうるせえ！　とにかくこっちにこい！」

木曾は声を荒らげた。

「こっちというのはどこなんだ？」

「五反田だ。車か」

「そうだ」

「車種は？」

「ボルボのＳＵＶだ。色は黒」

「駅前の東急のところまできたら、この番号に電話をしろ」

木曾はいって、電話を切った。

警察に通報すればとりあえず、自分の身は守れる。だが和田は助からず、この先ずっと「ヌワン」の影に怯えて生きる日々が待っている。

何よりもそれが嫌だった。日本の夜の闇に「ヌワン」は潜んでいないと一度は納得したのに、それがくつがえってしまう。

東京だろうと木更津だろうと、いつ闇の奥から「ヌワン」が現われるか、わからない。恐怖のために、まんじりともできない夜を過すのはごめんだ。ヌールを倒せば、「ヌワン」への恐怖も克服できる筈だと久我は思った。

五反田の東急ストアの前でボルボを止めた久我は木曾の携帯を呼びだした。このあたりは歓楽街で、タクシーのつけ待ちをしたことが何度もあった。

「木曾だ。どこにいる?」

「いわれた通り、東急ストアの前だ」

「車の頭はどっちを向いている」

「大崎のほうだ」

「だったら大崎駅に向かえ」

木曾はいって、電話を切った。久我が刑事をひき連れていないかを確認するつもりのようだ。

久我はいわれた通り、ボルボを発進させた。助手席に銃を詰めこんだスポーツバッグをおいた状態で、警官の職務質問にあうことだけは避けなければならない。

大崎駅の近くまできたところで携帯が鳴った。イヤフォンマイクで久我は応答した。これも警官の注目を惹かないためだ。

「どこだ?」

「山手通りを走っている。じき大崎駅だ」

「そのまま走りつづけろ。電話は切るなよ」

久我は言葉にしたがった。どうやらボルボの近くには木曾の手下の車がいるようだ。

山手通りと第一京浜が交差する北品川二丁目の交差点が近づいた。

「次を左だ」

黙っていた木曾が不意にいった。久我はウインカーを点し、ハンドルを左に切った。前にわりこまれたタクシーがクラクションを鳴らす。

第一京浜を左に曲がった。うしろに一台の車がついた。白のアルファードだった。品川駅の前を通りすぎ、泉岳寺の交差点が近づいた。

「また左だ」

木曾がいい、久我はいう通りにした。アルファードは少し間を空けてついてくる。尾行の有無を確認しているようだ。

伊皿子《いさらご》の交差点で、またも左折するよう指示が下った。高輪警察署の前で右折、桜田通りとぶつかったら左折、と木曾には久我の車の動きがはっきりわかっているようだ。

桜田通りが山手通りとぶつかる直前、

「左に寄せて止めろ」

木曾は命じた。

久我はボルボを止めた。アルファードも少しうしろで停止する。

「待て」

木曾はいった。久我は待った。

不意にアルファードが発進し、ボルボと並ぶように止まった。スライドドアが開き、中に銃をかまえた男が複数いるのが見えた。久我は助手席に身を躍らせた。男たちは日本人ではなかった。

ショットガンの銃声とともにボルボのサイドウインドウが砕け散った。

スポーツバッグをつかみ、助手席のドアから外に転げでる。銃声はさらにつづき、ボルボの車体をうがち、ガラスを粉々にし、タイヤをバーストさせた。

地面に伏せ、動かなかった。アルファードが急発進し、その場を離れた。テールランプが見えなくなると、久我は体を起こした。全身が汗に濡れ、手足が震えている。

罠にかけられた。和田に会わせるといっておきながら、木曾は殺し屋を送りこんだのだ。リベラが呼び寄せたガンマンかもしれない。

重たいスポーツバッグを抱え、久我は走ると、つけ待ちをしているタクシーの空車の窓を叩いた。銃声はあたり一帯にひびき渡り、パトカーが駆けつけるのも時間の問題だ。

ドアを開いた運転手に、久我は城栄交通の営業所の住所を告げた。

23

久我の姿を見て、岡崎は喜んだ。

「もう復帰か」

顔をくしゃくしゃにしていったが、すぐにそれがまちがいだと気づいたようだ。

「何があった?」

笑みを消し、訊ねた。

「主任は知らないほうがいい」

「まだ片づいてないってことか」

「より悪くなっています。車を借りていいですか」

「社の車か」

久我は頷いた。タクシーが一番安全だった。職務質問にあうこともないし、人目も惹かない。

岡崎は深々と息を吸いこんだ。

「ぶつけるなよ。幸代が困る」

久我は頷いた。

「朝には返します」

久我の目を見つめ、岡崎は頷いた。

「必ずだぞ」

タクシーに乗りこみ、「迎車」ランプを点して営業所をでた。スポーツバッグは助手席においてある。

携帯が鳴った。竹内の番号が表示されている。

「どうなった？」

久我が応えると同時に竹内は訊ねた。

「どうなった、とは？」

「木曾さんから連絡があった筈だ。ヌールを殺《や》ったのか」

久我は黙った。

「もしもし」

あせったように竹内はいった。

「あんたは今、どこにいる？」

久我は訊ねた。

「家だ。指詰めた包帯姿で出歩けねえ」

竹内の住居は西五反田だ。久我はその方向にタクシーを向けた。

「何が起きたか、聞いてないのか」

「お前がヌールを殺るっていってるって話を木曾さんに伝えたあとは、何も聞いてない」

「木曾は俺を五反田に呼びだし、殺し屋を送りこんできた。外国人の殺し屋だ。リベラが呼び寄せたようだ」

「嘘だ！　そんな話は聞いてねえ」

竹内は叫んだ。

「だとしたら、あんたは弾きだされたんだ。木曾はあくまでも、ヌールやリベラとつるむつもりだ」

久我は冷ややかにいった。竹内は言葉に詰まったように黙りこんだ。

「俺を殺そうとしたということは、和田を助ける気もない。その罪をあんたに背負わす気かもしれないぞ」

「ふざけるな」

「車をショットガンで穴だらけにされて、ふざけられるわけがないだろう！　あんたは切り捨てられた。あやまって木曾を撃った時点で、こうなることが決まっていたのかもしれないな」

「冗談じゃねえぞ」

「だったら今すぐ警察にすべてを話せ」

「そんな真似をしたら、刑務所にいったって命を狙われる」

久我は息を吸いこんだ。

「ヌールの家を教えられるか」

わずかに沈黙し、竹内は訊ねた。

「お前がカタをつけてくれるのか」

「そうするしかない。家で待っていろ。迎えにいく」

久我は告げて、電話を切った。

目黒不動に近い、竹内のマンションの前につくと、久我は電話で呼びだした。

木曾はあれからまったく電話をかけてこない。襲撃が失敗したことはわかっている筈だ。

次の手を考えているのか。

スウェット姿の竹内がマンションのエントランスから現われた。左手に包帯を巻いている。指を詰めたというのは本当のようだ。

久我は後部席のドアを開いた。竹内はとまどったようにドアを見やり、やがて乗ってきた。

「お前、仕事に戻ったのか」

「車を借りただけだ」

答えて久我はタクシーのドアを閉めた。反射的に指がメーターボタンを押していた。

「木曾さんに電話した」

竹内はいった。

「何といわれた」

「お前に電話をしたが、つながらない、と」

「信じるのか」

「まさか。俺の電話にでるのに、木曽さんの電話にでないわけがない。それと、リベラとどうなったかを訊いてみた。そうしたら、客人を預かってる、といわれた」

「客人の正体は訊いたか」

「メキシコ人だとしか教えてもらえなかった」

「プロのガンマンだ。仕事をさせるために呼び寄せたんだ」

それも考えていた以上に早く呼び寄せた。

リベラはリベラで、ルンガの一件以降、危機感をもっていたのかもしれない。それでガンマンの手配を急がせた。

「プロのガンマンだと」

竹内は絶句した。

「俺を殺し、場合によってはヌールも殺させる。麻薬カルテルの連中は、自分が助かるためなら誰でも殺すと聞いたことがある」

「仁義はねえのかよ」

「麻薬を買う奴は、世界中どこにでもいる。世間をせばめるという心配はしないんだ。

木曾も、それにしたがう他ないというわけだ」

「アンビアの連中がもちこむクスリのしのぎは、井田連合にもでかい。それを仕切っているのが木曾さんだ」

竹内は虚ろな声でいった。

「アンビアにメタンフェタミンの製造工場があるのだろう」

久我はいった。

「なんでお前、そんなこと知ってんだ」

ルームミラーの中で竹内が目をみひらいた。

「やはりな」

久我はつぶやいた。

「桜井から聞いたのか」

「ちがう。桜井は、もっと重要なことを俺に伝えようとしていた。結局伝えられなかったが」

「じゃあ誰から聞いたんだ?!」

「アンビアにいたソマリア人だ」

「何人だと?」

「もういい。それでヌールの家はわかったのか」

「木曾さんに聞いた。俺も合流するといったら、くるならこいといわれた」

「どこなんだ」

「御殿山だ」

久我はタクシーを発進させた。大崎駅を見おろす丘の上で、邸宅や高級マンションが集まる一角だ。

「マンションなのか」

「ひとつの区画に家が四軒並んでいるタウンハウスだといわれた」

複数の家で庭を共有する造りになった共同住宅だ。港区などに多く、外国人の住人が多い。

竹内は住所を口にした。久我はカーナビゲーションにそれを打ちこんだ。

「家の前まできたら電話をしろ、といわれた」

おそらくそのタウンハウスすべてにアンビア大使館関係者が住んでいるのだろう。

御殿山の坂の頂上にあるタウンハウスまで、十分とかからなかった。途中は中低層の高級マンションが立ち並び、一棟一棟の敷地が広い。

タウンハウスの正面は高さが二メートルはある門扉で、内部がのぞけない。

タクシーを止めた久我はいった。

「電話をして、運転手が釣りをもっていないので、千円札を貸してくれといえ」

「木曾さんを殺《や》るつもりじゃねえだろうな」

竹内が不安げに訊ねた。

「メキシコからきたガンマンがいるのに、木曾の相手をする余裕なんかない」

ましてヌールまで、ここにはいるのだ。「ヌワン」のことを説明しても、竹内にはとうてい理解できないだろう。

竹内は大きく息を吐き、スウェットから携帯をとりだした。耳にあてる。

「あ、竹内です。お疲れさまです。今、教わった住所の家の前まできたんですけど、運転手に釣りのもちあわせがなくて。千円札を貸していただけませんか」

はい、はい、申しわけありません、といって、竹内は電話を切った。

久我はその間に武装をすませていた。タクティカルベストをつけ、ホルスターを留め、AKSを手にした。

「そこにいろよ」

竹内に告げて、運転席を降りた。タウンハウスの門扉のロックが外れる音が聞こえた。

門扉が細めに開き、木曾が姿を現わした。三角巾で左腕を吊っている。久我には気づかず、タクシーの後部席にいる竹内めがけ歩みよった。

「何やってんだ！」

舌打ちしながら、手にした千円札をつきだした。その後頭部に久我はAKSの銃口をあてがった。

「大声をだすな」

木曾の体が硬直した。

「手前……」

目だけを動かして、久我を見る。木曾の背後には誰もいなかった。

「ガンマンはどこだ」

木曾は答えなかった。

「撃つな！」

「俺をハメた以上、覚悟はできてるということか」

後部席の窓をおろし、竹内が小声で止めた。

「竹内、手前」

木曾が歯ぎしりするようにいった。

「木曾さん、これは俺たちのケンカじゃねえ。こいつのケンカだ。ほっときましょう」

「何いってやがる――」

「俺らじゃ太刀打ちできない。こいつらプロです。見て下さい、こいつの格好を」

木曾はゆっくり首を巡らせ、久我を見た。

「本物なのか、それ」

ＡＫＳと太股のホルスターを見やり、訊ねた。

「プロのガンマン相手に、オモチャをもってくると思うか」

「どこでそんな道具を手に入れる」

久我は答えなかった。ただ銃口を木曾の胸に向けた。

「中に、うちの者はいるんですか」

竹内が訊ねた。

「帰した。この家は異常だ」

木曾は答えた。

「いるのはヌールとリベラ、それにリベラが呼んだガンマンだな」

久我はいった。

「くたばりかけの刑事とな」

「和田は生きているのか」

「ヌールが首をちょん切ろうというのを止めた。奴は部屋の中に、されこうべをいくつも飾ってやがる。もうひとりいた若い刑事の首を庭に埋めるところを見た。そうすると早く骨になるそうだ」

嫌悪の表情を浮かべて木曾はいった。

「おかしいんですよ、あいつは。手を引きましょう」

竹内がいった。

「このまま逃げろってのか」

「そのほうがあんたらのためだ。戦闘になるぞ」

「ヘイ！」

門扉の向こうから声がかかった。不審を感じたようだ。木曾が英語で叫んだ。

「心配するな。すぐ戻る！」

「オーケィ」

木曾は久我を見つめた。

「残りたいといったら？」

「あんたらをこの車のトランクに閉じこめて中に入る」

「だったらそうしてくれ。万一、お前がくたばったとき、逃げたと思われたら、俺らも狙われる」

木曾はいった。久我は頷き、タクシーのトランクを開いた。

「入れ」

木曾と後部席を降りてきた竹内は顔を見合わせ、トランクの中に体を押しこんだ。男二人ではかなり窮屈だが、木曾と竹内は文句をいわなかった。

「ガンマンは何人だ？」

「四人」

木曾の答を聞き、久我はトランクを閉めた。門扉に歩みより、すきまから中をのぞく。

家は四軒あり、そのうちの一軒が、一階と二階の明りを点している。

警察を呼んでも、ここが大使館員の住宅だとわかれば、すぐには踏みこまない。その間に和田は殺されるだろう。

中庭には白のアルファード、レクサス、メルセデスと三台の車が止まっていた。アルファードのかたわらに、黒の野戦服を着けた男がいた。ポンプ式のショットガンを手にしている。

狙い撃つのはたやすいが、銃声が聞こえたとたんに、屋内にいる連中は守りを固める。発砲は、すべての敵の位置がわかってからにしたい。

野戦服の男は首につけたインカムで誰かと交信していた。スペイン語だった。交代で見張りをつとめているようだ。

久我は待った。幸いにこのタウンハウスは坂の頂上にあり、用のない人間は近づかない。

はいていたブーツから靴ヒモを抜きとった。

やがて野戦服の男が痺《しび》れを切らしたように、再び門扉に近づいてきた。

「ヘイ！」

扉の向こうから呼びかける。

久我は地面にしゃがむと、靴ヒモの両端を両手の拳に巻きつけた。この状態では銃が使えないが、音をたてずに仕止める方法はこれしかない。全身に汗がふきだす。

野戦服の男はショットガンを背中に隠して門扉のすきまから首をつきだした。口ヒゲをたくわえた浅黒い顔を、久我はアルファードの後部席で見ていた。

すばやく靴ヒモを男の首に巻きつけ、ひきずり倒した。背中に膝をあてがい、絞めあげる。

一瞬、男の手が地面をひっかいた。それ以上の抵抗はない。やがて体が痙攣《けいれん》し、動かなくなった。後悔と安堵の混じった、複雑な感情がこみあげる。後悔は、この日本で人を殺してしまったことに対してで、安堵は、反撃されずにすんだことにだ。

靴ヒモをブーツに戻し、殺した男の首からインカムをとりあげ、野戦服を探った。身分証の類は一切ない。腰にベレッタの軍用モデル、M9を留めている。命中精度は高いが耐久性に問題があるといわれているM9を使いたがるプロは少ない。同じ九ミリなら、グロックかSIGを使う。

ショットガンはレミントンのM870で、野戦服のポケットに12番ゲージのショットシェルが詰めこまれていた。

ポンプ式ショットガンとM9という装備は、いかにも二流のガンマンを思わせた。メキシコから急いで呼び寄せられるのが、このていどの連中しかいなかったのかもしれない。

久我にとっては幸運だった。特殊部隊あがりの、腕のいい相手だったら、これほど簡単にはかたづかない。

男はブーツにコンバットナイフをさしこんでもいた。これも二流の証だ。ブーツにナイフを入れるのは、車内や屋内などすわっている状態に限られる。立って装備するときは、利き腕とは反対側の肩か、タクティカルベストの背中側などに留める。

久我はコンバットナイフをベストの背中側にさしこんだ。ショットガンはそのままにしておく。これ以上銃をもつと素早い移動ができなくなるし、和田が生きているとわかった以上、広範囲に弾着が広がるショットガンは使えない。

AKSを腰だめにし、タウンハウスの中庭をうかがった。インカムのイヤフォンからは何も聞こえてこない。ガンマン三名とリベラ、ヌールの五人がまだ残っているし、場合によってはヌール以外の大使館員もいるかもしれなかった。

「――」

イヤフォンからスペイン語が流れでた。意味はわからないが、見張りの男に呼びかけているようだ。

久我は門扉をくぐった。体を低くし、中庭に止められたアルファードに走りよる。明りのついたタウンハウス側から身を隠すように、アルファードに体を押しつけた。

さらにスペイン語の呼びかけがインカムから流れた。

久我は体を低くしたまま、周囲を観察した。

タウンハウスは、二軒つながった棟が、中庭をはさんで向かいあっている構造だ。久我が体をさらしているのは、明りの消えた二軒で、アルファードの向こうに明りのついた一軒ともう一軒がある。

ここが戦場なら、明りのついた部屋に全員が集まることはない。闇の中から狙撃される危険があるからだ。

明りのついた家の、中庭に面した部屋に人影があった。ひと目見てリベラだとわかった。

スーツを着け、ソファに深くかけている。その背後に、ショットガンを手にしたガンマンがひとり立っていた。ヌールを含め、あと三人の位置がわからない。

中庭に面した窓には半分ほどカーテンが引かれている。あるいはそのカーテンの陰かもしれないと考え、久我はアルファードの車体にそって移動した。フロント側からリア側に回り、首をのばした。

カーテンの陰に、人影がふたつあった。ひとつはうずくまるように、床に直接すわっているようだ。もうひとつはそのかたわらに立っている。

床にすわっているのがヌールだろうか。が、まるで動く気配がない。

久我は地面に腹這いになった。中庭に植物は一切なく、車の陰をでると遮へい物は皆無になる。味方は明暗だけだ。明りのついた屋内からは、中庭を見通せない。

匍匐《ほふく》前進だ。ミミズが動くように、ゆっくりと音をたてず、タウンハウスに近づく。

匍匐前進を始めたとたん、自衛隊時代の訓練、外人部隊での戦闘を体が思いだした。

初めて実弾が頭上をかすめたとき、不思議だが実感がまるでなかった。

十センチ頭が上にあったら死んでいた。なのに、恐怖を感じなかった。恐怖を感じるようになったのは、さらに実戦に参加し、仲間が被弾するのを見てからだ。それからしばらく、銃声を聞くと体が硬直した。

闇雲に逃げようとするよりはいい、と上官にいわれたのを思いだす。恐怖にかられ、急な動きをする者は、標的を探す敵に一番見つかりやすい。

最悪なのは動いた兵士に向け敵兵がいっせいに引き金をひいた結果、その兵士の近くで流れ弾を浴びてしまうことだ。

――パニックにかられ逃げようとする奴が隊にいたら、首をつかんで引き止めろ。さもないと自分が殺される羽目になるぞ。

口がからからに渇いている。いつものことだ。水はもっていないし、もっていても飲む動作などできない。そうわかっているから口が渇くのだ。

十センチ進むのに一分かける。やがてうずくまっている人間の輪郭がカーテンごしに見えてきた。

顔のあたりに赤い線がある。和田だ。赤いフレームの眼鏡をかけていたのを思いだした。

AKSを顔の前でかまえた。和田におおいかぶさるように立っているのがヌールだった。手にした巨大なナイフがカーテンごしに光った。

思わず人さし指がトリガーにかかった。これを一瞬しぼりこむだけで、ヌールの体に四、五発叩きこめる。

そのときだった。インカムと背後の両方から同じ叫び声が聞こえた。久我はとっさに体を仰向けにした。

アルファードのそばにガンマンが二人いた。ひとりがショットガン、ひとりがM9を手にしているが、くっつくように並んでいる。

ためらわず腹の上でかまえたAKSの引き金をひいた。銃口をひっぱられるような衝撃とともに、弾着が左下から右上へと流れる。向かって左側にいたガンマンの右脚、腹から、右側のガンマンの胸へと、斜めに五・四五ミリが飛んだ。

二人が倒れるのを見届けず、久我は体を起こした。正面のタウンハウスの窓を破って、銃弾が飛来した。

ぐるぐると地面を転がり、止まっていたレクサスの陰にとびこんだ。リベラが鬼のような形相で、銀色のリボルバーをこちらに向けている。

ガンマン二人は反対側の暗いタウンハウスの中にいたのだ。無言で撃たれず、幸運だった。

久我は膝をつき、AKSを肩づけした。リベラの体の中心にサイトを合わせ、引き金をしぼる。弾倉が一瞬で空になったが、砕けた窓の向こうでリベラが倒れこむのが見えた。

新たな弾倉をタクティカルベストから抜き、入れかえる。こちらはスプリングがへたっていて、二十五発しか入っていない。

あとガンマンひとりとヌールだ。

即座に移動する。それが正しかった。ショットガンの銃声とともに、レクサスの車体がうがたれた。左脚に痛みが走る。ショットガンの小さな鉛弾が食いこんだのだ。どこから撃たれたのかはわからないが、リベラのうしろにいたガンマンにちがいない。

AKSをタウンハウスの屋根の方角に向け、発砲した。移動するための自己援護射撃だ。屋内に撃ちこんだら和田を誤射する危険がある。要は相手をひるませればよい。プロのガンマンは撃たれているときに撃ち返すことはしない。

AKSは四、五発、弾丸を吐きだしたところで沈黙した。カートリッジが排莢《はいきょう》口からつきでている。案の定、作動不良を起こしたようだ。

焦るな。自分にいい聞かせ、ＡＫＳを捨てグロックを太股から抜いた。ショットガンの銃声が襲い、今度はアルファードの窓と車体に銃弾がくいこんだ。

中庭をよこぎり、門扉に走りよった。敵の位置をまず確かめることだ。屋内にはいない。いれば標的にされるとわかっている。

久我は門扉のかたわらにうずくまった。三台の車が遮へい物になり、射線は限られるが、それは敵も同じだ。

片膝をつき、グロックを顔の前でかまえた。手をのばして拳銃をかまえるのは、映画の主人公だけだ。実戦では両肘をしぼり、どんな動きをしても体の正面から銃が外れない位置におく。

明りのついた家の玄関扉が細く開いていた。ガンマンはそこから外にでたのだ。

ゆっくり久我は体を回した。人さし指はトリガーガードにおいている。

暗いタウンハウス棟とメルセデスのあいだに何かを感じた。

交戦時は、異常に勘がとぎすまされる。見ていない筈なのに、直前までそこにいた人間の気配を感じとったりする。

トリガーに人さし指をすべらせた。息は止めない。口を開き、浅く呼吸をしている。

気配を感じた中庭の闇の中で、何かが屋内の光を反射した。

トリガーをしぼった。たてつづけに九ミリ弾を放つ。三発目を発砲した瞬間に、そこから男が立ちあがった。ショットガンを腰だめにしている、その顔の中心に四発目を叩きこんだ。男はまうしろに倒れた。

トリガーから指を外し、しゃがんだまま移動した。レクサスの陰に入り、見える範囲に敵がいないことを確認した。

グロック内にはまだ十三発弾丸が残っている。確認した敵の残りは、あとひとり。ヌールだけだ。

危険だが屋内に入らなければならない。和田の安否を確認する必要がある。

車から車に、身をかがめたまま移動した。五人いるうちの四人を倒したからといって、死の危険が八十パーセント消えたわけではない。たったひとりの放つ一発で、死は訪れる。

細めに開いた扉をメルセデスの陰からうかがった。足もとに今殺したガンマンの死体がある。

何の物音も聞こえない。銃声は御殿山の丘の上から響き渡っている。パトカーが駆けつけるまで、せいぜい二、三分といったところだろう。

いきなり玄関の扉が開いた。現われたのは、リベラのボディガードだった。ステンレスモデルのオートマチック拳銃を両手でかまえている。自分の血なのか別の誰かの血なのか、青いシャツが赤く染まっていた。

ボディガードは久我が遮へい物にしたメルセデスめがけ走り寄ってきた。

久我はそのまま動かなかった。メルセデスのドアに手が届きそうになって初めて、ボディガードは反対側にしゃがむ久我に気づいた。銃をこちらに向ける前に、メルセデスのサイドウインドウごしにその胸を二発撃った。

あと十一発。予備の弾倉はない。マカロフはスポーツバッグの中だ。

久我はボディガードがとびだしてきた扉に走り寄った。もし中にヌールがいたら、ボディガードが撃たれた瞬間に、反撃してきた筈だ。他への攻撃に気をとられている敵は、格好の標的になる。

扉を引き開け、顔をのぞかせると一瞬でひっこめた。内部に誰かいれば、反射的に発砲してくる。

弾丸は飛んでこなかった。それでも久我は待った。ベテランの兵士なら、今の陽動にひっかからず、待ちかまえている可能性もある。

二十数え、さらに十数えて、再び顔をのぞかせ、ひっこめた。見える範囲には誰もいなかった。

扉の内側に入った。ヌールが屋内にいる確率は五分五分だ。ガンマン二人を撃ち倒して以降、ヌールが移動する時間はたっぷりあった。

腰をかがめ、グロックを顔の前でかまえて、久我は屋内を移動した。和田を見た、中庭に面した部屋をめざす。

最初に入った部屋には腐臭がこもっていた。

祭壇のような、白木の棚があり、腐臭はそこから漂ってくる。棚には「ヌワン」の旗である、黒地に赤い星をかたどった布の上に、紙包みがふたつ並べられていた。紙包みはパラフィンで、大きさが三十センチ四方くらいある。周囲にロウソクが立っている。

ひと目見て、その中身の見当がついた。アンビアで見たときは、祭壇に直接、頭蓋骨とロウソクが飾られていた。

紙包みのひとつは桜井の頭にちがいない。部屋の隅にビニールシートの包みがあり、人間の足がのぞいている。久我は先に進んだ。

中庭に面した部屋にでた。中央に、リベラの死体がある。和田の姿はない。

倒れたソファの陰で、小さく咳こむ声が聞こえた。久我はグロックをかまえたままソファを回りこんだ。

血まみれの和田が壁によりかかっていた。

「生きていたか」

久我はかたわらにしゃがんだ。

和田はかなり痛めつけられていた。ナイフで頬を刻まれ、体を刺されていた。血だまりが周囲にできている。

閉じていた瞼が痙攣し、開いた。

「く、が、さ、ん。どうして、ここが……」

「竹内が知らせた。あんたたちがヌールに襲われたと」

和田は目をみひらいた。

「も、り……」

久我は首をふった。和田は顔をくしゃくしゃにして、久我の腕に手をかけた。

「外から撃ったのはあんたか」

久我は頷き、訊ねた。

「ヌールはどこだ？」

「わからない」

久我はあたりを見回した。

「もうすぐ助けがくる。動くなよ」

「喋らない」

和田がいった。

「何？」

「あんたのことは喋らない。だから、あいつを……」

久我の腕にかけた和田の手に力がこもった。

「ヌールを、殺せ」

ささやくような声だが、はっきりと聞こえた。

久我は和田の目をのぞきこんだ。出血が激しく、助かる確率は五十パーセント以下だろう。

「あんたしか、できない」

「わかった」

「銃を」

久我はグロックをその手に押しつけた。和田は口もとに笑みを浮かべた。

「あり、が、とう」

その場を離れた。ヌールは屋外に脱出したと考えてよいようだ。タクティカルベストから抜いたコンバットナイフを手に、中庭を移動した。

門扉をくぐるとき、緊張した。ヌールが待ちかまえているかもしれないと思ったのだ。が、門扉の向こうには誰もおらず、久我は止めておいたタクシーに乗りこんだ。メーターを空車に戻す。とりあえずこの場を離れなければならない。

タウンハウスのある坂を下りきったところに、パトカーが数台止まっていた。無線機に口をあてた制服警官が、久我にいけ、と手をふった。

発砲の通報をうけたが、それがどこでなのかを、はっきりつきとめられないようだ。

一キロほどタクシーを走らせ、小さな公園の近くで停止した。トランクを開く。

木曾と竹内が這いでた。

「どうなった？」

「ヌールは逃げた」

木曾に手を貸してやりながら、久我は告げた。竹内がつづいて降りた。

「他の連中は？」

久我は無言で首をふった。木曾がごくりと喉仏を動かした。

「あんたがやったのか」

「忘れろ」

久我はいった。

「もちろんだ。忘れる。誰にもいわねえ」

竹内がいって、木曾を見た。

「ですよね」

「刑事は？」

木曾が訊ねた。

「難しいが、もし生きのびたら、あんたらに感謝するだろう」

久我が答えると、木曾は首をふった。

「だが、あの野郎が生き残っている」

「ヌールは必ず俺を狙ってくる」

竹内が信じられないように訊いた。

「なんでだ。おかしいだろう。ふつうなら逃げだす」

「ずっとつけ狙っていた相手だからだ。ちがうか」

木曾はいって、久我を見つめた。

「よほどの因縁があるのだな、お前ら」

久我は頷いた。

「どちらかが死ぬまで、カタはつかないだろうな」

24

脚の傷は軽かった。手当を自分ですませ、城栄交通の営業所に車を戻したときには夜が明けていた。メーター分の現金を納め、でようとすると、岡崎がいった。

「じきに幸代が出勤する。会っていけ」

久我は頷いた。車を洗い、タクティカルベストとナイフをしまったスポーツバッグを手に、中西幸代の出勤を待った。

「おはようございます！」

元気のいい声が響いたのは、それから三十分後だった。自転車を押して営業所に入ってきた中西幸代は、久我の姿に目をみはった。

「復帰したの?!」

「近くに寄っただけだ。お前の顔を見にきたんだ」

岡崎がいうと、中西幸代は顔をくしゃくしゃにした。今にも泣きそうになる。

「嘘！」

「本当だ。でも近いうち、戻れるかもしれない」

久我はいった。警察につかまらなければの話だ。

現場に、自分がいた証拠は何もない。コンバットグローブをはめて銃は扱ったし、マガジンに詰めた弾丸にも指紋は残していなかった。和田が喋らなければ、リベラやガンマンを殺したのが何者かを、警察は簡単にはつきとめられない。

中西幸代は怒ったように久我を見つめた。

「まだ信じないどく。がっかりしたくないもの」

久我は頷き、いった。

「頼みがある」

「何？」

「料金は払うから、俺を口開けにしてくれないか」

「お金なんて——」

といいかけ、岡崎を気にした。

「いいよ。乗せてあげる。どこまで？」

「家だ」

営業所をでてすぐ、中西幸代がいった。

「外国いったのかと思っていた」

「なぜそう思った？」

「何となく。久我ちゃんて、外国帰りっぽいから」

久我は笑った。昔の話を中西幸代にはしていない。

「格好いいってこと？」

「調子にのらないの。ぽいっていうだけで、本当にそうだなんて思ってないから」

「残念」

「主任に感謝してよ。ずっと相番空けてくれてるのだから」

「ああ。感謝してる。中西さんにも」

「あたしは別に」

中西幸代は黙りこんだ。やがて訊ねた。

「ねえ、まだ夜眠れないの？」

「そうだな」

息を吐いた。今夜からますます眠れなくなる。ヌールがいつ襲ってくるか、わからない。

マンションに着くと料金を払い、降りた。

「変な感じ。でもご乗車ありがとうございました」

中西幸代はいって、走り去った。

部屋に入った久我はスポーツバッグに着替えを詰めた。木更津にこの足でいくつもりだった。

羽田に止めた軽ワゴンに乗り、木更津の古民家に到着したのは昼過ぎだった。体はへとへとだったが、眠けはこない。

風呂をわかし、ゆっくりと入った。畳の上で大の字になると、ようやく神経がほぐれるのを感じた。

つかのまうとうとしたと思ったら、携帯が鳴った。

よしえだった。

「生きてるの？」

いつのまにか三時間が過ぎていた。西日がさしこんでいる。

「ああ。まだ生きている」

「あと、どれくらい生きられそう？」

「ひどい質問だ」

「わたしがどれほど心配していると思っているの⁈」

「わかった。悪かった。四十八時間以内に、たぶん決着がつく」

「本当に？」

「本当だ。そうでなければ、俺自身もつらい」

ヌールは必ず仕返しに現われる。だがそれを、今か今かと待つのは嫌だった。木曾と竹内をあの場から逃したのは、そのためでもあった。

リベラが死んだ今、アンビアに逃げ帰るのでなければ、ヌールが頼れるのは木曾たち井田連合の人間しかいない。

ヌールの頭には、おそらく久我への復讐しかない。木曾に接触し、久我の居場所を知ろうとする。

久我は、この古民家の場所を二人に教えた。いずれヌールはここに現われる。

この三時間は、久我にとって貴重な睡眠だった。

「じゃあ、四十八時間後に、また電話する。あなたの電話を待つのは嫌なの。つらすぎる」

「わかった。待っている」

久我は告げた。

古民家にテレビはなく、古いトランジスタラジオがあるきりだ。

ニュースの時間に合わせ、久我はそのスイッチを入れた。

「今日未明、東京、品川区御殿山の住宅で発砲事件があり、外国人を含む、多数の死傷者がでました」

久我はラジオのボリュームを上げた。

「本日午前二時十分頃、複数の銃声を聞いたという通報があり、警察官が駆けつけたところ、在日本アンビア大使館の職員が住む住宅で、外国人六人を含む七名の死体と、重傷を負った日本人ひとりが発見されました。住宅内には大量の薬莢《やっきょう》が散乱しており、激しい銃撃戦があった模様で、この家に住む、アンビア共和国の書記官の所在がわからなくなっていることから、事情を知っているものとみて、警察が行方を捜しています」

和田は助かったようだ。警察は〝祭壇〟に飾られた首を見つけ、ヌールを手配するにちがいない。

久我が殺したガンマンとリベラのことを和田がどう説明するか見当はつかないが、アンビア外交官がからんだ密輸の利益をめぐっての殺し合いということになるのだろう。

桜井はルンガのボディガード兼通訳をつとめていたことから事件に巻きこまれた、と判断される。

事件と久我の関係を知るのは和田しかいない。「喋らない」といった和田の言葉を、久我は信じる他なかった。

はっきりわかっているのは、あのタウンハウスに警察がいきなり踏みこめば和田は決して助からず、警察側にも多くの死傷者がでたであろうということだ。もしあの家の関係者がひとりでも生きていれば、和田はまちがいなく殺された。

問題はヌールの行方だ。

ヌールがあの場から逃げだしたのは、戦闘経験の豊富な「ヌワン」ならではの判断だ。見張りのガンマンやリベラが撃たれているのに、敵の数すらわからない状況では、その場にとどまるのは危険だと考えたのだ。

ヌールがかつて正規軍の兵士であれば〝自陣〟を捨てる退却に、ためらいを感じたろう。が、ゲリラ戦を展開してきた「ヌワン」に退却を恥と思う感性はない。いつ、どこであろうと、敵の油断を突いて生命を奪うのが、「ヌワン」の戦法だ。タウンハウスを脱出したのは、恐怖にかられたからではない。この戦闘では久我を殺せないと考え、次を期したのだ。

ヌールにとっていまや、外交官という己の立場はどうでもよくなっている。久我を殺す、それも「ヌワン」として仕止めることで頭がいっぱいの筈だ。

ヌールにとって、久我はずっと追ってきた、従弟の仇《かたき》なのだ。

久我にとっても、ヌールは、倒さなければならない敵だった。ヌールが存在する限り、自分に平穏は訪れない。

アンビアでもそうであったように、この日本でも、ヌールと自分は殺し合う。

今、久我はわかった。日本に戻っても、夜明けまで眠れなかったのは、ヌールがこの世に存在したからだ。

ヌールが死んだその日から、自分は夜、安らかに眠れるようになるだろう。

さもなければ、自分が死ぬ。

ベテランの兵士には運命論者が多い。どんな激戦に身をおこうと、死なない者は死なない、と信じている。弾丸がよけるのだ、とまでいう。

が、久我はちがっていた。戦場で生と死を分けるのは、偶然でしかない。たまたま、弾丸が命中しなかったから生きている。大事なのは、被弾する確率を下げるような行動をとることだ。

それにしたがって生きのびてきた。

ただ、戦闘を回避することと、銃弾をくらう確率を下げることとは、必ずしもイコールではない。

無駄な戦闘は回避して当然だ。だが回避ばかりしていると、思わぬところから攻撃をうけることがある。

叩けるときには叩く。さもなかったら、敵にこちらを叩くチャンスを与えることになる。

ＰＯとしての人生を終え日本に戻ってきて、もう二度と銃を手にすることはないと久我は思っていた。

日本での暮らしは、久我にとって、いわば「余生」だった。この古民家で静かに年をとっていくのを夢見ていた。

ヌールの出現が、それを根底からくつがえした。

だがそれを不幸とも偶然とも、久我は思わなかった。まさに運命だったのだ。

これは、決して回避することのできない戦闘だ。ヌールが生きている限り、自分は安穏には暮らせない。

久我はヌールを迎え撃つ準備を始めた。ヌールは必ず、夜の闇の中から現われ、この家を襲撃する。

家の周囲には深い森がある。以前は五百メートルほど離れたところに集落があったらしいが、過疎化が進み、人の住む家は、一番近くても一キロ離れている。

初めは、東京から車でわずか一時間しかかからない土地に、なぜこんなにも人が少ないのだろうと思ったものだ。

一時間しかかからない土地だからこそ、若い人間はでていってしまい、老人だけが残るのだと、あるとき気づいた。その老人が亡くなれば、家は放置される。やがて人が減りすぎて、商店もたちいかなくなり、廃業する。日本中に、そんな田舎はいくらでもあった。「ヌワン」が夜襲をかけるのに、まさにうってつけの場所にこの古民家はあるのだった。

タウンハウスでは、久我は〝襲う側〟だった。外から近づき、不意を突くことができた。

今度はヌールがそれをする番だ。

森を抜ける道は一本しかない。車でその道をやってくれば、音と光で当然、久我は気づく。ヌールは徒歩で森を抜け、接近する筈だ。そして久我が油断するまで、何時間でも待つ。チャンスとみれば、あの巨大なナイフで襲ってくるにちがいない。

森の中は落ち葉や小枝が地表をおおい、たとえ小動物でも足音をたてずに抜けるのは難しい。この家で夜を過すようになった初めの頃は、久我は、かさっという物音にも緊張していた。

今は、それが小動物や鳥、虫のたてる音だとわかっている。

虫たちすら鳴き止む深夜、ドングリの落ちる音に、どきりとすることもなくなった。

久我はスコップを手に森に入った。当然だが、森といっても、人の歩ける空間はある。獣道のような細いすきまが、木立ちと茂みを縫《ぬ》っているのだ。

はっきり、獣道とわかるのは二本。幅が三十センチにも満たないが、ところどころ地面がむきだしになっている。

久我はその二本の途中に穴を掘った。深さも幅も一メートルほどの穴だ。歩いては飛び越せない。木の枝と落ち葉で穴の表面をおおう。

さらに、その獣道を外れた茂みに黒い細ヒモを結んだ。地面から五十センチほどの高さに張り、ヒモのあちこちに釣り具屋で買ってきた鈴を留める。

鈴は投げ釣り用で、魚がかかって竿先がおじぎをすると鳴るように、クリップがついている。

獣道を進んできたヌールが落とし穴に気づいたときに備えた、いわば、二重の罠だった。

問題は、久我を仕止めるのに、ヌールが時間をかけた場合だ。

この家の所在を知っても、すぐには襲撃をしてこないかもしれない。明るいうちに森の中を調べ、久我がしかけた罠に気づく可能性もある。

そうなったら、決して気配を悟らせない方法で襲ってくる。

久我はクッションをしいた板の間の床板を外した。家の土台とその下の地面のすきまに、寝袋をおく。

日が暮れ、作業用の照明を、久我はつけた。森に向けて照射したいが、それをすればかえって他の場所の闇を濃くしてしまうし、襲撃を予期していると知らせるようなものだ。

手もとにある武器は、使いこまれたマカロフとガンマンからとりあげたコンバットナイフのみだ。あとは、ふだんここで使っている工具類しかない。

ヌールがもし、タウンハウスにいたようなガンマンを率いてきたらお手上げだ。

だが、決してそうはしない。「ヌワン」として「ヌワン」のやり方で、久我を殺しにくる筈だ。

古民家においた缶詰類で、久我は軽い食事をとった。満腹にはしない。眠くはならないだろうが、動きが鈍ってしまう。

照明を点したまま、外した床板の下にうずくまった。寝袋をおいたのは、地面に体温を奪われないためだ。冷えて硬くなった筋肉では、素早く動けない。

午前三時から夜明けまでのどこかで、ヌールはくる。

確信めいた予感があった。

久我は武器になりそうな工具類を、古民家のあちこちに隠した。マカロフは身につけているが、実射していない不安がある。ミスファイアが起こったら、すぐに次の武器を手にしなければならない。

サイドアームはコンバットナイフだが、ナイフの扱いに関しては、まちがいなくヌールのほうが上だ。ナイフ対ナイフの闘いになったら勝ち目はない。

マカロフのマガジンは、AKS用バナナ弾倉の二本目と同じで、スプリングがややへたっている感触があり、久我は五発を装塡するにとどめた。通常ならマガジンに八発、薬室に一発の、計九発の火力となるが、五発プラス一発の、六発しかない。

九ミリ×18のマカロフ弾が不良品でない限り、薬室内の一発だけは確実に発砲できるので、初弾で息の根を止められれば、問題はない。だが拳銃弾一発で、屈強な兵士を無力化するのは容易ではない。ボディアーマーをつけていれば心臓は狙えないし、頭部を撃つとしても視床下部に命中させなければ、一撃必殺とはならない。一般に信じられているほど、人間の頭は急所ではないのだ。頭に命中させても、撃ち返されたりナイフをつきたてられる反撃をうける可能性は十分にある。

頭部への被弾は、時間経過後に死に至ったり、重い障害を残すことがあっても、直後だと意外に動き回れるものなのだ。

それならなぜ、マグナム弾などの破壊力の高い銃弾が戦場で使用されないかといえば、弾丸が大きくなると多数の携行が困難になる上に、反動が強くなり、命中率が下がるからだ。

徴兵などで戦場に駆りだされる歩兵に、何年もの訓練はおこなえない。せいぜい数カ月、長くても一、二年というところだ。そんな短期間で、大口径の拳銃を命中させられるような訓練は不可能だ。むしろ小口径でも大量の銃弾をバラまくようなアサルトライフルを扱えるようにしたほうが、戦果にはつながる。

戦場で、拳銃を使うことはまれだ。ライフルなど大型の銃のとり回しが難しい狭い空間か、歩哨などをこっそり始末するための消音拳銃くらいのものだ。

前線での戦闘で拳銃しか使える武器がなくなったら、敗北がほぼ見えている。現代の歩兵戦は、物量対物量の戦いであり、より多くの銃弾を敵陣に撃ちこんだ側が勝つ。

久我の知る、ある外人部隊の将校は、携行する拳銃には弾丸を一発しかこめなかった。「サイドアームなど、自殺用くらいにしか使えないから」というのだ。実際、その将校は、拳銃をくわえて自殺した。戦場ではなく、離婚した妻と子供がでていったあとの自宅で、だったが。

そんなことを思いだしながら、床下にうずくまっていると、時間はあっというまにすぎた。

マカロフは太股に留めたホルスターに、コンバットナイフはタクティカルベストにさしこんである。

いかにヌールが「ヌワン」とはいえ、初めからナイフだけで襲ってくるとは考えないほうがいい。ヌールは久我の腕前を知っているし、銃で武装していることも予期している筈だ。

チャンスがあれば銃撃し、抵抗できなくさせた上でナイフをふるうだろう。

午前二時を回った。森からは何の物音も聞こえない。

落とし穴と鈴のヒモをしかけたときは、森の生きものがひっかかるのではないかと思ったが、人間の臭いがする穴やヒモをかぎ分けたようだ。

ときおり体をのばし、肩や腕、膝の関節を久我は動かした。

音がしないからといって、決して襲撃をうけないという保証はないが、疑心暗鬼になってばかりだと、神経が消耗する。それこそ「ヌワン」の思うつぼだ。

少なくとも最初の晩は、音がしなければ襲撃はない、と確信していなかったら、心身ともにもたなくなる。

深呼吸し、手もとにおいたペットボトルから水を飲んだ。水分の補給も、尿意をもよおさない、最低限にし、もよおしても床下のその場で用を足した。

午前三時十分、かたわらにおいた携帯にぱっと明りが点った。着信を示し、木曾の携帯番号が表示されている。ミュートにしてあるので、音も振動もない。

久我はボタンを押し、耳にあてた。

もしもし、という前に着信は切れた。一瞬呼びだし、切ったようだ。

きたのだ。体がかっと熱くなるのを久我は感じた。

おそらくヌールの指示で、この古民家のすぐ近くまで、木曾は車を運転してきたのだろう。そして到着したことを、ワンコールで久我に伝えようとした。

耳をすましたが、車のエンジン音は聞こえない。かすかにドアが閉まる、バタンという音がしたような気がしたが、空耳かもしれなかった。

久我は身を低くした。自分の呼吸音だけがやけに大きく聞こえた。

目でもない、耳でもない、肌で、ヌールの接近を感じようとする。葉ずれや虫の声、鳥の羽音に混じった、ヌールの気配を読みとるのだ。

暗闇の中を、「ヌワン」は暗視装置なしで動き回れる。異様に高い視力が備わっているからだ。

そして虫や獣を恐れさせることなく、自然に同化する能力がある。「ヌワン」がそこにいても、虫は鳴き止まず、獣もその気配に気づかない、とアンビアではいわれていた。

久我は腕時計を見た。携帯の着信は三時十分。どんなに早くとも、移動に三十分をヌールはかける。罠を予測していたら、一時間、あるいはそれ以上かけるかもしれない。

夜明けまで、あと二時間半ある。そこまでヌールは時間を使える。

自分の位置と古民家の状況を、思いかえした。

古民家は、アプローチとなる一本道をのぞけば、周囲を森に囲まれているが、建物後方の森は急斜面になっていて、ロープなしでの登攀《とうはん》は不可能だ。

一本道はまっすぐではなく、森の中を縫っているが、車一台が通れるだけの幅はある。おそらくヌールは一本道の途中から森に入り、接近してくる。森は、古民家に近づくほど、木々や雑草が密生しており、獣道以外で人の通行は難しい。

古民家の出入口は、庭に向かった正面のみで、裏口は釘で打ちつけてあった。ふだんは風を通すために開けている窓を、今はすべて閉めてある。木製の古い窓枠なので、開けようとすれば、必ず音がする。

古民家には五つの部屋があり、すべて和室だが、腐っていた畳をとり払ったので、床板がむきだしだ。部屋と部屋を隔てる障子も、ほぼすべて外してあるので、家の中の見通しはいい。

照明は屋内にふたつ、裸電球が点っている。ひとつは久我が今いる部屋と隣の部屋を結ぶ廊下の天井で、もうひとつは裏口に近い台所だ。

あえてつけておいたのは、暗闇でも目のきくヌールを有利にしないためだ。

床板は、人が乗ると、場所によっては大きく軋《きし》む。

夜になり気温が下がったことで、古民家の屋根や壁が収縮し、音をたてている。夜明け前の今は、十度あるかどうかだろう。

久我はマカロフを抜き、安全装置を外すと、人さし指をトリガーガードの上においた。

いつ、森のどこからヌールがでてくるかはわからないが、背後に忍び寄られるのではないかという不安に、呼吸が速まっている。

まるで霧のように闇に溶けて流れこみ、すぐ近くで実体化する。そんな妄想が恐怖をかきたてる。

ありえない、絶対に。自分にいい聞かせる。「ヌワン」も同じ人間だ。現に自分は「ヌワン」を殺している。

アンビアでの戦闘を考えれば、この状況は決してまずくはない。疲れきってもおらず、慢性的な睡眠不足におちいってもいない。しかも敵はただひとりだ。

だが仲間もいないし、銃器は頼りない拳銃一挺だ。それで戦えるのか。

否定的な考えがすぐに浮かぶ。

条件は同じだ。相手だってひとりだし、万全の態勢ではこられない。

久我は深呼吸したいのをこらえた。深呼吸は、意外に音をたてる。

床板の少し上に顔をだし、あたりを見た。森が広がっていた。小道が正面左手にあり、庭においた作業灯が二、三メートル奥にまで光を届けている。

ヌールが現われるとすれば、その光の及ばない、右手の森の奥だろう。そこに獣道が一本ある。

チリンという音に、久我は息を止めた。かすかだが鈴の音にちがいない。何者かがヒモにひっかかったのだ。

ヌールなのか。

もしヌールだったらどうする。罠に気づき撤退するか、それとも一気呵成《かせい》に攻めこむか。

車のエンジン音がした。小道の奥から近づいてくるようだ。

予想もしていなかった。バキバキと、小道に落ちた枯れ葉や小枝をタイヤが嚙《か》む音もはっきり聞こえる。

車が小道を進んできた。木立ちをヘッドライトの光芒《こうぼう》が貫いた。

車でつっこむ気か。それともこれは陽動なのか。陽動なら、目的は明白だ。エンジン音が、森の内部の音をかき消している。

車のスピードはそれほど速くない。おそらく時速二、三十キロというところだ。

陽動だ。即座に久我は判断した。ヌールが乗りこんでいたら、銃撃をさけるため、ぎりぎりまで飛ばすだろう。いくら森を抜ける小道とはいえ、五、六十キロはだせる。

久我はあえて小道から目をそらし、右手の森を見つめた。

車が小道を抜けでて庭先に出現した。ハイビームにしたライトが古民家の奥にまでさしこむ。運転席に人がいるのはわかるが、顔までは眩しくて見えない。

車は作業灯にぶつかって止まった。ガシャンと音をたて、倒れた作業灯が地面を照らす。

視界の隅を黒い影がよぎったような気がして、思わずトリガーに指がかかった。撃ってはならない。こちらの位置を知らせてしまう。

全身から汗がふきだした。わきの下を冷たく伝っていく。

車はエンジンをかけたままだ。袖ヶ浦ナンバーの古い大型四駆車で、ディーゼルのけたたましいエンジン音をたてている。これまでの静寂が嘘のようだ。

久我は左手を右耳にあてた。カタカタというエンジン音を手の甲でさえぎり、右側に耳をすます。

四駆車の運転者は降りてこない。久我は唇をかんだ。フロントグラスに銃弾を撃ちこんでやりたいが、そうしたところでライトもエンジン音も消せない。

その考えが伝わったかのように、不意にライトが消えた。

久我はとっさに目をつぶった。恐怖に心がねじれている。ライトが消えたのはヌールの指示だ。屋内をこうこうと照らしていたライトが消えれば、こちらの目はきかなくなる。

今にもナイフが襲いくるかもしれないという恐怖に耐え、目を閉じていた。エンジン音はつづいている。

ゆっくり十を数え、目を開いた。瞳孔《どうこう》がわずかだが広がり、夜目がきくようになっている。

再びライトが点いた。久我は床下に伏せた。もう一度正面からライトを浴びたら、まちがいなく瞳孔がすぼまってしまう。

ライトは数秒で消えた。床板にかけた手にかすかな振動が伝わった。久我は腹ばいになって、床下にもぐりこんだ。

ヌールは家の中にいる。

床下には家の土台があるせいで、自在に移動はできない。地面と床板のすきまは、せいぜい五十センチだ。身をよじり、それでも畳二枚ぶんほど、奥へと進んだ。

轟音とともに、さっきまでいた場所の床板が弾けとんだ。ショットガンだ。粉々に砕けた床板が木屑とほこりを舞い散らせた。次々と床板が吹きとび、着弾が久我のいる床下へと迫ってくる。

久我は体をよじり、奥へ奥へと逃げた。床板ごしとはいえ、ショットガンの弾丸を至近距離から浴びたら、まず助からない。

柱に首と肩がぶつかった。家の土台だ。これ以上は逃げられない。久我は仰向けのまま、マカロフを腹の上でかまえた。ヌールは床を撃ちながら進んできている。その姿は見えない。

爪先からほんの三十センチも離れていない床板が吹き飛んだ。散弾がブーツと右の脛《すね》に食いこみ、久我は呻いた。

宙を舞う木屑の向こうに、立っている人影があった。ショットガンを腰だめにしている。顔の正面では銃をかまえられないので、久我は腹の上からマカロフを撃った。速射で撃ちまくる。

一発がショットガンに命中し、火花が飛んで人影が見えなくなった。

久我は床板を頭と肩ではねとばしながら立ちあがった。そのあたりは床板が腐っていたので、張り替える新たな床板を仮りどめしていたのだ。

両手でかまえたマカロフは、全弾撃ち尽し、スライドが開いたままだった。

両手をついて、久我は床の上に体をひっぱりあげた。レミントンのM870が、給弾用のスライドであるフォアエンドが破損した状態で転がっている。血が点々と散っているが、人の姿はない。

マカロフを捨て、久我は中腰でコンバットナイフをかまえた。ヌールに傷を負わせたが、動けないほどではない。

恐怖で体が重くなった。ヌールのサイドアームが拳銃なら勝ち目はない。たとえナイフだとしても、あの巨大なナイフと渡り合うのかと思うと、失禁しそうになる。

足もとがおろそかになり、ショットガンが作った穴に片足をつっこんだ。バランスを崩してよろけた直後、頰に風があたった。

ナイフがふりおろされたのだった。ヌールがいつのまにか、久我がはいあがった床の、壁ぎわにはりついていた。

刃先がタクティカルベストの肩の部分を裂き、すべって左腕の筋肉を削いだ。とっさにナイフを握った右手で傷をおさえた。

「ヌワン」のナイフがきらめき、今度は首を薙《な》ぐように宙をすべってきた。それをうけとめようとしたコンバットナイフが弾き飛ばされた。血でグリップがすべったのだ。

ヌールは黒い戦闘服を着けていた。漆黒の肌に白い目が光って、久我を見すえている。

「ロングタイム・ノーシー（久しぶりだな）」

軋むような声でヌールがいった。

ナイフをもった右手は、両脚のあいだにだらりと垂らされている。槍の穂先のような、五十センチ近い両刃だ。

久我は答えず、ジャンプした。砕けた床板をつき破り、右手をめいっぱいのばしながら床下に落下する。嫌というほど胸と顎を打ち、右手が転がっているショットガンの銃身に触れた。

ショットガンを引き寄せ、砕けたフォアエンドをつかんでふり回した。肩当て部分であるストックが床に当たり、フォアエンドの内側で銃身を押し上げた。新たなカートリッジが装塡《そうてん》される感触が伝わった。

体を仰向けにした瞬間、ナイフをふりかぶったヌールと目が合った。張り裂けそうなほど白目をみひらいている。

床下に下半身、床上に上半身をおいたまま、ショットガンのストックを右肩にあて、右手をフォアエンドからトリガーガードにすべらせた。

「――」

言葉にならない叫びとともにヌールがナイフをつきおろすのと、久我がトリガーをひくのが同時だった。

刃先が首に達する直前、ヌールの体が後方にふっ飛んだ。反動でストックが肩を直撃し、久我の上半身も床下に落下する。

痛みと衝撃で、久我はしばらく動けなかった。床下の久我からは、横たわったヌールのブーツの底しか見えない。

ようやく体を起こし、床上に這いでた。ヌールの頭の左半分が消えていた。残った右目は宙をにらんでいる。

久我はナイフを握ったヌールの右手を蹴った。ナイフが床下の暗がりにとんだ。

膝をつき、ヌールの頸《けい》動脈に指をあてた。確かめるまでもないとわかっていたが、それでもせずにはいられなかった。

脈がないことを何度も確かめ、大きく息を吐いた。喉の奥で、泣き声のような音がした。

しばらくその場で正座していた。ヌールは起きあがらず、ぴくりとも動かない。

ショットガンを手に、古民家をでた。エンジン音を響かせる四駆車の前に立った。

ライトがついた。ハイビームではない。運転席のドアが開き、ぎくしゃくとした動きで木曾が現われた。

「やったのか」

久我を見つめ、訊ねる。久我は無言で頷いた。

木曾はその場で車によりかかった。

「よかった……。お前の次は俺かもしれなかった。あいつを東京まで連れて帰ったら、用無しになるから」

「逃げればよかったんだ」

久我はいった。カラカラに渇いた喉がはりつき、うまく喋れない。

木曾は首をふった。

「逆らえなかった。お前ならわかるだろう。逃げたって、必ず奴には殺される。お前が勝たなきゃ、終わりだって思ってた」

久我は四駆車のボンネットに手をついた。思いだしたように木曾がエンジンを切った。

とたんに、耳が痛くなるような静寂に、あたりは包みこまれた。

久我は空を見上げた。夜明けまでまだ間があった。東の空も闇のままだ。ただ、中天には恐しいほどの数の星が浮かんでいる。

これほどの数があるのに、何の音も聞こえないのは不思議だ、と久我は思った。


木曾に手伝わせ、ヌールの死体を古民家の床下に埋めた。木曾は、川崎で処分するといったが、久我は断わった。

ヌールが土に還っていく、その上で自分は暮らす。恐いとも、不気味だとも、もう思わない。


風呂で体を洗い、傷の手当をした。出血はしたが、縫わなくてもすむ程度だ。足にくいこんだ散弾は、それほど深くなかったので抉《えぐ》りだし、消毒した。

鎮痛剤と抗生物質を飲んで横になったのは、午前八時過ぎだった。

昼過ぎに目がさめた。夕方までかけて、飛び散ったヌールの血や肉片をきれいにした。

床板以外にも、どうしても血の落ちない壁は上塗りする必要があった。

作業が一段落すると、久我はよしえの携帯を呼びだした。

「終わった」

よしえが応えると久我は告げた。

「本当に?!」

よしえの声が甲高くなった。

「今夜からはゆっくり眠れると思う」

よしえはしばらく無言でいたが、訊ねた。

「夜明けまで待たなくても？」

「待たなくても」

久我は答えた。

解説

大矢博子（書評家）

エンターテインメントのメガ盛り、ハードボイルドとアクションの全部載せ！

息をするのも忘れるような疾走感に、読み始めたらノンストップだ。小難しいことは考えず、浮世の憂さをすべて忘れて、物語に没入する至高の楽しさに満ちている。それが本書『夜明けまで眠らない』だ。まさに大沢在昌、ここにあり。

だがそれだけではない。興奮と熱狂の底に、とてもシビアなテーマが隠されているのである。

主人公は城栄交通のタクシードライバー、久我晋。

ある日、彼が乗せた客が車内に携帯電話を残していった。しばらく経って、その電話に持ち主を名乗る男から着信があったが、久我はそれが本人ではないことに気づく。頼まれた場所に携帯電話を届けに行ったところ、そこにいたのはヤクザで……というのが物語の導入部だ。

　これだけだと、典型的な巻き込まれ型主人公に見えるだろう。

　二〇一六年に本書の単行本版が刊行されたとき、『夜明けまで眠らない』というタイトルから、『走らなあかん、夜明けまで』（講談社文庫）に始まる坂田勇吉シリーズだと思った読者が多かったという（違いますからね、念のため）。確かにこの始まり方は、巻き込まれ型冒険小説の坂田シリーズに近い、ように思える。

　だが、実際はまったく異なる。なぜなら坂田勇吉が平凡なサラリーマンなのに対し、久我晋はただのタクシードライバーではないのだから。

　久我の正体が最初のサプライズなので本当は隠しておきたいのだが、それを書かないと話が進まないので仕方ない。実は久我はかつて、民間軍事会社のプライベート・オペレーター（PO＝傭兵）だったのである。

　元傭兵のタクシードライバー。この設定だけでワクワクするではないか！

　そんな前歴の持ち主がなぜタクシードライバーなのか。久我はPO時代、アノリカの小国アンビアの治安維持に派遣されていた。そこには「ヌワン」と呼ばれる、敵の首を刈って持ち帰るゲリラがいた。夜の闇に紛れ、音も立てず静かに行動する「ヌリン」は敵の部隊を襲っても敢えて全滅はさせず、数人の首を刈ることで「目覚めたら隣のやつの首がなかった」という恐怖を植え付けるのである。

久我はアンビアで二年の任期をどうにか務めたが、「ヌワン」の恐怖はトラウマとして残った。夜に寝ようとするとその恐怖が甦り、眠ることができないのだ。民間軍事会社を辞めて日本に戻った久我は、昼夜逆転の生活が可能な夜勤専任のタクシードライバーになったという次第。

そして客の残した携帯電話からトラブルに巻き込まれるわけだが、この客がなぜか久我の前歴を知っているらしい。この客は誰で、いったい何の目的で久我とコンタクトをとろうとしているのか。彼の携帯電話を巡り、久我はアンビアと日本のヤクザが絡む大きな事件に巻き込まれていくことになる。そして久我は驚くべき話を聞く。「ヌワン」が日本に来ている……?

久我がただの運転手ではないことがほのめかされる序盤から、物語はぐんぐん加速する。ヤクザ相手のアクション。途中に起きる殺人事件の背景を探るスパイ小説さながらの知略、謀略。そして最後に立ちはだかる最強の敵。怒濤の展開は、読者をまったく飽きさせない。なぜならここには、エキサイティングな冒険小説に必要な要素がすべて詰まっているからだ。

ひとつずつ見ていこう。

まずは人物の魅力。久我は驚異的な身体能力で数々の肉弾戦や銃撃戦に挑むが、映画や劇画を彷彿するような現実離れした強さも、元傭兵という設定が説得力を与えているのでまったく違和感がない。むしろ、そんな前歴を隠して平凡な運転手（のふり）をしているという状況そのものがカッコいい。運転手として丁寧な物腰を崩さず、それでいて「只者ではない感じ」を醸し出して相手がビビってしまうなんて、冒険小説のヒーローとして完璧じゃないか。

ただし強いだけじゃない、というのもポイント。休みの日には田舎町に買った古民家をこつこつ自分の手で修繕し、いつかそこで暮らすというのも「ザ・ロマン」という感じで実に痺れる。そんな生活感が久我に人間らしさを与えているのだ。

そして何より大きな魅力は、そんな久我にも弱さがあるという点なのだが、それについては後述する。

久我だけではない。彼に接近してくる二人組の刑事、和田と森も個性的だ。常に冷静で穏やかな和田と、久我に敵愾心を剝き出しにする森。子犬のようにきゃんきゃん吠える森が、いちいち和田や久我に諭される場面など、実に痛快だ。いつしか三人がチームのようになっていくのがとてもいい。そうそう、チームといえばタクシー会社の上司や同僚も、出番は少ないながらしっかり物語の脇を固めている。

さらにマドンナも登場する。美しく、勇敢で、頭もいい。男性読者の多い冒険小説のマドンナは、往々にしてヒーローの足手まといになったり、ヒーローにとっての「賞品」扱いだったりして、女性読者としては辟易することもあるのだが、本書は読んでいてそんなストレスがまったくなかった。足手まといになりかかる場面はあるものの、自分で考えて適切に行動できる女性として描かれているからだ。これは新宿鮫シリーズの晶も同じである。

そして何より注目すべき登場人物は、敵のはずのヤクザと、ラスボスとして登場する「ヌワン」である。が、これも後述とさせていただく。

もうひとつの魅力はアクションシーンだ。本書には多くのアクションシーンがあるが、ひとつとして同じ状況がないことに注目願いたい。素手の戦いから、ナイフでの戦い、そして複数の銃を使った完全装備の銃撃戦。車でのアクションもある。場所もさまざまだ。マンションの一室もあれば路上もある。人気のないタウンハウスでの戦いもあれば寂れた古民家もある。それぞれの場所ならではの特性を生かしたアクションはひとつひとつに違った興奮があり、まさに手に汗握る緊張感に満ちている。アクションはやっぱり、こうでなくちゃ！

カッコいい人物たちにエキサイティングな数々のアクション。それだけで物語としては充分なのだが、本書のキモはその底に隠れている。後述する、と書いた二点だ。

まずはヤクザと「ヌワン」について。「ヌワン」は日本人とはまったく異なる行動理念を持つ部族だ。相手の首を刈るという行為は、本書では彼らの「本能」と表現されている。それは日本人には到底理解できるものではない、徹底した「異質なもの」である。その「異質なもの」と手を組んだヤクザは、次第に自分たちのやり方が通用しないことにおののき始める。その変化を、どうかじっくり味わっていただきたい。狭い世界の常識がすべてだと思っていると、異質なものに出会ったときにもそのやり方を貫こうとする。けれどそれが通用しないことを、海外で戦ってきた久我は知っている。ヤクザの「狭さ」は、本書のひとつのキーポイントと言っていい。この「狭さ」は、私たちも無意識のうちに持っているものだから。

もうひとつ、本書の大きな鍵になっているのは、久我の「弱さ」だ。

本書はエキサイティングなアクション小説だが、同時に久我が自らの過去と対決する物語でもある。「ヌワン」の恐怖により、夜に眠ることができない体になった久我。だから夜勤専任のタクシードライバーになった——というのは、一見、なるほどと思わせる。傭兵だった過去に区切りをつけ、過去を捨て去り、朴訥な運転手として穏やかな日々を送っているように見える。だがそれは、自分のトラウマをそのまま冷凍保存しているということに他ならない。

自分にトラウマを与えた「ヌワン」と改めて向き合い、対決し、そして勝つことで、久我は初めて過去を乗り越えることができるのである。

「ヌワン」が常識を超えた異質なものとして描かれているのは、トラウマの象徴だからだ。逃げたいのに逃げられない、目をそらすこともできない、怖くて眠れない、常識が通用しない、ごまかしがきかない、下手に向き合えば傷つけられる――まさに心の深部にへばりついたトラウマそのものではないか。

本書はトラウマがナイフを持って襲ってくる物語なのである。だからこそ、自らのトラウマに立ち向かう久我の姿に、読者は固唾を呑んで、応援してしまうのだ。乗り越えるべきものを乗り越える、その姿に励まされるのだ。

疾走感溢れるストーリーに、読んでいるときはただひたすら没入するだろう。興奮し、手に汗握り、時を忘れて楽しむことだろう。一気読み必至のエキサイティングな冒険アクション小説であることは論を俟《ま》たない。けれど読み終わったとき、興奮よりもどこか爽やかで温かな気持ちになるのは、本書が過去に囚われる人間の弱さとそれを乗り越える強さを描いた物語だからなのである。

人間の弱さと強さを一級品のエンタメで包み込んだ冒険小説――それが『夜明けまで眠らない』だ。熱中しすぎて夜明けまで眠らなかった、なんてことにならないようご注意を。

本書は二〇一八年一二月に小社よりノベルズ判として刊行されました。

本作品はフィクションであり、登場する人物、団体などは架空のものです。

双葉文庫

お-02-16

夜《よ》明《あ》けまで眠《ねむ》らない

2020年2月15日　第1刷発行
2024年4月24日　第3刷発行

【著者】
大沢在昌《おおさわありまさ》

【発行者】
箕浦克史
【発行所】
株式会社双葉社
〒162-8540 東京都新宿区東五軒町3番28号
［電話］03-5261-4818(営業部)　03-5261-4831(編集部)
www.futabasha.co.jp（双葉社の書籍・コミックが買えます）
【印刷所】
大日本印刷株式会社
【製本所】
大日本印刷株式会社
【カバー印刷】
株式会社久栄社

【フォーマット・デザイン】
日下潤一

ISBN978-4-575-52311-9 C0193
Printed in Japan